Carla Won

Tod im Krötsee

Ein Schmunzelkrimi aus der Sterzbachstadt Langen

Dieser Roman spielt in der realen Kulisse der Sterzbachstadt Langen. Gelegentlich habe ich mir die künstlerische Freiheit genommen, diese der Geschichte anzupassen oder zu ergänzen. So sind der *Sterzbacher Hof* und die *Langener Morgenpost* frei erfunden.
Die Personen sind fiktiv. Ähnlichkeiten mit lebenden oder verstorbenen Personen sind nicht beabsichtigt und wären rein zufällig.

Das Buch

Die entspannte vorweihnachtliche Stimmung in der Sterzbachstadt wird jäh unterbrochen, als man im nahe gelegenen Krötsee eine eingefrorene Leiche entdeckt. Schnell wird eine totale Nachrichtensperre über den Fall verhängt, was die journalistische Neugier von Petra Koslowski, Reporterin bei der *Langener Morgenpost,* erst richtig weckt. Auch der Polizist Michael Hanfstängel und seine neue Kollegin Ayshe Müller haben gute Gründe, der Sache heimlich weiter nachzugehen. Doch trotz eines geheimnisvollen Zeugen lässt eine heiße Spur lange auf sich warten.
Gleichzeitig kommt die angesagte Kochshow *Feuer unterm Topf* in die Stadt. Moderiert wird sie von der glamourösen Pernilla Groth. Die scheint es ausgerechnet Petras Freund Maik angetan zu haben, der mehr Zeit als für eine Berichterstattung üblich im Dunstkreis der Starköchin verbringt. Ein Umstand, der kurz vor Weihnachten für Eifersucht und Missverständnisse sorgt. Dabei entgeht der engagierten Journalistin beinahe ein wichtiger Hinweis darauf, wie nah der Täter ihr bereits ist …

Die Autorin

Carla Wolf ist eine *Oigeplackte*. Aufgewachsen im Süden Deutschlands, kam sie vor vielen Jahren der Liebe wegen in die Sterzbachstadt. Dort fühlt sie sich inzwischen so heimisch, um auf unterhaltsame Weise zu morden.

Unter ihrem Klarnamen Cornelia Härtl schreibt die Autorin wesentlich weniger heitere Kriminalromane, die die dunklen Seiten unserer Gesellschaft beleuchten.

Carla Wolf

Tod im Krötsee

Ein Schmunzelkrimi aus der Sterzbachstadt Langen

FSC
www.fsc.org
MIX
Papier aus verantwortungsvollen Quellen
Paper from responsible sources
FSC® C105338

Bibliografische Information der Deutschen Nationalbibliothek
Die Deutsche Nationalbibliothek verzeichnet diese Publikation in der Deutschen Nationalbibliografie; detaillierte bibliografische Daten sind im Internet über http://dnb.dnb.de abrufbar.

1. Auflage, Oktober 2018

Herstellung und Verlag
BoD – Books on Demand, Norderstedt
ISBN 978-3-752-84246-3

Für Wolf-Ingo

Prolog

Der Winter kam schnell und mit Wucht in die Sterzbachstadt.

Wenige Tage vor dem ersten Adventswochenende brachte ein Tief aus Island arktische Luft mit sich. Es war ein Mittwochabend, an dem es buchstäblich eiskalt wurde. Am nächsten Morgen fielen die ersten dicken Schneeflocken vom Himmel und überzogen die ganze Stadt mit einer dichten weißen Decke. Jede noch so kleine Pfütze war gefroren, an den Fenstern älterer Häuser blühten Eisblumen und das Atmen fiel schwer, so bissig war die Luft. Trotzdem freuten sich an diesem Tag schon recht viele Langener auf den Weihnachtsmarkt rund um die Stadtkirche und die stets besinnliche Vorweihnachtszeit.

Ahnte doch keiner, was kommen würde …

1

Am Freitag herrschte rege Betriebsamkeit rund um den Wilhelm-Leuschner-Platz. Hier würde an diesem und dem kommenden Adventswochenende der Langener Weihnachtsmarkt mit Speis und Trank und Handwerkskunst die Menschen anziehen. Gegen Mittag zeigte sich am Himmel ein helles Blau und tauchte die winterlich eingeschneite Stadt in ein klares Licht. Der Rentner Karl Nappes beschloss, die Gunst der Stunde zu nutzen, um mit seiner Promenadenmischung einen schönen, langen Winterspaziergang zu unternehmen. Lumpi hatte seit dem Kälteeinbruch sein Geschäft stets ungewöhnlich schnell verrichtet, um sich danach mit beredtem Blick zu seinem Herrchen umzusehen.

Mir ist der Hintern so kalt. Schnell wieder zurück in die warme Stube, hieß das.

Nappes wiederum machte sein Rheuma zu schaffen. Doch nun wollten Herrchen und Hund den Bewegungsmangel ausgleichen. Wer wusste schon, welche Kapriolen das Wetter noch schlagen würde.

»Lumpi, wir gehen zum Krötsee«, kündigte Nappes an.

Und während die Sonne immer mal wieder ein Blinzeln zur Erde schickte, verliessen die beiden die Wohnung in ,der Bachgasse, setzten sich ins Auto und schritten eine Viertelstunde später in dem Waldstück, das zwischen Langen und Egelsbach lag, rüstig aus. Lumpi schnüffelte an allen möglichen Dingen herum, ließ Vögel aufflattern, erschreckte ein Eichhörnchen und meldete sich immer mal wieder mit einem lauten ›Wuff‹, wenn Nappes nicht ganz so schnell nachkam, sodass der seinen Vierbeiner irgendwann von der Leine ließ. Als sie den See erreichten, der weniger ein See als ein überschaubarer, schilfumstandener Tümpel war, den man in wenigen Minuten umrunden konnte und der eigentlich auch Lindensee hieß und nur im Volksmund Krötsee genannt wurde, glitzerte eine dichte Schneedecke auf dem gefrorenen Wasser.

Das Schilf bog sich unter der weißen Last. In der wärmeren Jahreszeit sah man hier gelegentlich Angler, die Schleien, Karpfen und Rotaugen angelten, denn das Gewässer war seit 1968 vom Angelsportverein Egelsbach als Anglerteich hergerichtet worden. Wie immer herrschte auch an diesem Tag hier eine wohltuende Ruhe. Nappes atmete die klare Luft tief ein und beobachtete einen Eichelhäher. Nach einer Weile merkte er, dass Lumpi unterhalb der kleinen Schutzhütte zum Ufer gelaufen war.

»Lumpi, was ist?«, rief er dem kleinen Kerl zu. Der stand stocksteif, als habe ihn das Blitzeis erfasst, und starrte auf den See. Nappes folgte dem Blick seines Hundes. Ein kleines Tier hatte Spuren in der Schneedecke auf dem zugefrorenen See hinterlassen. Ein paar Äste ragten schwarz aus dem Eis. Sonst war da nichts zu sehen und auch kein Rascheln im verharschten Gras zu hören. Allerdings wusste Nappes aus Erfahrung, dass sein Hund besser hörte und sah als er. Lumpi war, mit ihm verglichen, ein Jungspund, den nun der Übermut gepackt zu haben schien. Er setzte zögerlich eine Pfote auf das Eis, hob sie sofort wieder an und schüttelte sie. Was ihn jedoch nicht davon abhielt, es gleich noch einmal zu versuchen. Ehe Nappes es sich versah, war die kleine Promenadenmischung auf das Eis gelaufen, direkt auf einen der dicken Äste zu, die in die kalte Winterluft ragten. War da etwas? Im Sommer hatte sein Hund einmal eine Schildkröte angebellt, die sich jedoch bei ihrem Sonnenbad auf einem herumtreibenden Ast nicht hatte stören lassen. Hockte jetzt eine verängstigte Maus dort drüben? Oder hatte ein Rivale sein Revier markiert und damit Lumpis Ehrgeiz geweckt? Lumpi war abrupt stehen geblieben. Er drehte sich mit großen, ängstlichen Augen zu seinem Herrchen um. Brach womöglich das Eis unter den vorwitzigen Pfoten?

»Lumpi, hierher!«, verlangte Nappes. Er ging zu der Stelle, an der sein Hund das Eis betreten hatte. Lumpi drehte den Kopf von dem Mann am Ufer weg. Er blickte wie erstarrt auf den Ast. Plötzlich fing er an zu knurren. Nappes stellten sich die

Nackenhaare auf. Was war los mit seinem besten Freund? So hatte er den Hund noch nie erlebt. Lumpi duckte nun den Oberkörper, als wolle er den Ast anspringen.

»Lumpi, lass das!« Nappes verspürte Unmut. Ihm war kalt, er musste sich bewegen, sonst würden ihm noch die Kniegelenke einfrieren. Der Hund hörte nicht die Bohne. Immer noch knurrte er. Nappes schnaufte verärgert auf. Wie sollte er seinen Vierbeiner bloß vom Eis holen, ohne selbst den See betreten zu müssen? Es war saukalt, und der Tümpel nicht sehr tief. Aber würde das Eis ihn tragen? Vorsichtig setzte er eine Fussspitze darauf und drückte probeweise etwas nach. Kein Knirschen, kein Knacken. Die Decke war dick genug. Dennoch konnte er sich nicht entschließen, dieses Wagnis einzugehen. Er blickte sich um. Weit und breit war niemand zu sehen. Lediglich der Eichelhäher hockte in sicherer Entfernung auf einem Baum und sah ihnen zu.

»Lumpi!«, versuchte Nappes es erneut. Doch der war außer Rand und Band geraten. Er umkreiste den Ast, immer noch laut bellend, den Kopf nach vorne gestreckt, hob dabei immer wieder die vorderen Pfoten, als wolle er den Ast zum Spielen auffordern und sei verärgert darüber, dass der sich nicht rührte. Auf einmal war er still. Er hob den Kopf und sah zu Nappes herüber. So, als wolle er ihm sagen »Schau doch genau hin!« Das tat der und betrachtete den Ast nun etwas intensiver. Es schien sich kein kleineres Tier dort festzuklammern. Obwohl … etwas an der Form des Baumstücks kam ihm auf einmal merkwürdig vor. Noch immer konnte Nappes sich nicht entschließen, aufs Eis zu treten. Er ging dafür zwei Schritte zur Seite und schob den Kopf so weit nach vorne, dass er besser sehen konnte. Langsam, ganz langsam dämmerte ihm die Erkenntnis.

»Himmel, das ist gar kein Ast. Das ist ein Arm.«

Im selben Moment fing Lumpi wieder an zu bellen.

2

Blaulichter zuckten über den Waldweg, als ein Polizeiwagen, gefolgt von einem Notarzt und einem Einsatzwagen der Feuerwehr zum See gefahren kamen. Karl Nappes stand, sein neues Mobiltelefon noch in der Hand, völlig durchgefroren am Ufer und konnte die Augen nicht von dem aus dem Eis ragenden Arm wenden. Ganz so, als habe er Angst, der könne plötzlich verschwinden. Überhaupt fragte er sich, ob er nicht mit Kanonen auf Spatzen geschossen hatte. Als er erkannte, was Lumpi da anbellte, war sein Daumen fast schon automatisch auf dem Notrufknopf gelandet. Nun, beim Anblick des Aufgebots, das direkt an der Stelle, an der der Wald sich zum Wasser hin öffnete, im aufspritzenden Schnee zum Stehen kam, wusste er nicht, auf was er mehr hoffen sollte: sich geirrt und damit zum Gespött der Leute gemacht zu haben - oder recht zu behalten. Seit er im Sommer am Vierröhrenbrunnen einen Toten gefunden hatte, überfiel ihn immer dann eine große Nervosität, wenn er auf etwas Ungewöhnliches stieß. Jetzt, im Angesicht dessen, was sich eventuell unter dem dunklen Eis verbarg, war diese Nervosität besonders groß. Aus dem Polizeiwagen stiegen zwei Personen.

»Herr Nappes, Sie haben uns gerufen«, rief ihm der Polizist im Näherkommen zu. Der Angesprochene kniff die Augen zusammen und schob zunächst seinen Kopf etwas nach vorn. Die Stimme kam ihm bekannt vor. Aber konnte das …

»Hanfstängel? Bist du das?«

»Höchstselbst. Und das ist meine Kollegin Ayshe Müller.« Er nickte zu der Frau hinüber, die neben ihm ging.

»Hab dich kaum erkannt«, brummte Nappes. Er musterte den Polizisten von oben bis unten. Er sah ganz anders aus als noch vor einigen Monaten. »Wir haben uns ja lange nicht gesehen.«

»Kur«, antwortete Hanfstängel knapp. Seine Kollegin, einen Kopf kleiner, rundlich, mit einem freundlichen Gesicht, die schwarzen Haare zu einem straffen Pferdeschwanz gezogen, lächelte leicht.

»Wo ist der Arm?«, brachte Hanfstängel den Grund seines Hierseins zügig zur Sprache.

Nappes deutete hinüber. Lumpi, der still dagesessen hatte, sprang auf und drehte sich mehrfach um sich selbst, bevor er mit einem Seufzen in sich zusammensank. Inzwischen waren die Sanitäter ausgestiegen. Vermutlich erkannten sie auf den ersten Blick, dass sie hier eindeutig zu spät gekommen waren. Auch die Feuerwehr war bereits aktiv. Jemand rief den Männern Anordnungen zu. Nappes bekam nur mit halbem Ohr mit, worum es ging. Hanfstängel trat probehalber auf die Eisdecke. Sie hielt, er setzte nun vorsichtig einen Fuß vor den anderen. Nach einigen unsicheren Schritten stand er direkt vor dem, was da aus dem Wasser ragte. Auf einen Schlag herrschte Totenstille. Der Polizist bückte sich und griff nach dem, was Nappes noch bis vor einer halben Stunde für einen Ast gehalten hatte.

»Gefroren«, rief er zum Ufer hinüber, bevor er sich auf alle Viere niederließ. Mit seinen dicken Handschuhen strich er an der fraglichen Stelle die auf dem Eis liegende Schneedecke weg. Alles schwieg und starrte gebannt zu ihm hinüber. Endlich erhob sich der Polizist. Er war, wenn möglich, noch ein bisschen blasser um die Nase als eben noch.

»Wir haben einen Toten«, rief er der schweigsamen Menge zu, bevor er ans Ufer zurückkehrte.

3

Man hatte Nappes mit heißem Tee versorgt und Lumpi in eine flauschige Decke gepackt. Der Hund zitterte dennoch am ganzen Körper.

»Das ist nicht nur die Kälte«, konstatierte einer der Sanitäter mit fachmännischem Blick.

Papperlapapp, dachte Nappes. Der Hund war durchgefroren, das sah doch jeder.

Die Kripo kam, ebenso ein Staatsanwalt. Zeitgleich traf ein heller Transporter ein, aus dem ein paar Leute stiegen, die sich umgehend mittels weißer Overalls in madenförmige Wesen verwandelten, die stumm alles rund um den Arm beleuchteten, ausmaßen, untersuchten, filmten und fotografierten.

Einer der Kripobeamten kam zu Nappes und fragte ihn aus. Erst, als der mehrfach versichert hatte, weder jemanden gesehen, noch selbst das Eis betreten zu haben, ließ er von ihm ab.

Inzwischen hatte man einen Kranwagen herangeschafft.

»Wir müssen den Toten aus den Eis schneiden«, erklärte Hanfstängels Kollegin. Nappes musterte die Frau.

»Seit wann arbeiten Sie mit Hanfstängel zusammen?«, wollte er wissen.

»Seit er aus der Kur zurück ist«, antwortete sie, bevor sich beider Aufmerksamkeit auf den See richtete. Dort hatte man inzwischen ein großes Stück Eis herausgesägt und mit Seilen umhüllt. Nun sahen alle zu, wie all das mittels einer Winde angehoben wurde. Einen Moment lang schwebte der unförmige Eisblock in der Luft. Jetzt erkannte man schemenhaft einen Körper darin. Noch immer ragte der Arm heraus. Es sah aus, als wolle der Tote ihnen allen noch einmal zuwinken, bevor er in eine Zinkwanne gelegt und abtransportiert wurde.

4

Reykjavík/Island

Der kalte Wind biss Petra in die Nase und veranlasste sie, ihren Schal noch fester am Hals zusammenzuziehen, während sie nach einem Becher mit duftendem Glühwein griff. Sie prostete Maik stumm zu und trank in kleinen Schlucken.

»Das tut gut«, murmelte sie. Maik grinste.

»Noch ein heißes Würstchen? Gerade ist nicht so viel los an der Bude dort drüben.«

»Au ja«, lautete die begeisterte Antwort. Während Maik seinen Becher auf dem Stehtisch vor ihnen abstellte und losging, schaute Petra sich um. Sie und ihr Freund standen in der Nähe des Reykjavíker Hafens. Den ganzen Tag schon war es nicht wirklich hell geworden und ein kalter Wind blies streng über die Bucht. Dessen ungeachtet fühlte sie sich pudelwohl. Überall um sie herum waren fröhliche Menschen. Lachen lag in der Luft, von irgendwoher drang Musik, die Heizpilze sowie ein paar Lagerfeuer, an denen Würste gebraten und Brot geröstet wurde, verliehen dem Ganzen eine besondere Aura. Am schwarzen Himmel blinkten Sterne wie Eissplitter. Maik kam mit den Würstchen, auf die er großzügig Zwiebeln und Senf gegeben hatte. Petra lief das Wasser im Mund zusammen.

»Wie heißen die nochmal?«, fragte sie, bevor sie herzhaft hineinbiss.

»Pylsur«, antwortete Maik grinsend.

In diesem Moment lief ein Raunen durch die Menge. Sämtliche Köpfe drehten sich nach oben. Petra wäre fast die Wurst aus der Hand gefallen, als sie sah, was sie Menschen um sie herum so verzückte.

Grüne, blaue und weiße Lichter tanzten am Firmament, schienen sich ineinander zu verschlingen, um wieder auseinanderzudriften. Ein Schauspiel, wie sie es noch nie gesehen hatte.

»Nordlichter«, hauchte sie ergriffen. »Wie schön ist das denn?«

Auch Maik, für den das vermutlich nichts Neues war, blickte lächelnd nach oben. Kameras und Smartphones wurden gezückt, um das Naturereignis aufzuzeichnen.

»Ich glaube, Reykjavík wird zu meiner zweiten Lieblingsstadt. Nach Langen, natürlich«, hauchte Petra. Maik grinste und drückte sie fest.

Es war ihr dritter Tag in der isländischen Hauptstadt, die sie vom ersten Augenblick an fasziniert hatte. Maik, der Halb-Isländer, hatte sie kurzerhand zu diesem Trip überredet. Seine Eltern waren in ihr Ferienhaus im Norden der Insel gefahren, wo sie bis über den Jahreswechsel bleiben würden. »Unser Haus in Reykjavík steht leer, ich habe da noch ein Zimmer. Wir könnten es uns dort gemütlich machen, ein bisschen shoppen gehen, in den heißen Quellen baden und das legendäre isländische Nachtleben genießen.«

Gesagt, geflogen. Das Haus befand sich gegenüber der Bucht, Maiks Zimmer entpuppte sich als eigenes kleines Apartment im ersten Stock. In die Innenstadt waren es nur wenige Minuten, der Stadtkern war so überschaubar, dass sie alles zu Fuß ablaufen konnten. Die Isländer waren, genau wie die vielen Touristen, die sich von den dunklen Wintertagen nicht abhalten ließen, bereits in vorweihnachtlicher Stimmung. Trotzdem war es in der Stadt entspannt und ruhig.

»Warte nur bis zum Wochenende, dann wird es wesentlich lebhafter. Da gehen wir hier alle auf die legendäre *runtur*, unser Ritual«, hatte Maik sie am ersten Abend gewarnt. Trinkfest musste man sein und keine Angst vor Menschenmengen haben, die sich dicht ab dicht an den Theken der Kneipen drängten. An diesem Freitagabend jedoch hatten sie andere Pläne und kehrten, nachdem die Nordlichter ihren wilden Tanz beendet hatten, relativ früh in das Haus an der Saebraut zurück. Maik hatte gerade begonnen, sie ein bisschen an den Zehen zu kitzeln, was sie kichernd und prustend kommentierte, als das penetrante Summen eines Mobiltelefons an ihr Ohr drang.

»Deins«, meinte sie, und pustete sich eine Haarsträhne aus dem erhitzten Gesicht.

»Hätte das Ding abstellen sollen«, murrte er und tastete in dem Kleiderhaufen auf einem Stuhl herum, bis er den Störenfried fand.

»Wer?«, fragte er gleich darauf. Danach kam eine Weile nichts mehr. »Aha«, war das nächste, was Petra hörte, danach folgten: »Ich habe Urlaub« und »Skiunfall? Alle beide?« Er sprach deutsch, also kam der Anruf wohl aus Deutschland. Während Petra sich noch den Kopf zerbrach, was das alles zu bedeuten hatte, klingelte ihr eigenes Telefon. Sie zupfte ihr Shirt zurecht und tapste durch den Raum zu ihrer Handtasche.

Sigurd Falcks Nummer blinkte ihr entgegen.

Nein. Nicht jetzt.

»Ja?«, meldete sie sich, so reserviert es eben ging.

»llo etra«, schniefte es. »u musst ommen«, danach drangen drei laute Hatschis an ihr Ohr.

»Sigurd, ich verstehe dich nicht«, antwortete sie fast wahrheitsgemäß. Als Antwort trompetete er lautstark, vermutlich in ein Taschentuch, bevor er, einigermaßen verständlich, fortfuhr.

»Wir haben hier einen Notfall. Kaum jemand ist einsatzfähig. Mein Stellvertreter liegt nach einem Sturz auf Eis mit beidseitigem Armbruch in der Klinik, ein Kollege hat sich in Frankfurt am Glühwein den Magen verdorben, der Rest ist so heftig erkältet …«, die Stimme wandte sich ab, wieder nieste der Chefredakteur mehrmals heftig, bevor er fortfuhr »und ausgerechnet jetzt haben wir es hier mit einem merkwürdigen Todesfall zu tun. Womöglich sogar mit Mord.«

»Was?!« Sie blickte hoch, doch Maik hatte das Zimmer verlassen und sie hörte aus dem Badezimmer gedämpftes Gemurmel.

»Um was genau geht es?«

»Unbekannte Leiche am Krötsee. Witterungsbedingt tiefgefroren.«

Auch sie wurde jetzt leiser. So verliebt sie und Maik auch waren, sie waren in gewisser Weise auch Konkurrenten. Arbeiteten für zwei unterschiedliche Postillen. Er für das Sensationsblatt *Der Knaller.* Sie für die wesentlich renommiertere *Langener Morgenpost.* Ein Beruf, zwei Welten.

»Und jetzt soll ich ...«

»Sofort zurückkommen, um die Story zu schreiben. Hier in der Redaktion sitzt nur noch meine Sekretärin. Sie erzählt mir was von Schüsslersalzen und Globuli. Aber ich glaube, es ist schon zu spät.« Hatschi!

»Ich bin in Reykjavík«, murrte sie lau. Sie wusste, es würde nichts nützen.

»Ich weiß. Ich habe den ganzen Tag versucht, das Problem zu lösen. Keine Chance. Überall Glätteunfälle und Grippekranke. Wenn es anders ginge, hätte ich dich nicht angerufen.« Die darauf folgende Stille war beredt genug. Sie musste nicht lange nachrechnen. Noch befand sie sich in der Probezeit. Erst ab dem 1. Januar saß sie fest im Sattel.

»Ist gut«, seufzte sie. »Aber ich muss erst nachsehen, wann ein Flug geht.«

»Morgen früh, 10.05. Dein Platz ist schon gebucht.« Hatschi!

Als das Gespräch beendet war, drehte sie sich langsam um.

Maik stand an der Tür zum Badezimmer, sein Smartphone noch immer in der Hand. Er sah nicht glücklich aus.

»Sag bloß, du auch!?«

Sie nickte. »Morgen früh, 10.05 fliege ich nach Frankfurt zurück.«

Maik sah sie perplex an. Dann lachte er laut. »Nick hat denselben Flug für mich gebucht.«

»Wenn das mal kein Zufall ist.«

»Was ist es bei euch?«, wollte er wissen.

»Alle krank. Und bei dir?«

Maik warf sein Handy auf den Tisch und kam näher. »Skiunfälle. Zwei. Aber das reicht, weil die Redaktion zurzeit nicht besonders gut besetzt ist. Kündigungswelle. Nicks Führungsstil ist – nun ja, gelinde gesagt, etwas brachial. Jetzt soll ich nicht nur über den Tod im Eistümpel berichten, sondern auch über ein gesellschaftliches Ereignis.« An dieser Stelle legte er eine bedeutungsvolle Pause ein. Petra hob fragend die Brauen.

»Diese Kochshow kommt nach Langen«, bequemte Maik sich endlich, weiterzusprechen. »*Feuer unterm Topf*.«

Petra kramte in ihrem Gedächtnis. »Ist das die mit dieser Superköchin Pernilla Groth als Moderatorin?«

»Genau mit der. Drei Starköche bilden mit drei Lokalgrößen je ein Team. Die treten gegeneinander an. Wer gewinnt, trägt Ruhm und Ehren mit nach Hause. Wer verliert, ist blamiert.«

»Was wollen die denn ausgerechnet in Langen?«, wunderte sich Petra.

»Wieso? Der *Sterzbacher Hof* ist doch ein tolles Ambiente für eine solche Show.«

Da war was dran. Während Petra sich noch wunderte, dass Sigurd ihr darüber kein Wort gesagt hatte, kam Maik mit einem leicht diabolischen Grinsen näher. Er nahm ihr das Telefon ab und schob seine Hand unter ihr Hemdchen. Sie fühlte sich herrlich warm an.

»Aber egal, was unsere Chefredakteure erwarten, diese Nacht gehört noch uns.« Seine Augen glitzerten unternehmungslustig bei diesen Worten.

Petra schloss genießerisch die Augen. Recht hatte er. Packen konnten sie auch noch morgen früh.

5

Bereits am Freitagabend verhielt Lumpi sich merkwürdig. Trotz des mehr als aufregenden Tagesauftakts hatte Karl Nappes beschlossen, am Abend eine Runde auf dem Weihnachtsmarkt zu drehen. Zunächst besorgte er sich eine Unterlage für den bevorstehenden Genuss von zwei, drei Gläsern Glühwein. Lumpi, der ohne den üblichen Enthusiasmus und erst nach langem, gutem Zureden das Haus verlassen hatte, ignorierte dabei sowohl die Ecke des Mettbrötchens als auch den Zipfel der Bratwurst, die Nappes ihm wie üblich bei seinen ersten beiden Stationen reichte. Als er dann auch noch das Stückchen Butterbrot mit Wildschweinschinken, auf das er sonst so wild war, keines Blickes würdigte, wurde Nappes nachdenklich. Nicht nur, dass Lumpi einen leckeren Schmaus nach dem anderen verschmähte, darüber hinaus verhielt er sich ungewöhnlich ruhig. Müde wanderte sein Blick auf Wadenhöhe durch die dicht gedrängte Menge. Als es dann anfing zu schneien und er die Schneeflocken nicht mit dem gewohnt eifrigen Bellen begrüßte, kratzte Nappes sich ratlos am Kopf und bewegte dabei seine Schiebermütze heftig hin und her. Sollte er seinem treuen Gefährten einen heißen Äppler oder einen Met einflössen? Wollte Lumpi sich womöglich betrinken? Bevor Nappes der Sache näherkommen konnte, erspähte er Michael Hanfstängel im Gewühl, das vor einem der Glühweinstände herrschte. Er drängelte sich zu dem Polizisten durch.

»Hanfstängel, habt Ihr bereits etwas herausgefunden, über...?« Er unterbrach sich angesichts der drangvollen Enge, in der sie in der kleinen Gruppe unter einem der Schirme standen und senkte die Stimme, bevor er fortfuhr. »Über den Toten im Eis?«

Hanfstängel schüttelte den Kopf. Er bestellte lautstark einen Kinderpunsch, bevor er sich wieder dem Rentner zuwandte.

»Der ist jetzt in Frankfurt in der Gerichtsmedizin. Die tauen ihn auf und dann erst kann man sagen, wann und wie der arme Kerl zu Tode kam.«

Ob es ein Unfall war? Oder womöglich wieder Mord!

Es war ja nicht der erste Tote, den Nappes und Lumpi gefunden hatten. Wann immer er sich an den Toten am Vierröhrenbrunnen zurückerinnerte, dessen Schicksal im Sommer die Stadt in Atem gehalten hatte, lief es ihm kalt über den Rücken. Hanfstängel blies über seine Tasse und schaute versonnen in die Ferne.

»Wir haben nichts mehr damit zu tun. Das macht jetzt alles die Kripo.« Es hörte sich nicht an, als ob er traurig darüber wäre. Nappes konnte sich schon vorstellen warum.

»Der Fall damals, der war ganz schön aufreibend, stimmt's?«

»Einige der Ereignisse haben mich wach gerüttelt. So konnte es nicht weitergehen. Seit meiner Kur bin ich trocken wie ein altbackenes Brötchen«, entgegnete Hanfstängel. Er hob die Tasse mit dem alkoholfreien Punsch leicht an. Nappes, der sich beim besten Willen nicht vorstellen konnte, für den Rest seines Lebens auf Äppler, Wein und andere dezent berauschende Getränke zu verzichten, nickte wohlwollend.

»Und diese neue Partnerin, die Frau Müller, mit der kommst du zurecht?«

Hanfstängel grinste wissend. »Sie ist tüchtig und hat ein Herz aus Gold. Und sie trinkt ebenfalls keinen Alkohol, falls Sie darauf anspielen.«

Nappes grinste entschuldigend. Hanfstängel hatte seine Tasse geleert. Er beugte er sich zu Lumpi hinunter und kraulte ihn am Kinn. »Braver Hund. Wenn du nicht gewesen wärst, wer weiß, wie lange es noch mit der Entdeckung des Toten gedauert hätte.«

Lumpi gab keinen Ton von sich. Er saß da, als nehme er gar nichts um sich herum wahr. Das änderte sich weder an diesem Abend, noch am nächsten Morgen.

6

»Lumpi, du musst was zu dir nehmen«, forderte Nappes seinen Vierbeiner auf, als der am Samstagmorgen immer noch keine Anstalten machte, sich seinem Napf zu nähern. Vielmehr lag er einfach nur in seinem Körbchen, die Augen halb geschlossen, alle Viere von sich gestreckt.

»Womöglich hat er etwas Falsches gefressen«, meinte Hanna Koslowski, seine direkte Nachbarin von gegenüber im Haus. »Ich habe meine Katze, die Philomena, neulich auch zum Tierdoktor bringen müssen. Sie hatte einen verdorbenen Magen. Nach der Behandlung war sie ruckzuck wieder fit.«

Wie sich herausstellte, hatte Hanna, wegen ihrer guten Kontakte zur Geisterwelt auch *Kristallkugel-Hanna* genannt, keinen herkömmlichen Veterinär aufgesucht, sondern einen neu zugezogenen Tier-Heilpraktiker. Kuno von Otter, so Hanna weiter, war so einfühlsam mit ihrer Katze umgegangen, dass die seither noch sanfter und verschmuster war als vorher.

»Gerade so, als habe er in ihr das Beste geweckt, das sie in sich trägt. Außerdem liegt die Praxis gleich um die Ecke, in der Fahrgasse.«

Nappes war nicht wirklich überzeugt. Hanna mochte ja mit ihrer Kartenlegerei und Handleserei oft ins Schwarze treffen. Aber Mensch und Tier gehörten doch in die Hand von studierten Medizinern, oder nicht? Auf jeden Fall hatte ihn die enthusiastische Erzählung seiner Nachbarin neugierig gemacht. Und da Nappes in solchen Dingen keinen Aufschub leiden konnte, marschierte er nach dem Gespräch, den trägen Lumpi mit sich ziehend, schnurstracks in die Fahrgasse, um sich das Praxisschild anzusehen.

»Kann nicht schaden, wenn wir wissen, wann der Mann Sprechstunde hat«, murmelte er dabei. »Für den Fall, dass unser Tierarzt dieser Tage keinen Termin frei hat.« An der angegebenen Adresse war ein großer, hagerer Mann mit einem dichten Kranz aus weißgrauen Locken damit beschäftigt, ein

Schild an der Hauswand des Fachwerkbaus anzubringen. *Kuno von Otter* stand darauf. *Tier-Heilpraktiker. VDT. Sprechzeiten nach Vereinbarung*. Darunter eine Telefonnummer.

»Zu Ihnen wollte ich«, rutschte es Nappes heraus. Der Fremde drehte sich um. Auf einer langen, gebogenen Nase saß eine randlose Brille, hinter der die Augen des Mannes riesig wirkten. Deren freundlicher Blick fiel erst auf Nappes, dann auf Lumpi. Der saß neben seinem Herrchen und starrte in die Luft, als ob ihn das alles nichts anginge.

»Na, wie heißt du Hübscher denn?« Von Otter hatte sich zu Lumpi hinuntergebeugt und kraulte ihn vorsichtig zwischen den Ohren.

»Pfff«, machte Lumpi. Sein Blick wurde noch trauriger, er senkte ihn nun zu Boden.

Der Tier-Heilpraktiker erhob sich, Besorgnis im Gesicht.

»Ihr Hund scheint nicht auf der Höhe zu sein«, meinte er. Nappes murmelte etwas in der Art, das wisse er bereits und deswegen sei er hier.

»Um zu sehen, wann Ihre Praxis geöffnet ist.«

»Kommen Sie einfach herein. Sie sind da, der kleine Patient ist da, ich bin da, das ist doch schon einmal ein guter Anfang.«

Nappes war viel zu perplex, um zu widersprechen. So landeten Mann und Hund wenig später in einem großen, hellen Sprechzimmer.

»Hier herauf«, bat von Otter. Nappes setzte Lumpi auf den Behandlungstisch. Doch statt sitzen zu bleiben, sank er zusammen, die Beine vorne und hinten von sich gestreckt. Als sei er genervt von dem allem, verdrehte er die Augen und gab keinen Mucks mehr von sich. Bis auf einen gut hörbaren Pups.

»Entschuldigung«, murmelte Nappes, dem das Verhalten seines Vierbeiners peinlich war.

»Aber was«, lachte von Otter. »Dieses kleine Windchen. Stellen Sie sich mal vor, wie das bei einem Bernhardiner wäre.« Schon war er in seinem Element. Zog Lumpis Lider nach oben, fühlte seinen Puls, zwickte ihn in die Pfoten, hob den Schwanz an, tastete über die Rippen und begutachtete am Ende die Zunge.

»Ihr Lumpi hat ein Trauma«, verkündete er sodann. »Er hat irgendetwas erlebt, was er bisher nicht verarbeiten konnte. Was auch immer es ist, er braucht jetzt Ruhe, Zuwendung und ein bisschen von meiner Medizin.«

Schon hatte er sich zu einem altmodischen Holzschrank mit furchtbar vielen kleinen Fächern umgedreht und zog mehrere Schubladen heraus, ununterbrochen vor sich hin murmelnd.

»Der Umzug. Noch ist alles ein bisschen durcheinander. Na ja, das gibt sich noch«, brabbelte er vor sich hin. Dann griff er nach einem braunen Glasröhrchen. »Ah, da ist es ja. Ignatia. Ich gebe ihm Ignatia. Das hilft immer.«

Fröhlich kippte er ein paar weiße Kügelchen in ein Glas Wasser, schwenkte es erst rechts herum, dann links herum, füllte alles schließlich in ein Fläschen und trat wieder zu Lumpi.

»Bitte, öffnen Sie ihm doch einmal das Maul«, bat er Nappes und schwupp, ehe er es sich versah, hatte Lumpi das Wasser geschluckt. Nicht ganz freiwillig, was sich darin äußerte, dass er aufsprang, den Kopf schüttelte und ziemlich bedröppelt zwischen den beiden Männern hin und her blickte.

»Braver Hund.« Von Otter kraulte Lumpi erneut. Dann reichte er Nappes das Fläschchen.

»Geben Sie fünfzehn Globuli in ein Glas Wasser und lassen sie Ihren Lumpi das über den Tag verteilt trinken. Dann wird es ihm schon bald wieder besser gehen.«

Er drückte dem Verdutzten noch einmal kräftig die Hand und verabschiedete ihn damit.

»Ich habe noch so viel zu tun, die Praxis ist erst seit wenigen Tagen geöffnet und ich bin bereits fast ausgebucht«, meinte er, fast entschuldigend, während er Nappes und Lumpi hinausbegleitete. Bereits auf der Straße stehend, fiel dem noch etwas ein.

»Die Rechnung?«

»Ach«, machte von Otter. »Das hat Zeit. Kommen Sie nächste Woche vorbei, damit ich weiß, wie es dem Hund geht. Dann kümmern wir uns um die Formalitäten.« Noch ein Winken und schon war er im Haus verschwunden. Nappes, der Lumpi im Arm gehalten hatte, setzte ihn nun vorsichtig ab. Noch blickte sein Vierbeiner genauso trüb wie vor der Behandlung. Nun, sie hatten ja erst noch einiges zu besorgen. Sie wechselten die Straßenseite, liefen durch die Wassergasse, wo Nappes seine neue Brille abholte und ein bisschen Fisch kaufte, bogen am Ende in Richtung Lutherplatz ab, um im Supermarkt Milch, Brot und ein paar Dosen Fertigsuppe zu erstehen. Mit vollen Tüten ging es dann über die August-Bebel-Straße wieder zurück in die Altstadt. Noch immer lag der Schnee zentimeterdick, doch auf Trottoir und Straße war es teils rutschig, teils glatt, sodass Nappes heilfroh war, als er es bis fast zur Fahrgasse geschafft hatte. Jetzt noch ein paar Einkäufe auf dem Altstadtmarkt, der heute auf den Parkplatz neben dem Alten Rathaus stattfand und dann heim. In Gedanken war er bereits zu Hause, im Warmen, als direkt vor ihm ein Auto erst abrupt abgebremst und dann vor der alten Schererhalle schwungvoll eingeparkt wurde. Der Wagen, ein älterer, rostroter Kombi, kam äußerst abenteuerlich zum Stehen, das rechte Vorderrad auf dem Bürgersteig, den linken hinteren Kotflügel noch halb auf der Straße, und wirbelte dabei jede Menge Schneematsch auf.

Was für ein Labbeduddel ist das denn! Schlachtschiffe fahren und dann nicht einparken können.

Jemand stieg aus, doch Nappes blickte nach unten, auf seine beschmutzten Hosenbeine. Schlimmer noch hatte es Lumpi erwischt, er war kaum noch zu sehen unter der grau-braunen Masse, die sich über ihn ergossen hatte. Normalerweise hätte sein Hund sich kräftig geschüttelt. Aber das von Kuno von Otter diagnostizierte Trauma schien sogar das zu verhindern. Lumpi stand einfach nur zitternd da, sodass Nappes sich zu ihm herunterbeugen und den Berg Schneematsch von seinem Fell schieben musste. Als er sich ächzend wieder aufrichtete, denn sein Kreuz meldete sich unangenehm, blickte er in ein hochmütiges dunkelbraunes Augenpaar. Es gehörte einem hellblauen Königspudel, der geziert ein paar Schritte auf dem Gehsteig tat. Das zweite, was Nappes wahrnahm, war ein imposantes Hinterteil, das, in enges dunkelrotes Leder gehüllt, auf der Beifahrerseite aus dem Wageninneren ragte. Die Fahrerin schien jetzt, wonach immer sie gekramt hatte, gefunden zu haben. Sie schob sich aus dem Wagen und knallte die Tür zu. Als sie Nappes sah, der wie festgefroren auf dem Bürgersteig stand, warf sie ihren hüftlangen, dicken grauen Zopf über die Schulter, zog sich eine fellgefütterte Jacke über ihren zeltartigen Norwegerpullover und rief ihm zu: »Alles in Ordnung?«

Nappes deutete stumm auf seine beschmutzten Hosenbeine. Die Frau, sie hatte die Jacke inzwischen zugeknöpft und sich einen bunten Schal um Kopf und Hals gebunden, trat ein paar Schritte näher. »War ich das? Tut mir leid.« Sie lächelte und streckte ihm ihre Rechte entgegen.

»Brunhilde. Brunhilde Siebenhühner.« Sie ergriff Nappes‘ schlaffe Hand und schüttelte sie so fest, dass er erschrocken aufkeuchte. Die Frau war nicht nur einen halben Kopf größer und doppelt so breit wie er, sie war darüber hinaus eindeutig auch kräftiger.

»Esmeralda, bei Fuß«, wies sie ihre Pudeldame an. Die sah so hochnäsig aus, dass Nappes sich wünschte, sie würde auf ihren vermutlich manikürten Krallen ausrutschen und der Länge nach hinfallen. Das tat sie nicht, sie wedelte vielmehr einladend mit ihrem in wunderschöner Kugelform geschnittenen Schwanz, bevor sie mit einem Seufzen den Kopf hob und ihr Frauchen ansah.

Lass uns hier verschwinden, sagte dieser Blick.

Nappes, der inzwischen seine Hand befreit hatte, wies auf seinen Hund.

»Lumpi wurde praktisch unter dem Schneematsch begraben, den sie aufgewirbelt haben«, klagte er.

»Ach, der Süße.« Brunhilde beugte sich zu Nappes' Vierbeiner hinab und fuhr ihm mit gespreizten Fingern über den Rücken.

Wer in diesem Alter trägt denn grün lackierte Fingernägel?

Die ganze Person war eine Zumutung! Lumpi schien das ganz anders zu sehen, er stieß einen Laut aus, der wie das Gurren einer Taube klang. Nappes reichte es jetzt. Er zog an der Leine.

»Wir müssen«, beschied er dieser Brunhilde knapp. Doch zu seiner Überraschung fiepte sein Hund. Er klang erfreut. Erstaunt blickte Nappes nach unten. Lumpi hatte sich aufgerichtet, wedelte aufgeregt mit dem Schwanz und seine schwarzen Knopfaugen musterten Esmeralda fasziniert. Die überragte ihn um drei Haupteslängen, aber das schien dem Vierbeiner nichts auszumachen. Regelrecht schmachtend starrte er die Pudeldame an. Um dann, gänzlich überraschend mit ein, zwei Sprüngen direkt vor dem hochmütigen Geschöpf zu landen.

»Wuff«, machte Lumpi. Es hörte sich nach Liebeswerben an. Nappes war fassungslos. War das etwa das Ergebnis dieser Ignatiakur? Oder hatte der Heilpraktiker das falsche Mittel gegriffen, ihm einen Liebeszauber angedient? Oder wie sonst war es zu verstehen, dass Lumpi jetzt auf eine Weise hechelte, die mehr als peinlich war. Brunhilde schien das witzig zu finden, sie lachte und meinte, das sei ja mal Liebe auf den ersten Blick.

Nappes sah sie finster an, aber sie bemerkte das nicht. Schon fast grob zog und zerrte er jetzt an Lumpis Leine. Der jedoch wollte sich nicht von Esmeraldas Anblick lösen. Es endete damit, dass Nappes seinen Hund, der sich mit vier Beinen dagegen stemmte, auf der rutschigen Straße hinter sich herziehen musste, als wäre er ein Schlitten. Ein Anblick, der so manchen Marktbesucher zum Lachen brachte.

7

Bis zum Abend hatte Lumpi sich nicht wieder beruhigt. War er am Vortag noch herumgelegen wie der sprichwörtliche Schluck Wasser, schien er es nun überhaupt nicht erwarten zu können, wieder auf die Gasse zu kommen.

»Diese Königspudeltussi wartet bestimmt nicht auf dich. Der bist du zu klein, zu hässlich und zu einfach«, schalt Nappes seinen Hund. Mit dem unguten Gefühl, dass einiges davon auch auf ihn selbst zutraf. Hatte er doch seine Erfahrungen mit Liebesleid…

»Ach Wally«, seufzte er und zerdrückte eine Träne im Augenwinkel in Gedanken an seine einstige große Liebe. Nun würde er wohl bis ans Ende seines Lebens alleine bleiben. Nur mit Lumpi als Gesellschaft. Doch der schien jetzt außer Rand und Band. Dabei hatte Nappes das Gläschen mit den kleinen, weißen Kügelchen nicht angerührt.

»Wenn ich diesen von Otter erwische, diesen Tier-Quacksalber, dann kann er aber was erleben. Meinen Hund in einen liebestollen Köter zu verwandeln. Das geht zu weit.«

Dennoch brachte er es nicht übers Herz, Lumpi an diesem Abend zu Hause zu lassen. Der zeigte sich nun von einer völlig anderen Seite als am Vortag, wollte zwar immer noch keine Wurst, dafür wuselte er nervös zwischen den Beinen der Weihnachtsmarktbesucher herum. Schließlich, Nappes hatte sämtliche Markstände abgelaufen, mit dem einen oder anderen Bekannten geratscht und schließlich sogar mit Pfarrer Lichtblau ein Glas Feuerzangenbowle getrunken, die ihnen vortrefflich die Füße und den Magen gewärmt hatte. Der Pfarrer eilte mit glühenden Wangen davon und Nappes ging mit glühender Nase in die Scheune hinter dem Kinderkarrussell, um ein letztes Glas zu trinken. Dort drinnen war es brechend voll, Stimmengewirr umfing ihn. In einem Kamin in der Ecke brannte ein Feuer, an dem er sich die Hände wärmte. Immer noch war es erbärmlich kalt draußen und die Menschen liefen dick eingepackt herum. Er sah eine Weile nichts anderes, als Mäntel und Anoraks, bis ein ganzer Schwung Leute gleichzeitig aufbrach. In diesem Moment begann Lumpi erneut, an seiner Leine zu zerren. Die war naturgemäß in diesem Trubel stets sehr kurz gehalten, sodass Nappes Lumpis Zug sofort spürte. Er hatte sich noch nicht ganz vom Feuer weggedreht, da erstarrte er bereits.

»Hallo!«, winkte ihm die Lederhosenfrau von einem der Stehtische aus zu. Der Königspudel saß darunter, die Augen geschlossen, als wolle er das Treiben hier nicht sehen. Vor Schreck ließ Nappes die Leine los und Lumpi rannte davon, frontal in die Pudeldame hinein, die gequält aufjaulte, aber dennoch sitzenblieb. Der Anblick der beiden Hunde war, gelinde gesagt, ungewöhnlich. Während Lumpi direkt zwischen den Vorderpfoten seiner Angebeteten Platz nahm und seinen Kopf an ihr edles Fell schmiegte, schloss die wieder die Augen und ließ ihn gewähren. Nappes blieb nichts anderes übrig, als hinüberzugehen. Dort brach im selben Moment ein Grüppchen auf, sodass er und Brunhilde plötzlich alleine am Tisch standen.

»Rot oder Weiß?«, wollte die gleich von ihm wissen. »Nachdem ich Ihnen heute die Hosen ruiniert habe, lade ich Sie auf einen Glühwein ein.«

Nappes entschied sich für den Weißen und sah ihr nach, als sie sich zur Theke durchschlängelte. Ganz elegant für eine Frau dieses Kalibers.

»Prost, oder sagt man das hier nicht?« Sie hob die Tasse und er tat es ihr nach.

»Doch, doch. Sind Sie denn nicht von hier?«

Natürlich nicht. So jemanden konnte man nicht übersehen. Sie war ganz sicher von außerhalb.

»Ich stamme aus Egelsbach.«

Wusste ich es doch!

»Habe aber die letzten vierzig Jahre in Frankfurt gelebt.«

Eine Oigeplackte, fast.

Sie trank von ihrem Glühwein. »Jetzt bin ich wieder zurück und suche hier eine Wohnung. Die Großstadt ist mir zu laut geworden.«

»Wird schwer mit dem Hund«, meinte Nappes. Womöglich schwang ein bisschen Schadenfreude in seiner Stimme mit.

»Der ist nicht mir. Gehört meiner Schwester. Ich bin der Hunde- und Wohnungssitter, solange sie unterwegs ist.« Sie holte ein zerdrücktes Päckchen Zigaretten aus der Tasche ihrer Felljacke, klopfte eine heraus und bot Nappes auch eine an. Der winkte ab.

»Meine liebe Schwester hat nach Scheidung, Umzug und mit den ersten grauen Haaren beschlossen, sich selbst zu suchen, bevor es zu spät ist. Momentan bereist sie Indien. Aus eigener Erfahrung weiß ich, dass das ein Weilchen dauern kann.« Sie stieß eine Rauchwolke aus und grinste. »So lange habe ich hier, mitten in der Altstadt« – sie deutete vage in Richtung August-Bebel-Straße - , »eine Bleibe. Und Esmeralda am Hals.« Sie gluckste und stieß Nappes an. »Was sagen Sie dazu?«

Nichts, es fiel ihm ja nichts ein. Brunhilde linste unter den Tisch, wo die beiden Hunde noch immer in trauter Eintracht saßen.

»Auf einen schönen Abend!«, prosteten sich am Nebentisch zwei gut gelaunte Paare zu.

»Ja, da schließen wir uns an, oder?« Brunhilde hob bereits wieder ihre Tasse und trank sie leer. »Noch einen? Einer geht noch, oder?«

Beim zweiten Glühwein beschloss Brunhilde, sich mit ihm zu duzen. »Karl? Ach wie niedlich«, prustete sie. Er wurde den Verdacht nicht los, sie habe jetzt eindeutig zu viel getrunken. »Ich bin Brunhilde, das weißt du ja bereits. In meiner Jugend genannt Brunhilde die Wilde.« Ihr lautes Lachen dröhnte durch die Scheune. Es steckte die vier am Nebentisch an, die fünf dahinter und danach den ganzen Rest. Wie ein Lauffeuer ging das Lachen um. Alle Gäste glucksten, gackerten, kicherten.

Alle, außer einem. Karl Nappes hatte keine Ahnung, was daran so lustig war und stand herum wie ein Sauertopf. Als alle aufgehört hatten und sich wieder ihren Gesprächen zuwandten, stupste Brunhilde ihn an.

»Ich muss jetzt gehen. Für heute war's genug. Aber vielleicht sehen wir uns morgen?«

»Ganz bestimmt nicht, wenn ich es vermeiden kann«, hätte Nappes fast gesagt, bevor sein Blick auf Lumpi fiel. Endlich zeigte er wieder Lebensfreude. Wollte er ihm die vergällen? So sagte er ebenso tapfer wie halbherzig zu. »Ja, ja, hier oder woanders. Alles ist ja so schön übersichtlich.« Um danach den sich erneut widerborstig gebenden Lumpi zum zweiten Mal an diesem Tag nach Hause zu zerren, bis dessen Pfoten qualmten.

8

Auch Maik und Petra genossen nach ihrer abrupten Rückkehr aus Island den Anblick des weihnachtlich geschmückten Vierröhrenbrunnes, des großen Weihnachtsbaums, der voller bunter Päckchen hing und der imposanten, warm angeleuchteten Stadtkirche. Noch immer schneite es hin und wieder, Schneekristalle taumelten im Lichterglanz zu Boden. Die Stimmung war fröhlich und friedlich. Noch wusste kaum jemand von dem Toten, den man im Krötsee gefunden hatte.

Nach Petras Rückkehr war sie schnurstracks in die Redaktion gefahren. Dort harrten, trotz des Wochenendes, Sigurds Sekretärin Natalie und der neue Praktikant, ein bleicher Nerd mit tief hängendem schwarzen Pony und einer riesigen, ebenso schwarzen Brille, aus. Der hatte bereits recherchiert und alle Informationen zusammengetragen.

»Männliche Leiche, Identität noch ungeklärt, tiefgefroren, ob Unfall, Selbstmord oder gewaltsamer Tod ist noch offen, die Kripo ermittelt.«

»Mensch, den Artikel hätte ich doch auch in Reykjavík schreiben können«, maulte Petra. So ganz hatte sie Sigurd das abrupte Ende ihres Kurzurlaubs noch nicht verziehen. Außerdem erinnerte sie sich noch mit Grausen an den letzten Mordfall in Langen. Sie war da aber so was von involviert gewesen, dass sie immer noch anfing zu zittern, sobald sie daran dachte. Allerdings verdankte sie diesem unschönen Ereignis ihre Bekanntschaft mit Maik. Sie hatten sich im Sommer ineinander verliebt, kurz darauf war er ihr zuliebe nach Langen gezogen.

»Was ist mit dieser Kochshow?«, fragte sie den Nerd. Der sah sie verunsichert an.

»Kochen ist nicht mein Ding«, gestand er, wenig überraschend, tackerte aber unverzüglich auf seine Tastatur herum und vermeldete – ja, tatsächlich, Pernilla Groth käme mit ihrer Show *Feuer unterm Topf* in die Sterzbachstadt. Leider schien die entsprechende Pressemitteilung des Senders irgendwo in der Redaktion verloren gegangen zu sein. Der Nerd zuckte die mageren Schultern und fragte, ob er in den *Sterzbacher Hof* fahren solle.

»Nein, das mache ich schon. Halte du hier die Stellung und sammle alle relevanten Informationen.«

»Eine habe ich schon«, grinste der Praktikant und schickte ihr ein Foto auf ihren Bildschirm.

»Himmel, wer ist das? Ein Supermodel?«

»Curvy, wenn schon. Curvy Supermodel. Aber sowas von lecker!«

Das war die Untertreibung des Tages. Pernilla war der Hammer. Honigfarbenes Haar fiel ihr bis zur erstaunlich schlanken Taille, die neben den straffen Kurven des restlichen Bodys umso beeindruckender wirkte. Schokoladenbraune Augen blickten selbstbewusst in die Kamera, während der erdbeerfarbene Mund leicht spöttisch gespitzt war. Eine Haut wie ein Pfirsich vervollständigte das Bild.

Fotoshop, dachte Petra neidisch. *Das muss Fotoshop sein.* So sah doch keine echte Frau aus! Oder etwa doch? Sie würde Maik fragen, er hatte ja von seinem Chefredakteur dem Auftrag über diese Kochshow zu schreiben. Dabei würde er zwangsläufig mit Pernilla zusammentreffen. Himmel! Sie setzte sich kerzengerade auf. Maik und Pernilla, das war aber mal gar keine schöne Vorstellung. Ihr Maik, bei dessen Anblick sie vor einigen Monaten sofort an den Schauspieler Ryan Gosling hatte denken müssen. Schon allein der coole Blick hatte ihr Herz heftig zum Klopfen gebracht. Zwei so schöne Menschen auf einem Haufen, da würde das *Feuer unterm Topf* doch hoffentlich nicht gleich überspringen? Sie fuhr sich unwillkürlich durch das frech geschnittene, kurze blonde Haar und klickte die Starköchin von ihrem Bildschirm. Es gab schließlich Wichtigeres. Einen Toten. Und es stellte sich erneut die Frage, wer er gewesen war und warum er nun nicht mehr lebte. Bis zum Abend hatte sich, wenig überraschend, noch kein neues Bild ergeben und auch Maik hatte offenbar nicht ganz so viel zu tun, wie er angekündigt hatte. So beschlossen sie, noch eine Runde über den Weihnachtsmarkt zu drehen.

»Schau mal, da ist Karl Nappes«, raunte Petra jetzt ihrem Freund zu, als sie zum Abschluss die Scheune betraten. »Wer die Frau neben ihm ist, weiß ich allerdings nicht.«

»Späthippie und gut im Futter«, frotzelte Maik.

Petra verpasste ihm einen Stoß mit dem Ellenbogen.

»Auf mich wirkt sie vor allen Dingen tiefenentspannt und gut gelaunt. Vielleicht eine Teilnehmerin der Kochshow?«

»Ne, die reisen erst nächste Woche an«, verkündete Maik. Kurze Zeit später verfolgten sie den Abgang von Karl Nappes, der seine widerspenstige Promenadenmischung hinter sich her zerrte.

»Schon komisch, dass ausgerechnet die beiden schon wieder diejenigen sind, die den Toten im See gefunden haben«, murmelte Petra. »Mir würde das ja zu schaffen machen.«

9

Am Sonntag nach dem Gottesdienst ging Michael Hanfstängel nicht, wie er es vor seiner Kur üblicherweise getan hatte, zum Frühschoppen, sondern direkt nach Hause. Schon von weitem sah er vor dem Häuschen, das er in der Lerchgasse bewohnte, eine ihm bekannte Gestalt stehen. Ayshe Müller trampelte von einem Bein aufs andere und blies sich in die Hände.

»Endlich, da bist du ja«, rief sie ihm zähneklappernd zu. »Hab versucht, dich auf deinem Handy anzurufen.«

»Ich war in der Kirche und hab's ausgestellt gehabt. Was gibt es denn so Dringendes?«

»Nicht hier«, flüsterte Ayshe, ihre Augen blickten umher, als fürchte sie, verfolgt zu werden.

Hanfstängel zog den Schlüsselbund aus der Hose und öffnete die Tür. Angesichts der Witterung blieb ihm nichts anderes übrig, als seine völlig durchgefrorene Kollegin hereinzubitten. Das Haus hatte er von seinen Eltern geerbt, es war nicht groß, mit niedrigen Decken und die Fenster ließen nicht allzuviel Licht herein, doch es war urgemütlich. Sie ließen sich in der Küche nieder, wo Hanfstängel einen Kaffee aufsetzte. Dabei musterte er Ayshe fragend. Die räusperte sich einige Male, bevor sie auf den Grund ihres Besuchs zu sprechen kam.

»Also, was ich dir jetzt erzähle, muss unter uns bleiben.«

»Aha.«

»Ja. Es geht um den Toten im Krötsee.«

Hanfstängel blickte über die Schulter zu ihr herüber. »Gibt es da Neuigkeiten?«

»Indirekt.« Sie wand sich, die Finger ineinander verkrampft, auf der alten Eckbank. Auf der waren schon seine Großeltern gesessen, entsprechend glatt poliert war das Holz.

»Es geht um Cem. Meinen Cousin. Zweiten Grades, um genau zu sein.«

»Was ist mit ihm?«

Ayshe beugte sich vor, sie senkte die Stimme. »Cem hat etwas gesehen.«

Hanfstängel fuhr so heftig herum, dass aus der Tasse, die er in der Hand hielt, ein bisschen Kaffee herausschwappte.

»Ayshe! Das musst du der Kripo erzählen. Nicht mir. Ich habe damit nichts mehr zu tun. *Wir* haben damit nichts mehr zu tun.«

»Michael. Das geht nicht.« Sie flüsterte jetzt.

Hanfstängel stellte stirnrunzelnd zwei Tassen mit Kaffee, ein Schälchen Zucker und einen kleinen Krug mit Milch auf den Tisch, bevor er sich ihr gegenüber niederließ.

»Warum nicht?« Er nippte vorsichtig an seinem Kaffee, während Ayshe ihre Tasse vor sich herumschob.

»Cem würde niemals zur Kripo gehen. Er ist ... er traut denen nicht.«

»Denen? Du bist auch bei der Polizei.«

»Ich bin Familie«, trumpfte Ayshe auf. »Darum hat er sich mir offenbart. Und mir dabei das Versprechen abgenommen, es niemandem zu sagen.«

»Bin ich niemand?«

»Nein, natürlich nicht. Also, du bist mein Kollege und ich vertraue dir, so wie Cem mir vertraut.«

»Das ist schön Ayshe. Vor allen Dingen, weil wir beide ja noch nicht so sehr lange miteinander arbeiten. Aber nun sag mir endlich, worum es geht. Was hat dein Cousin dir offenbart? Hat er etwas mit dem Tod des Mannes zu tun?«

Ayshe gab einen undefinierbaren Laut von sich. »Er war dort. Am Krötsee. Als es passiert ist.«

Hanfstängel fuhr hoch und griff sich mit der Hand an den Kragen, als sei sein Hemd ihm zu eng.

»Er ist ein Zeuge?«

Ayshe nickte, ihr angespanntes Gesicht war immer noch ganz blass.

»Was hat er gesehen?«

Sie zuckte die Schultern. »Er sagt, er hat zunächst etwas gehört. Ein lautes Geräusch. Als würde etwas Schweres ins Wasser geworfen.«

»Wann genau war das und was hat er dort gemacht?«

Ayshe war es sichtlich peinlich, weiterzusprechen. »Er ... ach herrje. Cem ist ein bisschen aus der Art geschlagen«, stammelte sie.

Hanfstängel konnte sich denken, was sie meinte.

»Lass mich raten.« Hanfstängel beugte sich vor und blickte seiner Kollegin direkt in die Augen. »Dein Cousin Cem ...«,

»... zweiten Grades ...«,

»... hat nicht zufälligerweise etwas mit den Leuten zu tun, die in letzter Zeit immer wieder Altöl, Autoreifen, Batterien und sonstigen Müll einfach im Wald ablegen, anstatt das ganze Zeug ordnungsgemäß, aber kostenpflichtig, zu entsorgen?«

Ayshe nickte mit verkrampfter Miene. »Er ist das«, flüsterte sie.

Hanfstängel schlug mit der geballten Faust auf den Tisch, dass die Tassen nur so hüpften. »Himmel, Ayshe. Du weißt das und sagst nichts? Du kennst unsere Dienstvorschriften.«

»Ich weiß ja nichts«, entgegnete sie aufgebracht. »Also, bisher wusste ich nichts. Gestern, gestern Abend hat Cem mit mir gesprochen.«

Hanfstängel stand auf. »Komm, wir gehen aufs Revier, geben dort alles zu Protokoll und dann ...«

»Nein!« Ayshe war noch bleicher geworden als zuvor. »Er würde alles leugnen. Und für mich würde das Stress mit der Familie bedeuten. Das kannst du dir nicht ausdenken.«

»Was stellst du dir denn vor? Dieser Cem schraubt schwarz an irgendwelchen Schrottkarren herum, entsorgt seinen Müll illegal im Wald und wird auch noch Zeuge von etwas, das für unsere Ermittlungen wichtig sein könnte. Und du weißt das, willst aber schweigen. Wie willst du das jemals jemandem erklären? Du riskierst deinen Job. Und ich jetzt auch noch, wenn du mich da hineinziehst.«

Ayshe sank in sich zusammen wie ein Ballon, aus dem man die Luft abgelassen hatte. Ihre Unterlippe zitterte und ihre Augen füllten sich mit Tränen.

»Bitte, Michael«, sie rang flehentlich die Hände. »Hör dir doch erst einmal an, was Cem mir erzählt hat.«

Hanfstängel kämpfte noch ein wenig mit sich.

»Na gut«, sagte er schließlich. Er ließ sich auf seinem Stuhl zurücksinken und verschränkte die Arme vor der Brust. »Schieß los.«

10

Zur gleichen Zeit saß Petra in Jogginghosen und T-Shirt an ihrem Laptop und schrieb. In ihrem ersten Artikel ging es um den geheimnisvollen Toten. Sie erweiterte dabei das, was bereits in der Online-Ausgabe zu lesen gewesen war, um zusätzliche Informationen. Frederik, der neue Praktikant, hatte sein Bestes getan und ihr sämtliche Details zugeschickt, sodass sie am Ende erfreulicherweise mehr Text hatte, als gedacht.

Danach widmete sie sich dem zweiten großen Thema. *Feuer unterm Topf* war eine sehr erfolgreiche und viel diskutierte Kochshow. Pernilla Groth moderierte sie mit chilischarfer Zunge und zuckersüßem Lächeln. Dabei nahm sie ihre Gäste immer wieder auf eine charmant-perfide Art aufs Korn, die die Zuschauer begeisterte. Für den Sender war sie ein echtes Zugpferd, dementsprechend viele Freiheiten gestand man ihr zu. Frederik hatte dazu so viel an Informationen und Links mitgeschickt, dass Petra sich eine geschlagene Stunde lang nur damit beschäftigte. Unglaublich, was diese Pernilla alles schon für Schlagzeilen produziert hatte! Eine Liebelei mit einem verheirateten Sternekoch hatte die damals 21-jährige buchstäblich über Nacht berühmt gemacht. Ihr gutes Aussehen war ihr bei der sich anschließenden Karriere nicht im Weg gewesen. Ihr erstes Kochbuch hatte einen wahren Hype ausgelöst, weil sie sich keinen Deut um Kalorienfallen scherte, schmallippige Ernährungskonzepte schulterzuckend abtat und darüber hinaus eine Vorliebe für üppige Portionen besaß. Sie konnte es sich leisten. Üppig geraten an ihr war nämlich all das, was gemeinhin zu Verzückungen beim männlichen Geschlecht führte. Wie sie sich trotz alledem ihre Wespentaille erhielt, war Gegenstand eines zweiten Bestsellers, welcher den Titel »Yoga, Rumba, Cha-Cha-Cha – mein sinnliches Fitnessprogramm«, trug. Darin zeigte die Köchin auf atemberaubenden Fotos, was sie an Leibesertüchtigung trieb, bevor sie am Herd den Löffel schwang.

»Puh«, machte Petra. »Vielleicht sollte ich in Zukunft meine Yogaübungen nach Anleitung von Pernilla absolvieren.« Zurückgelehnt betrachtete sie die wenigen Zeilen, die sie bisher über die Sendung zu Papier gebracht hatte. Drei Teams, jedes bestand aus einem Promikoch und einer bekannten Persönlichkeit aus dem Ort der jeweiligen Ausstrahlung. Wer genau teilnahm wurde bei der ersten Sendung publik gemacht. Der Sender tat sein Bestes, alle möglichen Gerüchte zu streuen, um damit die Aufmerksamkeit hochzuhalten. Jedes Paar kochte, durch eine mobile Wand voneinander getrennt, sodass sie sich nur hören, aber nicht sehen konnten. Der Promikoch bekam eine Aufgabe zugelost, die er seiner Partnerperson durch Zuruf vermitteln musste. Beide bereiteten das gleiche Gericht zu. Am Ende wurde verglichen, wie es aussah und schmeckte. Eine Jury verkostete die Ergebnisse und kommentiere. Die anschließende Punktevergabe allerdings blieb bis zur letzten Sendung, die live übertragen wurde, geheim. Es würde drei Aufzeichnungen geben und eine Live-Sendung. Der *Sterzbacher Hof* hatte neben der großen Küche, die das Restaurant dort versorgte, noch eine zweite, kleinere, die als Bankettküche und für Kochkurse genutzt wurde. Dort würden die Aufnahmen stattfinden. Man freue sich, so sagte die Pressesprecherin des Hotels »dass die Wahl der Produktionsgesellschaft auf das Hotel gefallen sei«. Und aus dem Rathaus wurde versichert, man sei »sehr stolz, dass die Sterzbachstadt als Austragungsort gewählt wurde.«

11

»Lass es mich zusammenfassen«, ergriff Michael Hanfstängel das Wort, nachdem Ayshe Müller ihm alles erzählt hatte.

»Dein Cousin Cem ist ein Kleinkrimineller. Er hat nachts im Wald wieder einmal die Umwelt verschmutzt. Danach gehört, wie etwas Schweres ins Wasser des nahen Krötsees gefallen ist. Neugierig trat er ein paar Schritte aus dem Unterholz heraus. Dann fuhr jemand auf einem Fahrrad mit Anhänger an ihm vorbei, und trat dabei in die Pedale, wie von Teufeln gehetzt und ohne deinen Cousin wahrzunehmen.«

Ayshe begleitete all das immer wieder mit einem Nicken.

»Wir wissen jetzt, was Cem gesehen hat: Ein Fahrrad, von dem er nicht sagen kann, ob es ein Herren- oder ein Damenrad war und dessen Farbe er nicht erkennen konnte, weil es zu dunkel war. Eine Gestalt, die mit Wollmütze und Schal vermummt ein Mann oder eine Frau gewesen sein könnte. Der oder die wiederum einen Mantel trug, der blau, grau, grün oder schwarz war, so genau weiß er das nicht.«

Erschöpft hielt er inne. »Wir wissen lediglich, dass sich am Rad ein Anhänger befand. Wie genau der aussah, kann er nicht beschreiben.«

Sie blickten sich an. Ayshe wirkte betreten.

»So hört sich das alles ziemlich merkwürdig an«, gab sie zu.

»Na ja, wenn das, was Cem gehört hat, mit unserem Toten zusammenhängt, wissen wir wenigstens genau, wann er ins Wasser geworfen wurde. In der fraglichen Nacht sanken die Temperaturen gegen Mitternacht ins Bodenlose, der See fror ein.« Hanfstängel fuhr sich mit der flachen Hand mehrfach übers Haar. »Aber was machen wir jetzt? Die Kripo wird damit auch nicht viel anfangen können.«

»Wenn Cem seine Aussage überhaupt wiederholt«, erinnerte Ayshe ihn.

»Was stellst du dir denn jetzt vor?«

»Wir könnten selbst weiter nachforschen. Du und ich, wir kennen uns in dieser Stadt doch aus. Wir stochern ein bisschen herum. Im schlimmsten Fall finden wir nichts. Im besten Fall finden wir heraus, was geschehen ist.«

12

Nachdem Ayshe Müller gegangen war, saß Michael Hanfstängel noch lange in seiner Küche. Es widerstrebte ihm, die Sache nicht weiterzuleiten. Ayshes Cousin hatte bereits einiges auf dem Kerbholz. Alles kleinere Delikte, weit entfernt von Mord und Totschlag. Trotzdem - jemand, der einfach seinen ganzen Dreck im Wald ablud, hätte einen Denkzettel verdient.

Andererseits war da Ayshe. Er schätzte sie sehr. Seine Gedanken wanderten ein paar Monate zurück. Damals stand es nicht gut um ihn. Heute konnte er es aussprechen: Guten Tag, mein Name ist Michael Hanfstängel und ich bin Alkoholiker. So, wie er es einmal die Woche in seiner Selbsthilfegruppe tat. Anfangs war ihm das unendlich schwergefallen. Denn er war als Polizist kein Unbekannter in der Stadt. Manch einen, der da jetzt mit ihm in der Runde saß, hatte er bei Fahrzeugkontrollen ins Röhrchen blasen lassen. Er selbst war nur wie durch ein Wunder nicht aufgeflogen. Am schlimmsten war ein Tag im letzten Sommer gewesen, als er einen Verdächtigen in die Polizeiwache bringen sollte. Dabei hatten ihm die Hände so sehr gezittert, dass er nicht mehr fahren konnte. Petra Koslowski, die junge Reporterin der *Langener Morgenpost*, musste das Steuer seines Dienstwagens übernehmen. Eine Szene, die an Peinlichkeit kaum noch zu überbieten war. Danach war ihm klar geworden, dass sich etwas ändern musste. Dass *er* sich ändern musste. Damals trat er eine Reise an, die nie vorbei sein würde. Trocken zu bleiben, Tag für Tag, das war die Herausforderung, der er sich seither stellte. Entzug, Kur und Reha lagen hinter ihm. Sein Arbeitgeber hatte ihn vorbehaltlos unterstützt. Als er, trocken und bereit, es zu bleiben, seinen Dienst wieder aufnahm, hatte man ihm Ayshe Müller als Kollegin zur Seite gestellt. Sie nahm ihn vom ersten Tag an so, wie er war. Dabei war sie stets freundlich, verlässlich, die Ruhe in Person. Selbst Situationen, in denen ihm früher schon mal der Hut hochgegangen war, konnte er in ihrer Nähe gelassener nehmen. Dabei schützte sie ihn auch vor Frotzeleien anderer Kollegen. Natürlich wusste jeder im Revier, wo Michael in den vergangenen Monaten gewesen war. Manche fragten trotzdem gedankenlos, ob er nach Feierabend noch »mit auf ein Bier« gehen wolle oder drückten ihm bei Feiern ein Glas Sekt in die Hand. Ein komisches Gefühl, wenn er ablehnte, kam mit Ayshe an seiner Seite gar nicht erst auf. Denn sie trank grundsätzlich keinen Alkohol, nun standen sie eben zu zweit mit ihrem Wasser oder Saft in der Hand dabei. Jetzt brauchte sie seine Hilfe und er wollte sie nicht im Regen stehen lassen.

Wir wollen ja nichts unter den Teppich kehren, beruhigte er sein Gewissen. *Im Gegenteil, wir wollen bei der Aufklärung helfen. Im Verborgenen, zunächst.*

Dergestalt beruhigt, erhob er sich, stellte die Tassen in die Spüle und schickte Ayshe eine SMS. Sie bestand nur aus zwei Worten: »Bin dabei.«

13

»Glühwein, unbedingt Glühwein. Und Waffeln! Darauf freue ich mich schon das ganze Jahr über!« Karina blies sich in die kalten Hände. Ihre Augen waren vor Vorfreude groß und rund. Sie stiefelte an Petras Seite direkt auf den Hof neben der Stadtkirche zu. Von dort zog bereits der Duft nach gebrannten Mandeln zu ihnen heraus. Da, wo Kinder zwischen Strohballen herumtollten, während es sich die Erwachsenen bei Glühwein, Bratwurst und heißen Maronen gut gehen ließen, herrschte ausgelassene Stimmung. Petra freute sich jedes Jahr aufs Neue darüber, wie viele Besucher der beschauliche Weihnachtsmarkt ihrer Heimatstadt anzog. Ihr Blick wanderte über die Auslagen des Standes, an dem sie immer ihre Bethmännchen kaufte, als Karina so abrupt stehenblieb, dass ihre Freundin sie versehentlich anrempelte.

»Boah«, flüsterte sie, den Kopf halb zu Petra gedreht, die Augen weiterhin geradeaus auf etwas gerichtet, was ihre Aufmerksamkeit erregt hatte.

»Was ist los?«

»Da. Da drüben. Der sieht doch aus wie Old Shatterhand.«

»Old Shatterhand?«

»Du weißt schon. Blutsbruder von Winnetou.«

»Klar, weiß ich, wer das ist.« Ihr Blick folgte dem ihrer Freundin, dann musste sie kichern. »Das ist nicht der junge Lex Barker. Das ist ...« Sie flüsterte Karina einen Namen ins Ohr. Die fuhr wie von der Tarantel gestochen zurück.

»Der Hanfstängel?«, trompetete sie. »Brauch ich etwa eine Brille? Den habe ich komplett anders in Erinnerung.«

Tatsache war, dass der Polizist nicht nur schlanker und gepflegter daherkam als noch ein paar Monate zuvor. Er ging auch aufrechter, sah dadurch größer aus, dazu hatten sich seine Gesichtszüge deutlich entspannt. Auch Petra hatte zwei Mal hinsehen müssen, als er ihr ein paar Tage zuvor im Kaufhaus Braun über den Weg gelaufen war.

»Sieht richtig gut aus, der Mann«, bestätigte sie Karinas Feststellung.

»Der gefällt mir«, kicherte ihre Freundin. »Ob ich ihn zu einem Glühwein einladen soll?« Ihr Blick bekam etwas Schwärmerisches, als das Objekt ihres Interesses Petra entdeckt hatte, ihr zulächelte und dabei ein tadelloses Gebiss zeigte.

»Glühwein? Nur, wenn du ihn gleich in die Flucht schlagen willst«, bemerkte Petra trocken. »Versuchs mit einem Kakao.« Doch Hanfstängel, der vermutlich nicht einmal ahnte, welche inneren Begeisterungsstürme er bei Karina ausgelöst hatte, verschwand nun im Gewimmel.

»Komm, wir kaufen uns eine Waffel«, tröstete Petra ihre Freundin, die auf einmal nur noch zögerlich voranschritt, sich stattdessen ständig hoffnungsvoll umsah, bis sie sich in die Schlange vor dem Waffelstand einreihten.

»Da drüben ist Scarlett Bohnenberger«, rief Petra aus. Die Schauspielerin hatte eine weiße Wollmütze bis auf die Augen heruntergezogen und war wie üblich tipptopp geschminkt.

»Hat sie nicht kürzlich in einem Krimi mitgespielt?«

»Hat sie. Und jetzt ist sie mit dabei in der Kochshow *Feuer unterm Topf.*«

»Woher weißt du das?«, staunte Karina.

»Ich bin Journalistin, schon vergessen?«

»Wer macht noch mit?« Karinas Neugier war geweckt.

»Pst!«, antwortete Petra und legte vielsagend den Zeigefinger an die Lippen. Tatsächlich wurde noch ein großes Geheimnis daraus gemacht, wer neben den Profiköchen am Herd stehen sollte. Dass Scarlett dabei war, hatte Petra durch eine versehentlich zu früh abgeschickte Pressemitteilung von Scarletts Agentur erfahren.

»Du kannst ja deine Großmutter fragen«, witzelte Karina. »Die sieht das doch bestimmt in ihrer Kristallkugel.«

Petras Großmutter Hanna, auch Kristallkugel-Hanna genannt, war eine Institution in der Sterzbachstadt. Jeder, der etwas über seine Zukunft wissen wollte, kam zu ihr. Manche schlichen allerdings erst bei Dunkelheit in die kleine Wohnung in der Bachgasse, weil sie nicht zugeben wollten, an derlei Übersinnliches zu glauben. Handlinien! Tarotkarten! Kristallkugel! Diejenigen, die das für Humbug hielten, waren noch nie bei ihr gewesen. Alle anderen kamen wieder. Immer wieder. Auch Petra hatte dem Talent ihrer Großmutter einiges zu verdanken. Dennoch zog jetzt ein Schatten über ihr Gesicht.

»Karina. Sag es niemandem. Aber meine Oma wird zurzeit keine Hilfe sein.«

»Wieso das? Ist ihre Kristallkugel kaputt?«

Nein, das war es nicht. Dennoch besann sich Petra nun. Karina war ihre beste Freundin. Doch auch ihr konnte und wollte sie nicht alles sagen. Daher nickte sie.

»Kugel kaputt. Genau.« In diesem Moment waren sie dran. »Einmal mit Zucker und Zimt«, bestellte Petra, während Karina »mit doppelt Nutella« wählte.

14

Aus Maiks Wohnung klang leise Musik in den Flur hinaus. Petra drückte auf den Klingelknopf, gleich darauf öffnete er ihr die Tür.

»Hallo Süße«, begrüßte er sie und drückte ihr einen Kuss auf die kalte Nase. »Komm rein. Hier gibt es Kaffee, Liebe und ein paar warme Socken.«

Selbst zu dieser späten Stunde duftete es in seiner Wohnung aromatisch nach Kaffee. Maik war ein Coffeinjunkie, Tag und Nacht konnte er das dunkle Gebräu in sich hineinschütten. Diese Vorliebe teilte er mit seinen isländischen Landsleuten. Wie gut, dass in den Reykjavíker Cafés die Tassen stets nachgefüllt wurden. Petra folgte ihm in die Diele der Wohnung, die ihrer gegenüber lag und genau seitenverkehrtgeschnitten war. Wieder einmal wanderten ihre Blicke bewundernd an ihrem Freund auf und ab. Selbst in legeren Sporthosen, Wollsocken und verwuscheltem Haar fand sie ihn umwerfend.

»Wie war's mit Karina auf dem Weihnachtsmarkt?«, fragte er über die Schulter, bevor er in die Küche ging.

»Schön, wie immer. Sie hat sich mal wieder blitzverliebt.« Petra hängte ihre Jacke auf, kickte ihre Straßenschuhe in die Ecke und kicherte in der Erinnerung daran, wie zappelig Karina den Abend über gewesen war. Leider war Hanfstängel nicht mehr aufgetaucht.

»Wer ist es diesmal?« Maik kannte Karinas Hang, hemmungslos zu schwärmen. Bisher war nie was draus geworden. Als er jetzt hörte, was Petra ihm erzählte, machte er ein nachdenkliches Gesicht. »Ich glaube, den kenne ich.«

»Klar kennst du ihn. Letzten Sommer. Der Tote am Vierröhrenbrunnen. Da seid ihr beide euch begegnet.« Petra schlenderte ins Wohnzimmer, schob eine Paar Sofakissen zur Seite und sank auf die gemütliche Couch.

»Das meine ich nicht. Dieser Lex-Barker-lookalike, der trainiert im selben Fitnessstudio wie ich. Fiel mir auf. Ist ziemlich ehrgeizig, hat eine tolle Körperspannung und arbeitet mit einem Personal Coach.«

Ach herrjeh, schon der zweite heute Abend, der den runderneuerten Hanfstängel anschwärmt.

Maik stellte den Kaffee ab, hockte sich ihr zu Füßen vor die Couch und zog ihr Wollsocken über.

»Hm«, machte Petra, als er dabei ihre Zehen kitzelte.

»Immer noch kitzelig?«, neckte er sie.

»Ich glaube, es gibt Dinge, die sich nie ändern.« Kichernd sank sie zurück und ehe sie es sich versahen, waren sie in eine Kissenschlacht verwickelt. Dabei flatterten einige Blätter vom Tisch zu Boden.

»Arbeitest du noch?«, fragte Petra japsend.

»Bisschen Recherche«, antwortete Maik. Er schob die Blätter zusammen und klappte den Laptop zu. Doch Petra hatte bereits gesehen, was dort geschrieben stand.

»Pernilla Groth – die neue Traumfrau der Gourmets.«

Schon wieder Pernilla! Da konnte einem ja der Appetit vergehen.

15

Am Montag war die Situation im Redaktionsbüro der *Langener Morgenpost* unverändert. Noch immer arbeiteten sie lediglich zu dritt. Während Sigurds Sekretärin Natalie alle aktuellen dpa-Mitteilungen sichtete und aus den Tiefen ihres PC die Konserven herausholte, das waren die Artikel, die ohne aktuellen Bezug geschrieben worden waren und normalerweise in Saure-Gurken-Zeiten Verwendung fanden, trug Frederik, der Praktikant, alles, was er über Pernilla Groth, gefrorene Leichen und merkwürdige Todesfälle in Kleingewässern finden konnte, zusammen, sodass Petra sich auf das Formulieren ihrer Artikel konzentrieren konnte. Im Fall der Leiche aus dem Krötsee gab es absolut nichts Neues. Merkwürdigerweise hatte die Kripo eine absolute Nachrichtensperre verhängt, noch nicht einmal ins Polizeirevier Langen schien etwas durchzudringen. Petra nahm daher Frederiks Artikel über Wasserleichen aller Art ins Blatt und hoffte, dass Sigurd zustimmen würde, dies als Hintergrundbericht zu bringen. Der lag zwar zuhause fiebernd darnieder, trotzdem wollte er es sich nicht nehmen lassen, sämtliche Artikel zumindest kurz zu überfliegen, bevor sie in Druck gingen. Aus diesem Grund schickte Petra ihm alles an seine private E-Mail-Adresse. Dass Maik ihr beim Thema Pernilla voraus war, ärgerte sie mehr, als sie sich eingestehen wollte. Seit dem Vorabend wusste sie, dass ihrem Freund bereits ein exklusives Interview mit der Küchenperle zugesagt war. Er würde sie im noblen *Sterzbacher Hof* treffen.

»Eine Stunde haben sie mir eingeräumt.«

Eine Stunde!

Petra blickte hoch. Der Praktikant hockte mit hochgezogenen Schultern und krummem Rücken an seinem Platz.

Über kurz oder lang wird der auch bei meiner Osteopathin landen.

»Sag mal, haben wir von Pernillas Management schon Antwort auf unsere Interviewanfrage bekommen?«

»Nö«, sagte er. Der Pony hing so tief, dass man die Augen kaum sehen konnte.

Womöglich erkennt er bei der Frisur gar nichts auf seinem Bildschirm.

»Wie kann das sein? Die Aufzeichnungen beginnen in drei Tagen.«

Frederik machte ein angestrengtes Gesicht. »Stern, Spiegel, Brigitte, haben sich alle angemeldet.«

Ja, und der Knaller ebenfalls. In Person von Maik Larsson.

»Wieso ist diese Kochshow so wichtig?«

»Ist die letzte.«

»Die letzte was?«

»In diesem Jahr.«

Leicht muffelig verwies er auf sein Dossier, das Petra in ihrem elektronischen Briefkasten vorlag. Schweigend las sie, was ihr Kollege geschrieben hatte.

Pernillas letzte Show in diesem Jahr. Winterliche Menüs. An den Samstagen vor dem 2., 3. und 4. Advent eine Show (Aufzeichnung aus Woche zuvor), am vierten Advent (Sonntag) - Livesendung/Verkündung der Sieger. Für nächstes Jahr hat P. mit großem Effekt eine Änderung angekündigt (noch geheim). Medieninteresse groß (regional und überregional).

Petra konnte sich schon vorstellen, wie das lief. Bei jedem Interview, das die Starköchin gab, würde sie eine klitzekleine Neuigkeit preisgeben. Das, um die Spannung in der Branche hochzuhalten und die Zuschauer so lange wie möglich auf die Folter zu spannen. Pernillas Management schien der regionalen *Langener Morgenpost* dabei keinen großen Stellenwert einzuräumen. Ob sie Maik anbaggern sollte? Gleich verwarf sie den Gedanken wieder. Kam nicht infrage. Sie musste sich ihre Informationen selbst beschaffen. Bloß wie. Nachdenklich nagte sie an ihrem Daumennagel. Etwas, das Maik auf den Tod nicht ausstehen konnte. Das war der Grund, warum sie sich in der Redaktion dieser schlechten Gewohnheit umso lieber hingab.

Es war, als würde dadurch ein Mechanismus in ihrem Gehirn in Gang gesetzt. So, wie jetzt.

»Ich hab's«, rief sie und sprang auf. »Ich weiß jetzt, wie wir an Infos über diese Kochshow kommen.«

Frederik blickte hinter seinem Haarvorhang skeptisch zu ihr herüber. »Es ist ja noch ein Geheimnis, wer teilnehmen wird.«

Nicht für mich. Eine davon kenne ich.

Unter Frederiks verständnislosem Blick verzog sie sich in Sigurds leer stehendes Büro, um dort auf ihrem Handy zu Scarletts Nummer zu scrollen. Aktivitätsstatus: extrem relaxed, hieß es auf ihrem WhatsApp-Profil. Dazu hatte die Schauspielerin ein Foto von sich in einem dampfenden Whirlpool inmitten einer Schneelandschaft gepostet. Zum tannengrünen Bikini trug sie eine ebensolche Wollmütze mit einem Riesenbommel daran.

Wellnessbereich Sterzbacher Hof, Rooftop. Könnte mir auch mal guttun.

Petra ließ sich nicht beirren, tippte die Nummer an und lauschte dem Tuten.

»Hi, hier ist Scarlett. Entweder bin ich am Dreh oder anderweitig beschäftigt. Wenn es Beep gemacht hat, kannst du mir eine Nachricht hinterlassen.« Beep

»Hi Scarlett. Hier ist Petra. Ich würde gerne ein Interview mit dir in der *Langener Morgenpost* bringen. Hättest du heute oder morgen Zeit? Danke.«

Sie konnte nur hoffen, dass sich Scarlett daran erinnerte, wie fair letztes Jahr Petras Berichterstattung war, als die Schauspielerin ihre Rolle in einer beliebten Daily Soap verlor. Und dass sie es zu schätzen wusste, dass niemand bei der Morgenpost die von Scarletts Agentur versehentlich vorschnell versandte Pressemitteilung ausgenutzt hatte. Bis zu Scarletts Rückruf stand jedoch noch einiges andere an, was Petra den weiteren Tag über beschäftigen würde.

16

Kuno von Otter lächelte sanft, als er Karl Nappes und Lumpi erblickte. Sie waren die ersten Besucher nach der Mittagspause.

»Na, wie geht es denn dem kleinen Patienten«, fragte er und beugte sich zu der Promenadenmischung hinunter. Lumpi wedelte erfreut mit dem Schwanz und gab einen entsprechenden Laut von sich. Ganz im Gegenteil zu seinem ziemlich angefressen wirkenden Herrchen, schien er höchst erfreut über ein Wiedersehen mit dem Tierheilpraktiker.

»Sie haben meinen Hund in einen liebestollen Köter verwandelt«, begann Nappes das Gespräch. »Er ist wie ausgewechselt, seit Sie ihm dieses Ignoria ...«

»Ignatia«

»... von mir aus auch das, also, seit Sie ihm das verabreicht haben.«

»Liebstoll? Dabei sollten die Kügelchen doch gegen das erlittene Trauma helfen.« Von Otter blickte nachdenklich auf den Hund. Der saß auf seinem Hintern und blickte aufgeweckt zu ihm hinauf.

»Nun ja, in gewisser Weise hat das gewirkt«, musste Nappes zugeben. »Er ist lebhaft, frisst wieder, nur das mit dieser Pudeldame ...«

»Pudeldame?«

»Esmeralda. So heißt sie. Und sie ist dreimal so groß wie er.« Anklagend wies er auf seine Promenadenmischung.

»Aha«, meinte von Otter. »Vielleicht ist es ja ein Fall von Liebe. Amour fou. Gibt es auch bei Hunden, nicht nur bei Menschen.«

Nappes, der in Liebesdingen nur einmal und da leider nicht sehr lange glücklich gewesen war, schnaubte. Kurz tauchte das Bild seiner Jugendliebe vor seinem geistigen Auge auf.

Wally! Du warst auch so eine Amour. Leider nicht lange.

Seit sie sich im vergangenen Sommer wiedergesehen hatten, war Nappes endgültig klargeworden, dass diese Geschichte aus und vorbei war und blieb. Ein alter Hagestolz, das war er.

Von der Liebe verstehe ich nichts.

»Jeder versteht etwas von der Liebe«, antwortete von Otter mild.

Ach herrjeh. Nappes hatte seine Gedanken laut ausgesprochen. Vor diesem Hundequacksalber. Wie peinlich war das denn!?

»Sie und ich, wir sind über das Alter wohl hinaus«, hielt er seinem ergrauten Gegenüber kühl entgegen.

Von Otter hob die Brauen, entgegnete darauf aber nichts.

»Schauen wir doch, wie es Lumpi sonst noch geht«, kam er stattdessen auf das Wesentliche zu sprechen. Als der Hund seinen Namen hörte, sprang er auf.

Von Otter hob ihn auf die Untersuchungsliege, zog die Lider nach oben, die Zunge heraus, betastete das Bäuchlein und die Pfoten.

»Wie ist die Verdauung?«

»Kommt drauf an, was ich gegessen habe«, brummte Nappes.

»Ich meinte den Hund.«

»Ach so.« Wo war er nur mit seinen Gedanken. »Bei dem flutscht es.«

»Gut. Wann haben Sie ihm die letzten Globuli verabreicht?«

Nappes kratzte sich ausgiebig am Kopf. »Überhaupt nicht. Der Hund hat nach der ersten Portion, kaum dass wir das letzte Mal hier rausgegangen sind, eine arrogante Pudeldame förmlich angesprungen. Das hat mir schon gereicht.«

Von Otters Mund formte ein lautloses »O«.

»Dann hat Ignatia nichts mit der wiedergewonnenen Lebensfreude zu tun.«

Er wuschelte seinem vierbeinigen Patienten noch einmal über den Kopf. »Ist ja auch ein besonders Hübscher, Ihr Lumpi. Warum sollte er alleine bleiben?«

Ja, warum wohl. Weil ich auch alleine bin.

»Wir sind ein Junggesellenhaushalt und damit sehr zufrieden«, entgegnete Nappes mit so viel Würde, wie er bei diesem Thema aufbringen konnte.

»Aha. Also – ich bin neu in der Stadt und kenne noch nicht viele Leute«, erklärte von Otter nun überraschenderweise. »Wollen wir beide nicht mal ein Bier trinken gehen?«

»Wir trinken hier Ebbelwoi«, antwortete Nappes etwas mürrisch. Wobei eine gewisse Neugier mitschwang. »Mit meinen Stammtischbrüdern treffe ich mich heute Abend im Restaurant *Zum Haferkasten.* Das ist gleich dort oben, am Brunnen. Kommen Sie doch dazu.« Die würden Augen machen, wenn er mit diesem Globuli-Zausel auftauchte! Aber der Kreis war, dem Alter geschuldet, in den letzten Jahren etwas geschrumpft. Sie konnten durchaus einen Neuzugang vertragen.

»Kostet das jetzt was?«, wollte er beim Hinausgehen wissen. Von Otter winkte generös ab. »Das bisschen Ignatia schenke ich Lumpi fürs Erste. Kommen Sie, wenn dem Hund mal wieder was fehlt.«

Beim Hinausgehen sah Nappes im Wartezimmer bereits zwei weitere Patienten sitzen. Einer hockte in einem Käfig und krächzte in einem fort »Hannebambel, Hannebambel«. Der zweite schwamm stumm in einem Glas Wasser herum.

17

Scarlett Bohnenberger schob den Saum ihrer pinkmetallic-farbenen Skihose in die Stulpen der lammfellgefütterten schwarzen Boots und warf ihr Feuerhaar mit Schwung über die Schulter.

»Du willst Insiderinformationen von mir über *Feuer unterm Topf*?«, fragte sie.

Petra nickte. »Aus erster Hand. Natürlich werden wir noch ein Interview mit Pernilla führen. Aber ich dachte mir, dass du, eine Berühmtheit aus Langen, ebenfalls ausführlich zu Wort kommen solltest.«

Scarlett guckte misstrauisch, aber das Kompliment ging ihr runter wie Öl. Kein Wunder, war sie doch in den vergangenen Monaten beruflich durch ein Wechselbad der Gefühle gegangen. Da tat ein bisschen Schmeichelei ganz gut.

»Wer ist außer dir noch dabei?«, fragte Petra gleich.

Scarletts Augen wurden groß und rund. »Das darf ich dir nicht sagen. Vertragliche Vereinbarung.«

Petra seufzte innerlich auf. War doch nicht so einfach wie erhofft. Sie schwieg, auch weil gerade ihre *Cioccolata Italiana* serviert wurde. Heiße Schokolade mit Amaretto und Sahne war genau das, was sie nach diesem aufreibenden Tag in der Redaktion brauchte. Sie sah sich im voll besetzten Café *La Dolce Vita* um, rückte etwas näher zu Scarlett und senkte ihre Stimme. »Ich weiß. Ich sage es ja niemandem. Erst, wenn die Sache offiziell ist.« Danach erklärte sie ihrem immer noch skeptisch dreinblickenden Gegenüber, was zurzeit in der Redaktion los war. »Land unter. Ich weiß nicht, wo mir der Kopf steht. Ich brauche die Informationen nur, um den Artikel vorbereiten zu können. Sobald es offiziell wird, gebe ich den Text frei. Vorher nicht. Ehrenwort!« Dabei legte sie die Hand aufs Herz. Scarlett nagte unschlüssig an ihrer Unterlippe. »Wenn du das vorher bringst, fliege ich aus der Sendung«, murmelte sie.

»Mach ich nicht. Versprochen ist versprochen.«

Natürlich hatte Petra selbst schon überlegt, wer für die Sendung infrage kommen könnte. Immerhin hatte Langen einige Schriftsteller, Musiker, Schauspieler, Künstler und Handwerkskünstler beiderlei Geschlechts hervorgebracht. Nur, für wen hatte sich die Produktionsgesellschaft entschieden? Scarlett wusste es. Sie beugte sich näher zu Petra und flüsterte einen Namen.

»Nein!«

Dann noch einen.

»Wow!«

Scarlett ließ sich lächelnd in ihren Stuhl zurücksinken.

Jetzt kannte Petra die Namen der Prominenten aus Langen, die bei der Show dabei sein würden. Fehlten nur noch die Starköche. Auch diese Namen kannte Scarlett. »Ich werde mit Timo Schmelzer ein Team bilden«, verkündete sie verzückt. Der Senkrechtstarter der Fernsehköche. Jung, hip, durchtrainiert, dunkle Rastalocken bis zum Hintern (die er nur auf seinen vielfältigen Profilen in den sozialen Netzwerken zeigte, am Herd lässig zum Knödel geschlungen trug). Wie sich die restlichen vier zusammenfinden würden, wusste Scarlett leider noch nicht, aber es gab ja nur zwei mögliche Kombinationen. Petra würde einfach einen Text für jede Eventualität vorformulieren.

»Dafür bist du mir jetzt was schuldig«, erklärte Scarlett, als sie sich später auf dem Lutherplatz voneinander verabschiedeten. »Eine Hand wäscht die andere.«

Petra nickte.

Was wird sie schon von mir wollen? Mal wieder ein Starporträt in unserer Zeitung.

Während Scarlett ins Fitnessstudio eilte, betrat Petra den *Buchladen* am Lutherplatz und eilte zielstrebig in die Ecke, in der die Kochbücher standen. Es würde sicher nicht schaden, mal einen Blick in Pernillas Bücher zu werfen, bevor sie die Moderatorin zum Gespräch traf.

18

»... ich bin dann die Mittagspause über immer wieder über den Platz gelaufen. Hin und her zwischen Stadtverwaltung und Polizeistation. Nix. Wie vom Erdboden verschluckt. Da arbeiten wir quasi Tür an Tür, und dann das.«

Karinas Stimme drang durchs Handy an Petras Ohr. Die hörte ihre Freundin bereits eine geschlagene halbe Stunde darüber klagen, dass Michael, ›der Lex Barker aus Langen‹, leider seit dem Weihnachtsmarkt nicht mehr in Karinas Blickfeld aufgetaucht war.

»Da habe ich mir eben die ganzen Winnetou-DVDs aus der Stadtbücherei geholt«, fuhr Karina fort. »Die schaue ich mir heute Abend alle an. In einem Film spielt sogar Dunja Rajter mit.«

Trotz Lex Barker, fand Karina, waren die Filme kein vollwertiger Ersatz für den leibhaftigen Hanfstängel.

»Geh doch ins Fitnessstudio«, hörte Petra sich irgendwann sagen. »Maik meint, dass der Hanfstängel dort trainiert.«

Am anderen Ende blieb es verdächtig still. Petra konnte sich schon denken, warum. Sport war einfach nicht Karinas Ding. Wie oft schon hatte sie versucht, ihre Freundin wenigstens zum Yoga zu animieren. »Komm mit, ich gehe zur Vhs. In meinem Kurs sind auch Anfängerinnen dabei«, hatte sie ihr angeboten. Doch Karina schüttelte stur den Kopf. Dabei hätten ihr ein paar Pfund weniger und ein bisschen mehr Kondition gutgetan.

»Fitnessstudio?«, echote sie, erwartungsgemäß wenig begeistert.

»Hm«, machte Petra, die mit ihrem Laptop auf dem Knien auf dem Wohnzimmerboden hockte und mitten im Text für *Feuer unterm Topf* steckte.

»Yoga, Rumba, Cha-Cha-Cha wäre natürlich auch eine Möglichkeit.«

»Häh?« Karina verstand nur Bahnhof.

»Dieser Kurs von Pernilla.« Im *Buchladen* hatten sie glücklicherweise beide Werke der Starköchin vorrätig gehabt, sodass Petra bereits darin schmökern konnte.

»Den bieten die im Studio an?« Karinas Stimme klang zweifelnd.

»Du könntest natürlich auch einen Mord begehen. Wenn du Glück hast, kommt *er* und verhaftet dich.« Petra giggelte bei dieser Vorstellung.

»Du nimmst mich nicht ernst«, muffelte Karina. »Dabei war es anfangs für dich mit Maik auch nicht einfach. Ich hab mich damals nicht über dich lustig gemacht.«

Petra schreckte hoch. »Du hast recht«, antwortete sie entschuldigend. »Ist es dir denn so wichtig mit Hanfstängel?«

Wie kann man sich in jemanden verlieben, den man seit Ewigkeiten kennt und der einen nie interessiert hat?

»Mit dem neuen Hanfstängel. Ja. Ich sehe ihn mit ganz anderen Augen.« Karina seufzte tief. »Ehrlich, Petra, ich bin richtig, richtig verknallt. Dieses Mal ist es mein Mr. Right.«

Das hatte sie schon oft gehört. Dennoch gingen Petra die Worte ihrer Freundin näher, als ihr lieb war.

»Warte mal kurz. Bleib dran, ja?« Sie legte das Handy ab, sprang auf und stand Sekunden später vor Maiks Tür. Auf ihr Klopfen antwortete er zunächst nicht. Erst, als sie lang anhaltend klingelte, er musste daheim sein, wollten sie doch später noch gemeinsam ein paar Folgen »Mord mit Aussicht« gucken, kam er zur Tür. Das Lächeln in seinem Gesicht erstarb merkwürdigerweise, als er Petra erblickte.

»Moment«, nuschelte er in sein Handy, drückte die Stummtaste und blickte seine Freundin fragend an. »Wir sind erst später verabredet.«

»Ich weiß«, entgegnete Petra irritiert. »Ich wollte nur wissen, wann du und Hanfstängel, wann ihr gemeinsam trainiert.«

»Was?« Maik verstand nicht, was sie meinte.

»Wochentag, Uhrzeit.«

Kurze Zeit später nahm sie das unterbrochene Gespräch mit Karina wieder auf.

»Dienstags, 19 Uhr. Da stemmt dein Traummann mit einem Personal Trainer immer die Hanteln. Wenn du also sicher gehen willst, ihm irgendwo zufällig über den Weg zu laufen, dann dort.«

19

»Huhu!«

Karl Nappes erschrak. Er war auf dem Weg zu seinen Stammtischbrüdern und bahnte sich den Weg durch den proppenvollen *Haferkasten*, als ihm von einem der kleineren Tische aus jemand zurief. Brunhilde Siebenhühner war's, die, mit Messer und Gabel in der Hand, hinter einem Haspel hervor eifrig in seine Richtung winkte. Nappes rang sich ein Lächeln ab und strebte noch ein bisschen eiliger dem Tisch zu, an dem bereits zwei seiner Kumpels saßen. Gottlob war Lumpi zu Hause, wer weiß, ob er sonst noch einen gemütlichen Abend hätte verbringen können. Ächzend ließ er sich nieder.

»Wer ist denn das fesche Weibsbild dort drüben?«, wurde er sogleich gefragt. Peinlich berührt murmelte er etwas von ›Hundehalterin‹ und ›beim Gassigehen kennengelernt‹, während er ihr quer durch den Raum hindurch zusah, wie sie sich mit gutem Appetit ihrem Essen widmete.

Wenigstens gehört sie nicht zu den Frauen, die selbst ein Salatblatt dreimal umdrehen, um es dann doch nicht zu essen.

Gleich darauf trat Kuno von Otter an den Tisch. Er stellte sich vor, bevor er Platz nahm, und gleich darauf waren alle in ein Gespräch mit dem Neuankömmling verwickelt. Nappes erzählte freimütig, woher man sich kannte. Von Otter erläuterte, woher er kam (»Berlin«), was ihn nach Langen verschlagen hatte (»die Großstadt passte nicht mehr zu mir. Oder ich nicht mehr zu der Stadt. Hahaha!«), seit wann er denn seinen Beruf ausübe (»inzwischen wohl im zwanzigsten Jahr«) und was er vorher alles gemacht hatte (»habe mich in verschiedenen Bereich ausprobiert«).

»Wohnst du womöglich in einem dieser unattraktiven Wohnsilos, mit denen man die ganze Stadt in den letzten Jahren zugebaut hat?«, wollte einer wissen. Von Otter verneinte. »Natürlich nicht. Als ich das erste Mal nach Langen kam, und das sah, wäre ich beinahe einfach weitergefahren. Gottlob habe ich mich nicht abschrecken lassen und ein schönes Domizil in der Hügelstraße gefunden.« Seine Praxis war ebenfalls ein Glücksfall gewesen. »Mitten in der Altstadt, das finde ich angemessen für meine Profession.«

»Heilpraktiker, so, so«, meinte ein weiterer.

»Zahlt das auch die Kasse?«, ein anderer.

Irgendwann geriet das Gespräch vom Allgemeinen ins Besondere und war gerade an dem Punkt angelangt, an dem in abgesenkter Lautstärke und ungeachtet der Tatsache, dass Kuno, man duzte sich bereits, Tier und nicht Mensch behandelte, Malaisen und Zipperlein besprochen wurden, gegen die der eine oder andere der Anwesenden einen Rat (»gerne auch was Pflanzliches«) einholen wollte. Mitten in dieses gedämpfte Gespräch hinein platzte zum zweiten Mal an diesem Abend das laute »Huhu!«, mit dem Brunhilde Siebenhühner Karl Nappes bereits einmal erschreckt hatte.

Indes, der fröhliche Gruß galt nicht ihm. Sowieso war Brunhilde bereits in Mantel und Schal und lediglich noch einmal vorbeigekommen, um Tschüss zu sagen, wie sie sogleich erläuterte.

»Da dachte ich mir doch, den Charakterkopf, den kennst du.«

Kuno blinzelte schwer von Begriff durch seine Brille.

»Mensch, Kuno. Frankfurt 1978. Oder war es 79? Egal. Hausbesetzung. Westend. Macht kaputt, was euch kaputt macht.«

Von Otter sprang auf wie von der Tarantel gestochen. »Brunhilde? Die Wilde?«

Gleich darauf lagen sie sich erinnerungstrunken und wiedersehensselig in den Armen. Von Otter, eineinhalb Kopf größer und nur halb so breit wie seine wiedergefundene Spontifreundin, schwenkte diese wie wild im Kreis herum. Aus unerfindlichen Gründen bereitete dieser Anblick Karl Nappes ein ungutes Gefühl. Fast so etwas wie Eifersucht stellte sich ein, als er die beiden so sah. Sie schienen ja ein Herz und eine Seele, wenngleich seit Jahrzehnten getrennt.

Ach Wally, es hätte so schön werden können mit uns.

»Mensch Bruni, was machst du denn hier«, wollte der Tierheiler wissen, als er endlich zum Stillstand und sie wieder zu Atem gekommen war.

»Dann sind wir ja fast Nachbarn«, staunte er, als sie die Geschichte mit der Schwester, der Wohnung und dem Hund zum Besten gegeben hatte.

»Und wenn deinen Teilzeithund mal ein Zipperlein plagt, weißt du ja, wohin. A propos, was ist es denn für einer?«

»Eine Königspudeldame«, gluckste Brunhilde, bevor sie sich endgültig verabschiedete (»Muss noch Gassi mit der Kleinen. Hahaha!«) und dabei Nappes zuzwinkterte. Von Otter nahm wieder Platz.

»Königspudel, Königspudel, da war doch was.«

Sein Blick fiel auf seinen neuen Duzfreund Karl, da fiel es ihm ein.

»Mensch, ist das womöglich die Süße, in die dein Lumpi sich verknallt hat?«

Nappes nickte, mit zusammengepressten Lippen.

»Dann kennst du die Bruni ja bereits. Wenn ich mich so daran erinnere, an die guten alten Spontizeiten in Frankfurt, da könnte ich euch Geschichten erzählen ...« Seine Äuglein strahlten. Nappes antwortete knapp, man sei doch gerade bei wichtigen gesundheitlichen Themen gewesen. Etwas unwillig nickte von Otter, verdrehte noch einmal den Kopf, doch Brunhilde war bereits verschwunden.

»Also, wo waren wir? Die Prostata, genau«, meinte er dann, und die Köpfe der älteren Herren senkten sich umgehend wieder zusammen.

20

Der nächste Tag brachte für Petra keine Überraschungen. Der Tote aus dem Krötsee war nach wie vor talk of the town, ohne dass jemand wusste, was genau Sache war. Der Leichnam, soviel war ihr bekannt, wurde in der Gerichtsmedizin aufgetaut, anschließend obduziert. Ob man da mit einem überdimensionalen Fön neben dem Toten stand? Sie schüttelte diese komische Vorstellung ab und arbeitete sich durch den Polizeibericht. In eine Gartenhütte im Loh war eingebrochen worden. Auf dem Parkplatz der Stadthalle hatte ein Unbekannter ein Fahrzeug beschädigt und sich stillschweigend aus dem Staub gemacht. In der Nähe von Schloss Wolfsgarten waren Autoreifen, Batterien und ähnlicher Schrott abgeladen worden. Mit einem Pling kündigte ihr PC den Eingang einer Nachricht an. Sigurd war's, der frohen Mutes verkündete, er käme am nächsten Tag zurück ins Büro. Auch der Kollege mit dem Glühweinunfall wurde zurückerwartet, sodass sie aufatmen konnte. Sie hatte am Vorabend noch recht lange gearbeitet. Unerwartet lange. Denn Maik war an diesem Abend ganz anders als sonst gewesen. Er schien abwesend, lachte an genau den falschen Stellen im Film und verabschiedete sich danach von ihr, statt zu bleiben, wie sie es erwartet hatte. Schlaflos hatte sie sich erneut an den Laptop gesetzt und an ihren Artikeln gearbeitet. Wesentlich unkonzentrierter als vorher. Was war los mit Maik? Sein Benehmen war so seltsam gewesen, dass sie auch heute noch immer wieder irritiert darüber nachdenken musste.

Darüber hätte sie fast vergessen, ihre Großmutter anzurufen. Die machte in der letzten Zeit keinen guten Eindruck und Petra beschloss spontan, sie am Abend zum Essen einzuladen.

»Ich hole dich um 19.00 Uhr ab. Wir gehen ins *Treppchen.*« Hanna Koslowski schien zögerlich, sagte dann aber doch zu. Den restlichen Tag über tippten Petra und Frederik sich die Finger wund. Die Mittagspause nutzte sie, um über die

Teilnehmer der Kochshow zu recherchieren, deren Namen Scarlett ihr genannt hatte. Kiki Lauterbach war eine Bildhauerin, die zwischen Langen und Egelsbach auf einem etwas abseits gelegenen Gelände riesige Skulpturen aus rostigem Altmetall anfertigte, die auf den unvorbereiteten Betrachter wirkten, als hätte jemand einen Haufen Schrott zu Kugeln, Pyramiden oder Säulen geformt. Winfried »Winnie« Krekel galt trotz seiner annähernd 50 Jahre immer noch als Enfant terrible der klassischen Musik. Arbeitete er doch nicht nur mit Pauken und Trompeten, sondern auch mit Naturtönen, die er in akribischen Sessions im Wald und auf der Weide - er liebte es, das Muhen von Kühen oder das Zwitschern von Vögeln in seine Kompositionen einzubauen - aufnahm. Frederik kam von seinem Mittagstisch in der nahe gelegenen Metzgerei zurück und legte ihr wortlos ein Leberkäse-Brötchen auf den Tisch. Sie dankte ihm überrascht. Hatte sie ihn doch gar nicht darum gebeten. Lediglich... Verdutzt kehrte sie zu ihrem E-Mail-Account zurück. Ja, da stand es. In einer Nachricht an Karina von heute früh hatte sie ihrer Freundin irgendwo auch geschrieben, sie habe Lust auf ein Leberkäse-Brötchen aber vermutlich nicht mal Zeit, eine Mittagspause einzulegen. Hatte sie diese Mail versehentlich an Frederik geschickt? Nein, es stand nur Karina im Adressfeld. Merkwürdig. Frederik hackte bereits wieder auf seiner Tastatur herum.

»Diese Regula Maier ist interessant«, hörte sie ihn sagen. »Lebt seit Jahren auf einer Alm. Kocht nur mit Dingen, die sie in ihrer Umgebung findet. Wer ihre sagenhafte Küche probieren will, muss dort in den bayerischen Bergen hinauf zu ihr. Und jetzt kommt sie nach Langen.«

»Woher weißt du das?«, stotterte Petra. »Ist die Pressemitteilung der Produktionsgesellschaft da?«

»Nö.« Er schüttelte den Kopf, wobei sein Pony mitschwang wie das Fadenkleid einer Charleston-Tänzerin. »Ich hab's von dir.«

Petra starrte ihn an. Sie war sich ganz sicher, kein Wort über die möglichen Teilnehmer der Show verloren zu haben.

»Hab deine Notizen gelesen.«

Sie schüttelte den Kopf. »Ich hab nichts ausgedruckt.«

»Hab deinen Account gehackt.«

Ihr Mund öffnete sich scheinbar ohne ihr Zutun.

»Du hast WAS!?« Die Töne kamen doch noch, spitz und schrill.

Natalie kam aus ihrem Büro gelaufen. »Ist was passiert?«

»Er ... er hat meinen Account gehackt!« Empört wies Petra auf Frederik.

Natalie winkte müde ab. »Hat er bei meinem auch schon gemacht. Er ist in irgend so einer virtuellen Rabaukengruppe, die alles mögliche hackt. *Beasty Young Nerds*. Jetzt habe ich ein sicheres Passwort.«

»Maik als Passwort ist auch nicht gerade clever«, nuschelte der Übeltäter in Petras Richtung. Dann grinste er. »Sorry, Kollegin. Kommt nicht wieder vor.«

Sie war sich nicht sicher, ob sie das so einfach hinnehmen würde wie Natalie.

»Zur Strafe recherchierst du alles, und ich meine alles, was du über die Teilnehmer sonst noch findest und ergänzt meinen Artikel. Das ist ein Zusatzjob zu allem, was du sonst noch zu tun hast.« Jetzt war sie ganz der Boss, der sie heute noch sein durfte. »Dann denke ich darüber nach, Sigurd morgen nichts von deinen Missetaten zu erzählen. Denk dran, du befindest dich noch in der Probezeit.«

Wenigstens machte er ein angemessen betretenes Gesicht.

21

»Jetzt such dir doch was aus«, bat Petra ihre Großmutter bereits zum wiederholten Mal.

»Ich hab keinen Hunger«, antwortete die leise. Ihre Finger spielten mit der Tischdekoration. Petra und Hanna Koslowski saßen im *Treppchen* in der Altstadt, nur einen Steinwurf von Hannas Wohnung entfernt, und eines ihrer Lieblingslokale. An diesem Abend jedoch schienen weder der appetitliche Duft nach Gans und Rotkohl noch die allgemein gute Stimmung im voll besetzten Gastraum die Ältere zu animieren. Petra legte die Speisekarte zur Seite. »Sag, was ist los?«

Hanna seufzte tief und blickte vorsichtig um sich. »Ich glaube, ich habe mich übernommen«, sagte sie schließlich.

»Übernommen wobei?«

»Pst. Nicht so laut.« Wieder wandte Hanna den Kopf. Sie nickte Bekannten zu, die ein paar Tische weiter saßen, bevor sie fast flüsternd fortfuhr.

»Meine Eingebungen. Sie stimmen nicht mehr.«

Petra brauchte einen Moment, um zu begreifen. »Du *siehst* nichts mehr*?«*, fragte sie alarmiert.

»Genau so ist es.« Hannas verzweifelter Blick sprach Bände. Petra ahnte, was in ihrer Großmutter vorging. Immerhin war die Hellseherei ihr Beruf. Je genauer sie die Schwingungen des Universums erfühlen konnte, die wiederum die Grundlage für die Sicht auf die Möglichkeiten der Zukunft darstellten, desto zufriedener waren ihre Kunden. Keine klare Sicht bedeutete das berufliche Aus für Hanna. Anhand der Andeutungen der letzten Tage hatte sie bereits geahnt, dass es nicht mehr so flott voranging mit der Hellseherei und Hanna sich eine Auszeit nehmen wollte. Dass es so schlimm stand, hatte sie nicht geahnt.

»Himmel. Und jetzt?« Petra flüsterte unwillkürlich ebenfalls.

»Haben Sie schon gewählt?« Der Kellner stand wie aus dem Boden gewachsen neben ihnen und sie fuhren erschrocken auseinander. Eilig bestellte Petra der Einfachheit halber für sie beide Gänsekeule, bevor sie sich erneut zueinander beugten.

»Jetzt rette ich mich seit Monaten mit Allgemeinplätzen über die Runden. Hin und wieder habe ich nochmal ein Zipfelchen Zukunft erkannt, aber inzwischen ist es zappenduster.«

»Deine Kunden, haben die schon was bemerkt?«

Hanna senkte bedrückt den Kopf. »Manche werden ungeduldig, wenn sie auf konkrete Fragen nur WischiWaschi von mir hören. So geht das nicht weiter.« Sie schüttelte energisch den Kopf und griff nach dem Rotwein, der in diesem Moment serviert wurde. »Bloß, was mache ich dagegen? Die Zwischenwelt lässt sich nichts vorschreiben.«

»Seit wann geht das denn so?«

Hanna blickte in ihr Glas, als suche sie ausgerechnet dort Halt. »Es kam schleichend. Fing im Sommer an. Sei[illegible]
Geschichte mit dem Toten am Vierröhrenbrunne[illegible]
dem Tag, an dem du im Wald warst und ich [illegible]

»Ich weiß, Oma.« Petra legte schnell d[illegible]
Großmutter und hinderte sie am Weitersp[illegible]
wusste sie sowieso Bescheid. Der To[illegible]
Ebbelwoifest und alles, was er nach sich zo[illegible]
ihr, sondern auch ihrer Großmutter ein übera[illegible]
Energie abverlangt. Zum zweiten war jemand [illegible]
getreten.

»Ist hier noch ein Plätzchen frei?«, fragte der Mann freundlich.

Petra blinzelte nach oben. Sie kannte den neuen Gast nicht. Erstaunlicherweise aber ihre Großmutter schon.

»Herr von Otter. Das ist ja eine Überraschung«, begrüßte sie den Neuankömmling.

»Wie geht es Philomena?«, fragte er, und schob sich auf einen der zwei freien Stühle am Tisch.

»Die ist wieder putzmunter«, erklärte Hanna mit einem leisen Lächeln. »Ihre Medizin hat ihr schnell geholfen.«

»Sage ich doch. Die Homöopathie ist eben nicht nur für den Menschen gut.«

Petra zog erstaunt die Brauen nach oben. Wer war dieser Mann?

»Von Otter. Tierheilpraktiker. Kürzlich oigeplackt, wie man in Langen so schön sagt«, stellte er sich Petra vor, bevor er sich wieder ihrer Großmutter zuwandte. »Denken Sie bitte daran, bei nachlassenden Symptomen auch die Dosis der Globuli zu verringern.«

Ihr Essen kam und während Petra sich mit gutem Appetit über ihre Gänsekeule hermachte, schob Hanna ihren Teller unschlüssig vor sich herum und stocherte lediglich in ihrem Rotkraut.

»Sieht gut aus. Sollte ich vielleicht auch bestellen«, meinte der Heilpraktiker.

»Können Sie gerne haben.« Hanna schob ihm ihren Teller zu und seufzte. »Ich habe eh keinen Hunger.«

»Oma. Du musst mal was Richtiges essen«, protestierte Petra und zog den Teller wieder zurück.

Von Otter blinzelte verständnislos. »Ist Ihnen nicht wohl?«, wollte er schließlich von Hanna wissen.

»Falls Sie denken, meiner Großmutter mit ein paar Zuckerkügelchen helfen zu können – nein danke. Da glaubt sie nicht dran«, verkündete Petra kühl.

»Bei meiner Philo hat es geholfen«, fiel Hanna ihrer Enkelin in den Rücken. »Schon nach einem Tag war sie wieder fit.«

»Vermutlich hatte sie sich den Magen verdorben und das Problem hat sich auf natürliche Art erledigt«, meinte Petra, bevor sie sich ein Stück Fleisch in den Mund schob und lustvoll darauf herumkaute. Hanna blickte betreten auf ihren Teller hinunter. Sie sah aus, als wäre ihr erneut der Appetit vergangen.

»Nun ja.« Von Otter räusperte sich kurz, legte die Hände zu einem Dach zusammen und blickte Petra nachsichtig an. »Die

Homöopathie ist schon seit vielen Jahren erprobt. Wie sagt man doch so schön – wer heilt, hat recht.«

Der Kellner trat an den Tisch. Von Otter deutete auf Hannas Teller und bestellte dazu ein Bier.

Als sie wieder alleine am Tisch waren, hörte Petra sich sagen: »Haben Sie auch etwas in Ihrem Repertoire, das gegen Burnout hilft?«

Hanna verschluckte sich fast an einem Stück Knödel. »Petra«, presste sie hervor.

»Nein, lass mal Oma. Das interessiert mich jetzt.« Auffordernd blickte sie zu von Otter hinüber.

Der begann nun in einem leicht dozierenden Tonfall zu erklären, dass die saubere Diagnose das A und O der Behandlung wäre. »Leitsymptom, Nebensymptom. So gibt es in der Homöopathie eben nicht das eine Mittel gegen Kopfschmerzen, sondern es gibt, je nach Kopfschmerztyp, verschiedene Behandlungsmöglichkeiten.«

Petra hörte aufmerksam zu. Der Kerl wirkte nicht wie ein Quacksalber. Dennoch war sie nicht überzeugt.

»Bei Burnout ist es genauso. Ohne genau eruiert zu haben, was dahinter steckt, kann man das richtige Mittel auch schlecht finden.«

Nun war es ja so, dass der Begriff Burnout, der Petras Meinung nach sowieso viel zu inflationär benutzt wurde, den Kern des Problems womöglich nur unzureichend traf. Wie nannte man Visionsblindheit bei Hellsehern? Gab es da überhaupt einen Begriff? Vielleicht wäre das mal einen Artikel im nächsten Sommerloch wert.

»Wie würden Sie das denn diagnostizieren?«

»Bei Ihrer verehrten Frau Großmutter? Überhaupt nicht. Denn ich bin ja, wie schon gesagt, eher für die Tierwelt zuständig.«

Ach so, na klar, daran habe ich gar nicht mehr gedacht.

22

»Wenn ich nur wüsste, wie ich meiner Oma helfen kann.« Petra hockte in ihrer Küche, eine Tasse Schlaftee vor sich. Maik saß ihr gegenüber, sein Blick wirkte müde und abwesend.

»Äh, ja«, meinte er zerstreut nach einer längeren Gesprächspause.

»Sag mal, hörst du mir überhaupt zu?« Petra setzte die Tasse mit einem lauten Knall ab. »Immerhin geht es um ihren sechsten Sinn. Den hat sie verloren. Stell dir mal vor, du könntest nicht mehr schreiben, weil sich die Buchstaben in deinem Kopf falsch zusammensetzen.«

»So ist das?«

»So ähnlich stelle ich mir das vor.«

Maik rieb sich mit der flachen Hand übers Gesicht. »Das ist nicht gut. Vielleicht sollte sie zum Arzt gehen?«

Zu welchem wohl?

Er hob den Blick und schien zu bemerken, was er für einen Blödsinn gesagt hatte.

»Sorry, Süße. Ich bin zurzeit ziemlich unter Druck. Wir fahren die Redaktion mit viel zu wenig Manpower. Ehrlich gesagt, weiß ich nicht mehr, wo mir der Kopf steht.«

Sofort bekam Petra Mitleid mit ihrem Freund. »Kann ich gut verstehen«, murmelte sie und streichelte seine Hand. »Gott sei Dank, kommen Sigurd und ein weiterer Kollege morgen wieder.« Sie trank den Tee aus, sprang auf und stellte die Tasse in die Spüle.

»Ich hoffe, ich darf trotzdem an der *Feuer unterm Topf* Geschichte weiterarbeiten.« Als sie sich umdrehte, war ihr, als ob sich Maiks Gesichtsausdruck bei ihren letzten Worten verändert hätte.

»Habe mir sogar schon Pernillas Bücher gekauft. Sehr interessant, was sie über ihr Fitnessprogramm schreibt.« Grinsend zog sie das Buch unter einem Stapel Zeitschriften hervor, die sich auf einem der Küchenstühle stapelten. »Yoga,

Rumba, Cha-Cha-Cha«, las sie laut vor. »Hast du schon einen Blick hinein geworfen?«

Maik schüttelten den Kopf. »Habe sie eine Stunde lang interviewt. Nick will, dass ich die Geschichte über drei Teile strecke.«

Petra spürte, wie ihr das Lächeln aus dem Gesicht fiel. »Du *hast* sie bereits gesprochen?«

»Habe ich dir doch gesagt.« Leicht ungeduldiger Unterton.

»Hast du. Aber nicht, wann.«

»Ist das wichtig?« Noch ungeduldiger.

Petra stutzte. So kannte sie ihren Lover nicht. Maik war gelegentlich etwas großspurig, hin und wieder gerieten sie wegen Alltagsdingen aneinander. In beruflichen Dingen war er meist extrem verschwiegen und blockte Fragen geschickt ab. Aber derartig ungeduldig hatte sie ihn noch nie erlebt.

Vielleicht ist er tatsächlich komplett überlastet.

Trotzdem konnte sie sich eine Frage nach Pernilla nicht verkneifen. »Und, wie ist sie so?« Sie wollte es leicht klingen lassen, wie nebenbei gefragt. Dabei hörte man doch ihre innere Anspannung heraus.

Pernilla, die Sexbombe.

»Sie ist nett. Ganz anders, als ihr Image in den Medien«, hörte sie Maik sagen. Mit einer Stimme, die überhaupt nicht mehr genervt klang, eher nach Zucker und Zimt.

»Nett, aha.« Was sollte man dazu sagen?

»Sie hat mich durch die Küche geführt. Hochprofessionell. Danach sprachen wir über die Sendung. Und über ihre Zukunftspläne.«

Petra spitzte die Ohren. Ob er ihr jetzt etwas verriet? Sein Wissensvorsprung war enorm. Dazu noch aus erster Hand. Aber es kam nichts mehr. Maik sank ein bisschen in sich zusammen, schob seine Kaffeetasse hin und her und sagte nichts mehr.

»Weißt du denn schon, wer teilnimmt?« Noch immer wurde daraus ein großes Geheimnis gemacht. Durchgesickert war noch nichts. Der Sender wollte die Namen offiziell einen Tag vor der Ausstrahlung der ersten Aufzeichung bekanntgeben. Wie gut, dass sie durch Scarlett einen Heimvorteil besaß!

»Natürlich weiß ich das«, zerschoss Maik ihre kleine Genugtuung. »Du etwa nicht?« Im Blick seiner Augen lag etwas, das sie warnte. Sein Grinsen verriet ihn.

»Du hast keine Ahnung«, prustete sie los. »Wolltest mich austricksen.« Neckisch drohte sie ihm mit dem Finger.

»Natürlich«, gab er zu. »Du kennst deine Stadt. Du weißt, wer hier infrage kommt. Da wollte ich mal vortasten.«

Er erhob sich, reckte die Arme nach oben. Das erinnerte sie an etwas.

»Hast du heute den Hanfstängel im Fitnessstudio gesehen?«

Maik rieb sich die Augen und gähnte lautstark. »Der hat mit seinem persönlichen Coach gearbeitet. Ganz schön diszipliniert.« Wieder gähnte er, dieses Mal noch ausgiebiger.

Das wird wohl heute nichts mehr mit Kuscheln.

»Ach ja. Deine Freundin Karina, die war auch da. Wirkte anfangs ein bisschen wie auf der falschen Hochzeit gelandet. Bis dieser Hanfstängel sich ihrer annahm.« Jetzt grinste Maik breit. »Wenn du mich fragst, die kommt jetzt öfter.«

23

Mit einem herzhaften »Hatschi«, meldete sich Sigurd Falck am nächsten Morgen in der Redaktion zurück.

»Sorry, Petra, dass ich dir deinen Urlaub vermasselt habe«, entschuldigte er sich bei ihr. »Sobald wir wieder voll besetzt sind, gebe ich dir ein paar Tage frei. Mit einem Extra-Bonus.« Zunächst jedoch stellte er ihr, Frederik und Natalie je eine Flasche Eierlikör auf den Tisch.

»Selbstgemacht«, versicherte er. »Aber nicht während der Arbeitszeit probieren.« Er drohte schelmisch mit dem Finger. Er sah blass und mitgenommen aus, war aber nach eigener Aussage fit genug, um zu arbeiten. Zumindest am Schreibtisch.

»Rausgehen müsst ihr«, machte er klar, bevor er, versorgt mit Ingwertee und einer Großpackung Papiertaschentücher in seinem Büro verschwand. Auch der Kollege, der »garantiert nie mehr Glühwein« trinken würde, war wieder gesundet und ordnete die Unterlagen auf seinem Schreibtisch. Petra fluchte derweil leise vor sich hin, weil sie nicht in ihren Computer kam. Bis ihr einfiel, dass sie am Vortag nach Frederiks Hackerangriff das Passwort geändert und es sich blöderweise nicht aufgeschrieben hatte. Ob sie Frederik fragen sollte? Nach einer Weile des Herumprobierens fiel ihr wieder ein, dass das neue Passwort ›Kristallkugel‹ lautete. Während sich ihre To-Do Liste öffnete, klingelte das Telefon. Petra fiel fast vom Stuhl, als sie hörte, wer dran war.

»Zettel. Produktionsgesellschaft XL-Motion. Wir drehen ab morgen in Ihrer schönen Stadt *Feuer unter Topf.* Sind Sie informiert?« Ein schwindelerregendes Stakkato mit einer Stimme wie ein Reibeisen. Ob Mann oder Frau, war nicht zu erkennen.

»Ja, bin ich«, stotterte Petra.

»Gut, Frau ... wie war nochmal Ihr Name?«

Petra nannte ihn erneut.

»Wir benötigen Ihre Schützenhilfe. Also, die der Presse. Sind Sie aus der Stadt?«

Sie bejahte. Was wollte Zettel von ihr? Sie erfuhr es umgehend.

»Uns ist ein Starkoch ausgefallen. Äh ... Moment mal.« Die Stimme entfernte sich, sie hörte ihn in den Hintergrund rufen. »Wie heißt der Kerl?«

»Pepe. Pepe Roncino«, antwortete jemand.

»Pepe Roncino«. Jetzt war die Stimme wieder bei ihr. »Ist natürlich ein Künstlername. Hahaha. Also, dieser Italiener sollte gestern Abend anreisen. Kam nicht. Uns fehlt jemand, der schnell verfügbar ist. Oder die. Männlein, Weiblein, Transmensch, ist uns egal. Hauptsache, die Person kann professionell kochen und steht heute Abend hier auf der Matte. Sonst muss Ihre Frau ... äh, wie heißt die noch gleich?« Die Stimme bewegte sich erneut weg von Petras Ohr.

»Meinen Sie Kiki Lauterbach?«, rief Petra in den Hörer.

Frederiks Pony bewegte sich bei Petras Worten in ihre Richtung. Ach herrjeh, jetzt wusste dieser Hacker also auch ohne Angriff auf ihre Notizen Bescheid.

Macht nichts, morgen kommt die offizielle Pressemitteilung sowieso raus.

»Genau, die Frau mit diesen riesigen, äh, Plastiken. Also die müsste alleine kochen. Oder wir müssten die Show absagen. Will ja keiner. Auch Sie nicht, nehme ich an. Können Sie ja nichts berichten drüber.«

»Sie brauchen Ersatz für den Starkoch? Jemanden, der kurzfristig verfügbar ist, telegen, nicht auf den Mund gefallen und der auch noch kochen kann?«

»Perfekt auf den Punkt gebracht. Haben Sie jemanden?«

Petra schwirrte der Kopf.

»Darüber muss ich nachdenken«, ließ sie Zettel wissen, bevor Sie nach der Telefonnummer fragte und versprach, sobald als möglich zurückzurufen.

»Was war das denn?«, wollte Frederik wissen, als sie aufgelegt hatte.

»Hast du doch gehört. Die Produktionsgesellschaft vermisst einen der gebuchten Starköche. Nur, wer sollte in solcher Windeseile als Ersatz infrage kommen?«

Einfallen würden ihr auf Anhieb eine ganze Reihe von Personen. Gute Köche und Köchinnen gab es in Langen mehrere. Doch nicht jeder, der gut am Herd war, war auch gut in einer TV-Sendung. Zumal in einer, bei der die Moderatorin ihre Teilnehmer schon mal kräftig auf den Arm nahm.

»Die Produzenten sitzen doch an der Quelle. Im *Sterzbacher Hof* arbeiten erstklassige Leute.«

»Die dürfen sie nicht nehmen. Zettel hat was von Wettbewerbsverzerrung gesagt.«

»Was ist mit dem Interview? Wann hat diese Pernilla Zeit für uns?«

»Darüber haben wir nicht gesprochen«, musste Petra zugeben. »Ging alles viel zu schnell.«

Frederik wandte sich mit einem Brummen seinem Bildschirm zu. Petra, die annahm, dass er sich nicht mehr weiter zu dem Thema äußern würde, ging auf die Seite einer Suchmaschine und ließ sich sämtliche Restaurants in Langen anzeigen. Stumm brütete sie über der Frage, wer wohl infrage käme. Während sie hin und her überlegte, die meisten Überlegungen gleich wieder verwarf, unterbrach Frederiks Stimme ihre Gedanken.

»Muss es denn der Koch eines Restaurants sein? Ich hätte da nämlich jemanden, der begnadet kocht und eine riesige Fangemeinde auf den sozialen Kanälen hat.«

»Wie soll das gehen?«

»Marvin ist ein Selfmade-Koch. Hat nie eine Ausbildung gemacht, kann aber so ziemlich alles. Er hat einen eigenen Kanal auf YouTube, da stellt er jeden Tag ein Rezept vor.«

»Jeden Tag ein Rezept? Donnerwetter!«, entfuhr es Petra, die am Herd nicht wirklich begabt war und daher schon zufrieden, wenn es ihr gelang, ein Spiegelei unfallfrei zu braten.

»Jeden Tag. 365 Rezepte pro Jahr. Frühstück, Mittag, Snack, Abend. Night.«

»Night? Was ist das?«

Er meint vermutlich nicht den Fertigpudding, den ich mir gelegentlich mitten in der Nacht direkt am Kühlschrank stehend reinziehe.

»Nach dem Abhotten, dem Feiern, braucht der Körper eben manchmal etwas, das ihn wieder auf die Spur bringt.« Frederik erklärte jetzt ganz eifrig, wie toll und einfach Marvins Midnight-Smoothies und After-Party-Lekkerlis waren.

»Damit der Alkohol dich am nächsten Tag nicht mehr im Griff hat. Damit man schlafen kann nach einem Weekend-Marathon. Damit der Magen nicht rebelliert.«

»Himmel. Ich glaube, ich bin zu spießig.« Ja, wann hatte sie zuletzt die Nacht zum Tag gemacht? Aushäusig. In einem Club? Sie konnte sich nicht erinnern.

»Ist dieser Marvin fotogen?«

»Schau ihn dir an.« Er winkte sie zu sich.

Über seine Schulter gebeugt starrte Petra auf den Kerl auf dem Bildschirm.

»Hey, liebe Nachtschwärmer«, begrüßte Marvin seine Follower. Stilecht in einer riesigen Loftküche, im Fenster über ihm sah man dunkle Nacht und einen malerischen Viertelmond. Er stand hinter einer langen Theke, die alles hatte, was man für eine solche Kochshow brauchte. Spüle, Arbeitsplatte, Herd. Auf einer Seite erhob sich ein gläserner Turm, der sich als Kühlschrank entpuppte.

»Heute mixe ich euch einen super Downer, der euch nach den Ausschweifungen des Partylebens entspannt«, erklärte Marvin. Fröhlich hielt er dazu eine Avocado, eine Packung Hafermilch und noch ein paar weitere Zutaten in die Kamera, bevor er alles in einen Mixer warf.

»Ob der für das Format taugt?«, wagte Petra einzuwenden. »Schließlich sollen ja richtige Menüs gekocht werden.«

»Keine Bange. Marvin kann alles. Von Ananassorbet über Rinderrouladen bis zu Zander.«

»Ist er denn aus der Gegend? Kann er schnell hier sein?«

Frederik nickte. »Der kommt aus Egelsbach. Sollte kein Problem sein.« Er klickte ein anderes Video an.

Petra beugte sich ein Stückchen weiter vor, als Marvin dort die Vorzüge von Biofleisch pries und dabei strahlend ein Kotelett wie aus dem Bilderbuch in die Kamera hielt. Gut sah er aus. Aufgeräumte blonde Frisur, zart gebräunter Waldsee-Teint als wäre noch immer Sommer, strahlend blaue Augen. Schöne Hände, die geschickt und gleichzeitig mit dem gebotenen Respekt vor dem Produkt mit ebendiesem hantierten.

»Ansehnlich ist er ja«, murmelte sie.

»Schau dir mal die Followerzahl an«, ergänzte Frederik. »Der bringt sein eigenes Publikum auch gleich mit.«

24

»Zweiundzwanzig? Hervorragendes Alter für Reality-TV«, krächzte Zettel. Petra hatte noch ein paar von Marvins Videos angesehen und insgeheim gedacht, dass das eine oder andere Rezept durchaus mal einen Versuch wert sein könnte. Danach hatte sie Zettel angerufen. Beherzt »Herr oder Frau Zettel?« gefragt und die ebenso barsche wie unerwartete Antwort erhalten, das sei doch egal.

»Heutzutage kann jeder sein, wer oder was er-sie-es will. Also, Zettel reicht.«

Merkwürdiger Mensch. Auf jeden Fall war Zettel hochgradig erfreut, als der Vorschlag mit Marvin kam. Offiziell musste ihn die Produktionsgesellschaft allerdings noch abfragen.

»Gute Arbeit. Wir rufen diesen ... diesen ... also den jungen Mann presto an.«

»Ach, da wir gerade miteinander sprechen – wann können wir denn das Interview mit Pernilla führen?«, brachte Petra ihr Anliegen noch zu Gehör, bevor Zettel womöglich gleich wieder auflegte.

Zettel schwieg, perplex, wie es schien. Petra hörte ein ungeduldiges Fingerschnippen, im Hintergrund hüstelte jemand, Papier raschelte, endlich ging es weiter.

»Interview Langener Morgenpost«, murmelte Zettel, um dann mit erhobener Stimme fortzufahren. »Morgen früh? Neun Uhr? Pünktlich bitte, unsere liebe Pernilla hat einen Terminkalender, der ist so voll wie der Weinkeller dieses französischen Schauspielers, dieses, ... ach egal. Halbe Stunde. Das muss reichen. Sie wissen ja, wo Sie uns finden, Frau ... äh ... na ja, Sie wissen ja, wie Sie heißen.«

Und tschüß, hätte Petra gerne noch gesagt, doch die Verbindung war bereits unterbrochen.

»Morgen gehe ich zuerst zu Pernilla in den *Sterzbacher Hof*«, informierte sie Natalie.

»Kann ich mitkommen?«, wollte Frederik wissen.

»Normalerweise schon.« Praktikanten sollten ja etwas lernen. »Aber bei dem Personalnotstand hier.« Petra schob die Unterlippe vor und wiegte zweifelnd den Kopf. Sie trug den Termin in ihren Kalender ein und suchte das Dokument mit den vorbereiteten Fragen heraus. Es war nicht allzu viel, was sie dort in der Kürze der Zeit aufgeschrieben hatte. Nachdem Petra noch einmal den gesamten Lebenslauf der Starköchin durchgegangen war und sich weitere Fragen notiert hatte, fühlte sie sich einigermaßen für das Interview gerüstet. Am Abend würde sie zusätzlich ein bisschen in Pernillas Büchern schmökern. Nun musste sie sich noch um das zweite Thema kümmern, das auf ihrem Schreibtisch lag.

»Gibt es schon Neuigkeiten von der Kripo bezüglich des Toten im Krötsee?«, rief sie zu Frederik hinüber.

Der schüttelte den Kopf. »Nachrichtensperre.«

Ach herrjeh. »Vielleicht haben sie den Toten noch nicht aufgetaut. Falls es überhaupt ein Mann ist.«

»Ist es. Schwere Schädelverletzung. Wie nach einem Angriff mit einem stumpfen, harten Gegenstand. Er hat noch gelebt, als er ins Wasser geworfen wurde.«

Petras Kopf flog nach oben. »Woher weißt du das, wenn es noch keine offizielle Mitteilung gibt?«

»Steht im Obduktionsbericht.«

Petra starrte ihren Kollegen verständnislos an. Dann fiel der Groschen.

»Wie genau bist du zu diesen Informationen gekommen?«, fragte Petra, um einen ruhigen Tonfall benüht. Frederik schwieg einige Sekunden zu lang.

Das darf doch wohl nicht wahr sein!

»Sieh es mal so: Die Angelegenheit verlangt nach Aufklärung. Die funktioniert nach wie vor am besten über die Presse. Also über uns. Da kann es nicht verkehrt sein, sich die Informationen zu beschaffen, die man benötigt. Immer den anderen einen Schritt voraus.«

Petras Kinn klappte ohne ihr Zutun nach unten. Es dauerte einige Augenblicke, bevor sie sich erholt hatte. »Du bist in den Rechner der Rechtsmedizin eingedrungen?« Ihre Stimme war fast tonlos.

Frederik nickte. Er machte nicht den Eindruck, besonders beschämt zu sein.

»Schau es dir an«, forderte er sie auf.

Sie schüttelte vehement den Kopf. »Damit will ich nichts zu tun haben«, stellte sie fest. »Wir können das Material nicht verwenden, das ist dir doch klar?«

Frederik schien sich keiner Schuld bewusst zu sein. »Wer schon weiß, was sich unter dem Busch verbirgt, auf den er klopft, hat es leichter, an offizielle Aussagen zu kommen«, war seine Meinung. »Du kannst damit bei deinen Ansprechpartnern der Polizei doch viel gezielter nachfragen.«

Ansprechpartner, das war ein gutes Stichwort. Ihr Ansprechpartner war häufig Michael Hanfstängel gewesen. Dem war früher gelegentlich ein Wort zuviel herausgerutscht. Ein Umstand, den sie zu nutzen gewusst hatte. Nur, dass diese Zeiten vorbei waren. Hanfstängel war seit seiner Rückkehr in den Dienst verschlossen wie eine Auster.

»Wir müssen die offiziellen Wege einhalten«, beschied sie Frederik.

»Dann willst du nicht wissen, was sonst noch in dem Bericht steht? Immerhin nicht uninteressant.«

Misstrauisch guckte sie auf.

Frederik grinste siegessicher. »Du bist neugierig, gib's zu.«

»Berufskrankheit. Also, was steht da noch? Du hast ja schon getan, was du nicht hättest tun sollen. Da will ich jetzt alles drüber wissen.«

»Der Tote war voll bis unter die Stirnlocken.«

»Alkohol? Womöglich hat er zuviel Glühwein getrunken, hat sich den Kopf angeschlagen und ist in den See gefallen?«

»Kein Glühwein. Dafür umso mehr Cannabis.«

»Er war stoned?«

Frederik nickte. »Laut Einschätzung des Gerichtsmediziners so sehr, dass er unter normalen Umständen hätte besinnungslos sein müssen.«

»Wie viel muss man rauchen, um derartig platt zu sein? Geht das überhaupt?«

Frederiks Miene spiegelte Verblüffung. »Warum fragst du mich?«

Petra zuckte schuldbewusst die Schultern. »Dachte nur, du kennst dich besser aus als ich.«

»Nö. Aber im Obduktionsbericht ist die Rede von Lebkuchen, die der Tote gegessen hat.«

»Lebkuchen? Ich verstehe nur Bahnhof.«

»Haschischkekse. Eingebacken in Lebkuchen merkt man womöglich überhaupt nicht, dass man damit gleichzeitig Drogen aufnimmt. Die starken Gewürze überdecken den Geschmack zumindest zum Teil.«

»Liest du das noch ab?«

Frederik nickte. »Hier steht auch, dass der Mann die Lebkuchen ungefähr zwei Stunden vor seinem Ableben gegessen haben muss. Das THC, also der Wirkstoff, der berauscht, hatte damit genügend Zeit zu wirken. Bei jemandem, der das nicht gewohnt ist, setzen unter anderem Wahrnehmungsstörungen, Störungen der Motorik und heftige Müdigkeit ein, die bis zur Ohnmacht führen können.«

»Dann kommt jemand, haut ihm eins über die Rübe und wirft ihn in den See. Das heißt, er wurde möglicherweise umgebracht, als er völlig wehrlos war«, murmelte Petra.

»Falls er ermordet wurde. Ja. Immerhin ist der See nicht wirklich tief. Wenn man jemanden verschwinden lassen will, nur bedingt geeignet.«

Frederik klapperte auf seiner Tastatur herum. »Außerdem war der Mann kein Kiffer. Es scheint keinerlei Hinweise auf früheren Drogenkonsum zu geben.«

Sie blickten sich an. Sie ahnten, was das bedeutete.

»Wer war er?«, überlegte Petra. »Und warum hat die Kripo eine Nachrichtensperre verhängt?«

»Das war das BKA. Die haben alles an sich genommen, was der Tote bei sich hatte und was die Spurensicherung am See gefunden hat. Leider ist dieses Material unter besonderem Verschluss.«

Ihr Kopf fuhr hoch. »Frederik! Das kann doch unmöglich im Obduktionsbericht stehen! Wo bist du noch eingedrungen?«

Er sagte nichts, starrte bloß angestrengt auf seinen Bildschirm.

»Wenn Sigurd erfährt, was du hier vom Bürorechner aus anstellst, kannst du deine Sachen packen«, zischte sie ihm noch zu. BKA! Hatte der einen Knall? Mit denen legte man sich nicht an.

»Wirst du es ihm sagen?«, wollte er wissen.

»Nein. Das machst du selbst. Darauf bestehe ich.«

Sie wandte sich wieder ihrem eigenen PC zu und war versucht, die *Beasty Young Nerds* zu googeln. Nach einem misstrauischen Blick zu Frederik hinüber ließ sie es. Womöglich hockte der schon wieder in ihrem PC. Konnte sie besser von zu Hause aus machen, da kriegte er es auf keinen Fall mit. Eine Stunde später hatte Frederik offensichtlich genug davon, von Petra mit auffordernden Blicken bombardiert zu werden. Seufzend erhob er sich und schlurfte zu Sigurds Büro, um seine Beichte abzulegen. Dort drinnen wurde es dann ganz schnell ganz laut, anschließend sehr leise. Wenig später kam der Praktikant zurück. Falls möglich, hing sein Pony noch tiefer ins blasse Antlitz. Stumm schaltete er seinen Computer aus und packte seine Tasche. Petra barst schier vor Neugier.

»Was ist los?«, fragte sie halblaut.

»Siehst du doch. Bin gefeuert.« Frederik warf ihr einen anklagenden Blick zu.

»Mist. Das wollte ich nicht.« Petra hatte sich blitzschnell erhoben. »Ich rede mit Sigurd.«

»Nicht nötig.« Jetzt grinste Frederik. »War nur ein Scherz.«

»Und warum packst du deine Sachen?«

»Sigurd meint, investigativer Journalismus darf ruhig auch mal ungewohnte Wege einschlagen. Ich soll das aber gefälligst nicht vom Dienstrechner, sondern von zu Hause aus machen.«

»Häh?« Sie plumpste auf ihren Stuhl zurück. »Du hackst jetzt fremde Server im Auftrag unseres Chefs?«

Frederik nickte. »Er will alles über die Geheimakten des BKA. Dazu noch Pernillas Schlafzimmergeheimnisse. Und nicht zu vergessen eine Auflistung aller privater E-Mails, die du während der Arbeitszeit geschrieben hast.«

Sie warf ihm einen Radiergummi an den Kopf und er lachte trocken auf.

»Ich soll einen Artikel über den Krötsee schreiben. Dazu fahre ich jetzt erst einmal dorthin.«

»Sigurd hat dir deine kriminellen Alleingänge verziehen?«

Frederik wiegte den Kopf. »Sagen wir mal so: Er ist nicht begeistert davon, sieht aber keinen Grund, mit den Ergebnissen nicht zu arbeiten.« Zwei Augenpaare wandten sich der geschlossenen Bürotür zu. »Er ist noch nicht wieder auf dem Damm«, setzte der Praktikant noch erklärend hinzu.

Vielleicht ist das die Erklärung für Sigurds Nachsichtigkeit.

Gottlob würden sie ab morgen wieder voll besetzt sein.

»Und warum musst du zum Krötsee?«

»War noch nie dort.«

Wohnt in Langen und war noch nie dort? Stubenhocker!

25

Als Petra am nächsten Tag im *Sterzbacher Hof* eintraf, schickte man sie direkt in die Hotelküche. Dort herrschte Hochbetrieb, denn just in diesem Moment war ein Lastwagen von *Göttlicher Genuss – Ihr Lieferant für alles, was die Haute Cuisine braucht,* vorgefahren und das Stammpersonal des Hotels war damit beschäftigt, Kisten mit auf Eis gelagertem Fisch, Austern und Seeigeln, sowie Kartons mit exotischen Obst- und Gemüsesorten in die Kühlhäuser zu transportieren. Pernilla stand in der zweiten, kleineren Küche, wo es wesentlich ruhiger zuging, an einem Herd und rührte in einem Topf. Das hüftlange Haar hatte sie zu einem straffen Knoten gebunden und zu Petras Überraschung trug sie eine klassische Kochuniform, bestehend aus einer schwarz-weiß karierten Hose und einem weißen Kittel. Allerdings sah das Outfit aus wie maßgeschneidert.

»Frau Koslowski. Richtig?« Pernilla stellte bei Petras Anblick den Topf zur Seite. Ihre Schokoladenaugen lächelten mit, als sie ihr die Hand reichte. Die musterte die Starköchin und fragte sich, ob sie dieselbe Frau vor sich sah, deren stylische Fotos in den Hochglanzpostillen ihr die Aura eines Supermodels gaben. Gänzlich ungeschminkt sah sie weniger glamourös, aber nicht weniger attraktiv aus.

Von wegen Fotoshop. Die braucht das gar nicht.

»Lassen Sie uns nach nebenan gehen«, meinte die Köchin und schritt voran.

90-60-90 auf langen Beinen.

Natürlich durfte sie derlei nicht schreiben. Das wäre was für den *Knaller,* und Petra war auf die aktuelle Ausgabe schon gespannt. Ob sie nachher noch einmal schnell am Kiosk auf der Bahnstraße vorbeigehen würde? Maik bekam immer ein Freiexemplar. Doch der hatte angekündigt, heute Abend keine Zeit zu haben. Aber Petra war so neugierig auf sein Interview mit Pernilla, dass sie nicht bis zum nächsten Tag warten wollte.

Sie hatten zwischenzeitlich die Küche durchquert und befanden sich in einer kleinen Cafeteria.

»Hier verbringt das Hotelpersonal seine Pausen. Zurzeit ist es hier recht leer, sodass wir in Ruhe reden können.«

Hinter dem Tresen ordnete eine Mitarbeiterin in einem hellblauen Kleid mit einer weißen Schürze darüber Schokoriegel in einem Glaskasten.

»Kaffee?«

Petra nickte und während Pernilla bestellte, holte sie Block und Stift aus ihrer Tasche und legte ihr Smartphone bereit, um das Gespräch zusätzlich aufzuzeichnen. Die Moderatorin lehnte sich entspannt zurück. Petra blickte auf ihre vorgefertigten Fragen und entschied, zunächst etwas ganz anderes anzusprechen.

»Ihr Kollege Pepe Roncino sollte gestern anreisen«, begann sie. »Haben Sie eine Ahnung, warum er nicht gekommen ist?«

Pernilla zog die Brauen sehr weit nach oben. »Woher wissen Sie das?«

»Von Zettel.«

»Zettel. Ah.« Pernillas Mund verzog sich zu einem leisen Lächeln.

»Er oder sie bat um unsere Mithilfe, einen Ersatz zu finden.« Petra blickte die Starköchin erwartungsvoll an.

Sie weiß doch bestimmt, ob Zettel nun Mann oder Frau ist.

»Er oder sie?« Pernilla kicherte leise. »Zettel legt keinen Wert auf derlei bürgerliche Einordnungen. Persönliche Freiheit fängt damit an, sich keinerlei Kategorisierung durch Dritte zu unterwerfen. Persönliche Toleranz fängt damit an, andere in keiner Hinsicht zu kategorisieren. Nur so kann eine Gesellschaft als Ganzes geformt werden, ohne jegliche Randgruppen.«

»Sagen Sie?« Petra schrieb fleißig mit.

»Sagt Zettel.«

»Aha.« Petra ließ den Block sinken. »Und was ist mit Pepe Roncino?«

Pernilla schüttelte den Kopf. »Ich habe keine Ahnung. Er hatte fest zugesagt, ist einfach nicht erschienen und nicht erreichbar. Hätte nie gedacht, dass er unzuverlässig ist.«

»Dann kommen wir doch zu unserem eigentlichen Thema. Sie haben in der Vergangenheit anklingen lassen, im kommenden Jahr etwas Neues auf die Beine zu stellen.«

»Stimmt. Etwas Eigenes. Etwas, bei dem ich meine Fähigkeiten und Kenntnisse voll und ganz einbringen kann.« Pernilla lächelte verhalten. »Mehr kann ich leider noch nicht sagen.«

»Heißt das, dass Sie sich mit der Moderation von *Feuer unterm Topf* unterfordert fühlen?«

Die Alabasterstirn der Starköchin schlug auf einmal Falten.

»Wie kommen Sie denn darauf?« Ziemlich barsch.

»Hat sich so angehört.«

»*Feuer unterm Topf* ist ein Erfolgsformat. Wir bringen ambitionierte Hobbyköche und solche, die bereits Stars in dem Metier sind, zusammen. Bieten eine unterhaltsame Show für praktisch jede Altersstufe. Dabei heben wir uns von den herkömmlichen Kochsendungen deutlich ab. In puncto Biss, Schlagfertigkeit und Witz sowieso. Aber auch inhaltlich.«

Danke für den Klappentext aus der PR-Mitteilung und die Lehrstunde in Bezug auf Selbstbewusstsein.

»Schön. Aber wie geht es nächstes Jahr mit der Show weiter?« Petra bohrte nach, obwohl sie noch etliche Fragen auf dem Block stehen hatte, die nichts mit Pernillas beruflicher Zukunft zu tun hatten.

Die lächelte jetzt zuckersüß. »Diese Frage kann ich momentan noch nicht beantworten.«

Okay, dann zum Thema Langen.

»Wer hat Langen als Austragungsort ausgewählt?«

»Zettel.«

»Wie finden Sie die Stadt?«

Pernilla zog ein überraschtes Gesicht. Ganz so, als habe sie mit dieser Frage nicht gerechnet. »Nun, ich habe noch nicht viel davon gesehen. Aber das Hotel kenne ich inzwischen in- und auswendig. Ein toller Ort für unsere Sendung!«

»Vielleicht haben Sie am Wochenende ja Zeit, über unseren Weihnachtsmarkt zu schlendern«, meinte Petra ein bisschen geistesabwesend, weil sie überlegte, welche Fragen sie in der restlichen Zeit noch unterbringen konnte.

»Danke, das werde ich tun. Ein Kollege von Ihnen hat mich bereits dazu eingeladen. Er ist auch neu in der Stadt und meinte, das wäre alles sehr putzig hier.«

Kollege? Neu in der Stadt? Putzig? Hat der Kerl auch einen Namen? Maik Larsson womöglich?

Noch bevor sie fragen konnte, ertönte vom Eingang her lautes Gebrüll.

»Was haben Sie sich dabei gedacht«, schrie Zettel. »Dieser ... dieser ... Internetküchenheini ... ist ein Zwerg!«

So viel zum Thema Toleranz gegenüber Randgruppen.

26

»Ich kenne ihn nur aus dem Internet«, verteidigte sich Frederik. »Woher sollte ich wissen, dass Marvin bei seinen Sendungen von einem erhöhten Podest aus arbeitet. Ist doch egal.«

Ja, schon. Nur Zettel war das nicht egal und er-sie-es not amused darüber, zwar einen Ersatzkoch zur Verfügung zu haben. Der aber, Zettels Meinung nach, nicht besonders kameratauglich wäre.

»Ein Meter fünfzig!«, hatte Zettel getobt. »Wir sind doch nicht im Zirkus!«

»So ein Schmarrn.« Petra tippte sich an die Stirn. »Körpergröße ist doch kein Kriterium dafür, ob jemand in eine Sendung passt. Pernilla jedenfalls sieht das genauso entspannt wie der Rest des Stabes. Niemand dort hat etwas gegen Marvin.« Im Gegenteil, er war mit offenen Armen aufgenommen worden. Sie selbst hatte beim Hinausgehen gesehen, wie zwei Produktionsassistenten den Internetstar mit glühenden Wangen um ein Autogramm und ein Selfie baten.

»Aber Zettel hat einen Aufstand gemacht und mir das Interview mit Pernilla gecrasht. Jetzt weiß ich nicht, was ich noch schreiben soll.«

Die paar Fragen, die Pernilla ihr beantwortet hatte, füllten kaum eine halbe Seite und damit weniger als die Hälfte des dafür vorgesehenen Platzes. Frederik beugte sich über seinen PC und hämmerte etwas in die Tastatur.

»Ich schick dir was rüber«, meinte er.

»Um Himmels willen! Nicht schon wieder!«

»Bleib cool, Kollegin. Das ist ein Interview, das Pernilla kürzlich einem Frauenblatt gegeben hat, das heute herauskommt. Du kannst also die Antworten durchaus nutzen.«

Auch der *Knaller* lag bereits auf Petras Schreibtisch. Sie hatte ihn heute Morgen am *Kiosk an der Post* geholt, aber noch keine Chance gehabt, darin zu blättern. Das holte sie jetzt nach, um gleich darauf mit einem lauten Geräusch auszuatmen. Drei

Seiten! Pernilla in Großaufnahme! Pernilla am Herd! Pernilla entspannt mit einem Glas Champagner in der Hand!

›Die charmante Starköchin tischte unserem Reporter ein von ihr kreiertes Gericht auf, das dieser sich schmecken ließ.‹ Maik hatte mit dieser Frau gegessen und kein Wort darüber verloren!

›Eine hervorragende Komposition, fand er. Anschließend plauderte er mit Pernilla über ihre nächsten Projekte.‹

Wäre Petra nicht bereits gesessen, hätte sie bei den nächsten Worten einen Stuhl gebraucht. ›Aphrodisiaka sind so alt wie die Menschheit‹, leitete Pernilla ein. ›Daher habe ich mich entschlossen, speziell diesem Thema ein Kochbuch zu widmen. Zurzeit teste ich mit Leidenschaft und Fantasie verschiedene Gerichte.‹ Die staunende Leserschaft erfuhr, dass dem Reporter ein Süppchen mit Chili (›heizt ordentlich ein‹) und eine Creme mit Tonkabohnen (›öffnet die Sinneskanäle‹) verabreicht worden war.

Und dann? Sind Maik und diese Sirene in Kochkleidung übereinander hergefallen? Mir gegenüber hat er an diesem Abend jedenfalls keinen aphrodisierten Eindruck gemacht. Im Gegenteil.

Maik hatte natürlich auch das aktuelle Thema angeschnitten und von seiner Gesprächspartnerin erfahren, sie freue sich ganz besonders auf diese letzte Sendung des Jahres. Nicht nur, weil sie die Kleinstadt zwischen Frankfurt und Darmstadt kennenlernen wollte, sondern auch, weil sie danach erst einen langen Urlaub einplante (›Malediven, da bin ich im Winter immer gerne‹), um sich anschließend ihrem neuen Projekt zu widmen. ›Ein Projekt, über das der *Knaller* in Kürze berichten wird. Alle Fans von Pernilla Groth dürfen also gespannt sein.‹ So endete der Artikel. Petra spürte, wie sehr sich ihre Gesichtsmuskeln beim Lesen verkrampft hatten. Der ganze Text las sich wie eine Liebeserklärung an die Köchin. Und zwischen diesen Zeilen, geschrieben von Maik, dem Mann, den Petra seit einem halben Jahr liebte, erhob in diesem Moment die Eifersucht ihr hässliches Gesicht.

27

Michael Hanfstängel hatte gute Antennen. Dass sie an diesem Donnerstagnachmittag anschlugen, verdankte er nicht nur seiner jahrelangen Erfahrung im Umgang mit Kollegen, sondern auch der Tatsache, dass seine Wahrnehmung nicht mehr getrübt war. Seit er nicht mehr trank, arbeitete sein Gehirn auf Hochtouren. Ganz so, als wolle es all die vernebelten und verschlunzten Tage und Nächte wieder gutmachen. An manchen Tagen kam es ihm so vor, als ob sämtliche jahrelang verstopfte Sinneskanäle weiter offen waren als jemals zuvor. Aus diesem Grund waren ihm die zwei Männer, die im hinteren Teil des Cafés *La Dolce Vita* saßen, gleich aufgefallen. Er musterte sie unauffällig, aber lange genug, um zu einem Ergebnis zu gelangen. Seine Kollegin saß ihm gegenüber an einem der Tische am Fenster, die Hände um einen Becher heiße Schokolade gelegt.

»Ayshe, dreh dich bitte jetzt nicht sofort um. Dort hinten neben dem Weihnachtsbaum sitzen zwei Männer.«

Ayshes Kopf flog wie auf Kommando zur Seite. Hanfstängel seufzte und blickte zur Straße hinaus. Noch immer war es kalt, die Leute dort draußen eilten dick vermummt durch die Stadt.

»Ja?«, hörte er die Stimme seiner Kollegin.

Die beiden schienen Gott sei Dank nichts bemerkt zu haben.

»Die sind vom BKA. Vielleicht auch vom Geheimdienst oder vom Verfassungsschutz.«

»Was?« Zum Glück widerstand Ayshe dem Drang, sich gleich noch einmal umzudrehen.

»Da gehe ich eine Wette drauf ein.«

Die zwei Männer, einer groß und hager, mit militärisch kurz geschnittenem Haar und tiefen Nasolabialfalten, der andere kleiner, durchtrainierter, rotblond und hellhäutig, hatten ihre identischen grauen Anoraks über die Sessellehnen gehängt. Unter den Jacketts erkannte Hanfstängel Ausbuchtungen, die auf Schulterhalfter hinwiesen. Als er und Ayshe, sie trugen beide Uniform und verbrachten ihre Mittagspause hier, den Raum betreten hatten, wurden sie von den beiden Männern sofort gescannt. Inzwischen konzentrierten die sich auf andere Gäste. Hanfstängel beugte sich leicht vor, um ihrem Blick zu folgen. Karl Nappes saß dort hinten, der zu seinem Milchkaffee die Zeitung las. Seine Promenadenmischung lag unterm Tisch, ein Ohr angehoben, als lausche sie einem der Gespräche, die in dem voll besetzten Café geführt wurden. Sicher nicht von den beiden Fremden. Deren Lippen bewegten sich kaum, wenn sie miteinander sprachen. Ein Zeichen dafür, dass sie nicht nur nicht belauscht werden wollten, sondern auch etwas dagegen hatten, wenn man ihnen von den Lippen ablas.

»Was sollte das BKA in Langen zu tun haben?« Ayshe sprach automatisch ganz leise, sie hielt den Kopf dabei von den beiden Männern abgewandt. Dennoch schien der Rotblonde aufmerksam geworden zu sein. Er drehte sich ganz leicht in ihre Richtung und musterte die Polizisten unter halbgesenkten Lidern.

»Weiß nicht.« Hanfstängel widerstand dem Drang, sofort wegzusehen. Er tat vielmehr ganz unbefangen, schaute mal hierhin, mal dorthin, bevor er seine Kollegin anlächelte.

»Was gibt es denn da zu lachen?«

»Nichts. Ich will nur nicht, dass wir auffallen.«

Sie schwiegen einen Moment. Ayshe trank von ihrer Schokolade, Hanfstängel hob seine Espressotasse an die Lippen.

»Das ist ein bisschen wie Kino«, fuhr Ayshe fort und kicherte.

»Das hat was mit dem Todesfall am Krötsee zu tun«, entgegnete Hanfstängel. »Die ganze Angelegenheit wurde uns und der Kripo doch recht schnell aus der Hand genommen. Dazu die totale Nachrichtensperre.« Er schüttelte ganz leicht den Kopf. Aus Ayshes Gesicht wich jede Farbe.

»Du meinst ... du liebe Güte.« Ihre Stimme war nur noch ein Hauch.

»Wir beide haben nichts herausgefunden«, fuhr Hanfstängel fort. »All das, was dein Cousin uns erzählt hat, hat uns nicht weitergebracht. Die Angaben waren viel zu vage.«

Ayshe nickte unglücklich. »Aber Cem war es nicht. Dafür lege ich meine Hand ins Feuer.«

»Wer war noch im Wald in dieser Nacht? Das ist die Frage. Falls der Radfahrer nichts mit dem vermeintlichen Mord zu tun hat, könnte er ein wichtiger Zeuge sein. Doch auch da fehlt es hinten und vorne an verwertbaren Informationen.«

Tatsächlich hatten sie beide sämtliche verfügbaren Quellen angezapft. Ohne Erfolg.

»Kannst du dir vorstellen, warum eine übergeordnete Behörde die Untersuchung zu diesem Todesfall in die Hand nimmt?«

Hanfstängel hob leicht die Schulter. »Im Moment noch nicht.«

Er blickte seufzend auf die Uhr. »Unsere Mittagspause ist vorbei.« Sie erhoben sich fast gleichzeitig, Hanfstängel ging zur Theke, um zu bezahlen. Ayshe blickte noch einmal zu den beiden Fremden hinüber.

»Sie sehen nicht gerade vertrauenerweckend aus«, murmelte sie beim Hinausgehen. »Womöglich sind es ja Gangster.«

»Gangster, die identische Anoraks tragen, dazu dasselbe Schuhwerk und Schulterhalfter? Glaube ich nicht.«

»Vielleicht sind sie nur zufällig hier, Mittagspause oder so.«

»Das hoffe ich«, meinte Hanfstängel. »Denn da wo die Großmeister auftauchen, dafür halten sie sich nämlich, bleibt in der Regel kein Stein auf dem anderen.«

28

Karl Nappes faltete die Zeitung akkurat zusammen, griff nach Lumpis Leine und wollte sich gerade von seinem Platz erheben, als eine bekannte Stimme laut »Huhu!« rief.

»Sie schon wieder«, entfuhr es ihm, als Brunhilde Siebenhühner an seinen Tisch trat.

Die Frau ist schlimmer als eine Feuersbrunst!

»Karl, wie geht's!«

Lumpi war aufgesprungen und poussierte mit der Pudeldame. Die tat recht arrogant, drehte ihren Kopf zur Seite, als ginge sie der hemmungslos verliebte Kerl zu ihren Füßen nichts an.

»Heute früh ging's noch«, antwortete Karl.

Brunhilde verzog das Gesicht, als habe sie Zahnschmerzen. Innerlich schüttelte er selbst den Kopf über eine so dämliche Antwort.

»Alles gut bis auf die Knie«, fügte er, etwas freundlicher, hinzu.

»Murmeltiersalbe. Das hilft«, verkündete Brunhilde und ließ sich auf einen Stuhl plumpsen. »Ich hab welche daheim. Nehme ich immer für mein Kreuz. Hast du noch ein bisschen Zeit? Dann trinken wir einen Kaffee zusammen und hinterher gehen wir zu mir, dort ...«

»Nein, nein. Ich muss weg«, fiel er ihr geradezu hektisch ins Wort. »Ein andermal. Adieu.« Er lüftete kurz seine Kappe, zog energisch an Lumpis Leine und schleifte den widerstrebenden und jaulenden Hund zum Ausgang. Draußen griff er Lumpi unter den Bauch und trug ihn bis zur Kreuzung. Erst als er beim Optiker um die Ecke gebogen war, ließ er ihn herunter in der Hoffnung, ihn nicht den ganzen Heimweg über wie einen Schlitten hinter sich herziehen zu müssen. Lumpi schaute anklagend zu ihm hoch, kam dann aber artig mit. Erst auf der Höhe der *Kantine* blieb er abrupt stehen und drehte den Kopf. Nappes, der befürchtete, diese distanzlose Siebenhühner sei ihm gefolgt, tat es ihm gleich. Doch weder Brunhilde noch ihr

Pudel waren zu sehen. Stattdessen gingen zwei Männer in grauen Anoraks hinter ihnen, die nun urplötzlich stehenblieben, scheinbar spontan in ein intensives Gespräch verwickelt.

»Komm Lumpi, heimwärts«, knurrte Nappes und setzte seinen Weg fort.

29

Am Abend traf Petra ihre beste Freundin Karina beim Griechen. Im Restaurant *Nefeli* waren fast alle Plätze besetzt, sie hatten Glück, dass noch ein kleiner Tisch direkt hinter dem Eingang frei war.

Nachdem sie bestellt hatten, tauschten sie die Neuigkeiten des Tages aus.

»Unser Praktikant ist Mitglied bei einem obskuren Hackerverein«, vertraute Petra ihrer Besten an. »Die habe ich mir heute mal im Netz angesehen. Echt krass, was die machen.«

Die *Beasty Young Nerds* schrieben auf ihrer offiziellen Homepage, die es zu Petras Überraschung gab, es handele sich um einen Zusammenschluss Internetbegeisterter, die möglichst viele Informationen frei zugänglich machen wollten. Dies gelegentlich auch mithilfe ihrer besonderen Techniken. Sie nannten das Kind nicht beim Namen, aber natürlich waren ihre Hackerangriffe gemeint.

»Dazu bedienen sie sich teilweise desselben Vokabulars, wie früher die 68er. Das Private ist politisch, keine Macht den Eliten und so weiter.«

»Wow. Kennt er jetzt Pernillas geheime Rezeptsammlung?« Karina kicherte.

Wenn die wüsste, in welchen Rechner der Junge tatsächlich eingedrungen war.

Aber das konnte sie Karina nicht verraten. Oder nur ein kleines bisschen ...

»Er hat etwas über den Toten aus dem Krötsee herausgefunden.« Sie flüsterte gegen die griechische Musik im Hintergrund an. »Es sieht nach Mord aus.«

Karina riss die Augen auf und schlug die Hand vor den Mund. »Dabei hat die Kripo eine Nachrichtensperre verhängt«, meinte sie.

»Woher weißt du das denn?«

»Hat mir Michi erzählt.«

Michi? Wer soll denn das sein?

Ihr Essen kam. Während Petra über ihr Souvlaki herfiel, stocherte Karina äußerst zaghaft in ihrem Salat.

»Salat? Isst du doch sonst nicht«, meinte Petra kauend.

»Ein paar Pfund müssen runter«, entgegnete ihre Freundin. Um sich gleich darauf mit glühenden Augen vorzubeugen. »Sport und gesunde Ernährung formen den Traumkörper.«

»Sagt wer?«

»Michi.«

Der schon wieder.

»Wer ist das?«

»Na, der Hanfstängel!«

»Oh. Ihr trainiert jetzt zusammen?«

Wein trank Karina auch nicht mehr, vor ihr stand ein Glas Wasser.

»Wir gehen morgen früh laufen. Eine Runde um den Paddelteich.«

»Na, so arg viel ist das ja nicht.« Sie und Maik waren den ganzen Sommer über dort unterwegs gewesen. Meistens nach der Arbeit, um den Kopf durchzulüften.

Und jetzt macht er Pernilla schöne Augen.

»Für mich reicht es allemal.« Karina zog einen Flunsch. »Bin ja Anfängerin.«

Unwillkürlich musste Petra grinsen. »Du machst dich an ihn ran, ja? Und überwindest dabei deine Sportallergie. Alle Achtung.« Sie lachte und Karina stimmte ein. Dann beugte sie sich zu Petra hinüber.

»Ich glaube, er steht auf mich.«

»Ehrlich?« Das wäre ja mal eine gute Nachricht. Bisher waren Karinas Flirtversuche bei ihren Auserwählten oft genug ins Leere gelaufen.

»Ehrlich! Er sieht nicht nur gut aus, er ist auch richtig nett!« Karinas Augen strahlten jetzt noch einen Tick heller.

Schmunzelnd beugte Petra sich über ihren Teller. Doch die gute Laune verging ihr bei Karinas nächsten Worten.

»Und wie sieht es bei euch aus? Noch alles im Lot bei Maik und dir?«

Petra spürte regelrecht, wie sich ihre Miene verfinsterte. »Er hat eine Hymne auf Pernilla geschrieben«, entgegnete sie. »Seit er diese Frau leibhaftig getroffen hat, ist er irgendwie abwesend. Zumindest in meiner Gegenwart.«

Nun wartete Karina mit einer kleinen Sensation auf.

»Übrigens glaube ich, dass der Krötsee-Fall bald gelöst sein wird. Heute hat der Michi nämlich mit seiner neuen Kollegin telefoniert und es ging dabei ganz eindeutig um einen neuen Hinweis in dem Fall.«

»Der Hanfstängel ist nicht zuständig«, erinnerte Petra sie.

»Möglich. Aber wenn er in der Sache telefoniert, wird der doch eine Spur haben. Und wenn, dann wird er sie verfolgen.«

Obwohl Karinas Vermutung ein bisschen weit hergeholt war, dachte Petra, dass die Sache jetzt immer aufregender wurde.

30

Noch immer stand der Eierlikör auf Petras Schreibtisch. Unangetastet. An diesem Morgen jedoch hätte sie am liebsten ihre Grundsätze bezüglich Alkohol am Arbeitsplatz über den Haufen geworfen und sich so richtig hemmungslos betrunken. Schuld war der vergangene Abend. Maik war nicht zu Hause gewesen, als sie von ihrem Treffen mit Karina zurückkam. Telefonisch konnte sie ihn ebenfalls nicht erreichen. Als er endlich kam, klopfte er nicht bei ihr an. Sie hörte ihn trotzdem, weil er lautstark an seiner Tür herumhantierte. Maik, der normalerweise wenig Alkohol trank, war voll gewesen bis obenhin. Und er war deutlich angefressen, als sie ihn zur Rede stellte. Am Ende hatten sie sich im Treppenhaus gestritten, so laut, dass sich ein Nachbar aus der Etage darüber beschwert hatte. Maik war daraufhin wütend in seiner Wohnung verschwunden, nicht ohne die Tür heftig zuzuknallen. Nach dieser Aufregung hatte Petra kaum schlafen können. Sie ärgerte sich maßlos über Maiks Verhalten. Dazu kam die permanente Frage, wie nahe er und Pernilla sich womöglich gekommen waren.

Eifersucht, dein Name ist Petra!

Besser, sie brachte den Eierlikör vor ihr selbst in Sicherheit.

»Deine Oma ist bereits vor einer Weile weggegangen. Sie wollte Wolle kaufen.« Die Nachbarin von obendrüber verließ gerade das Haus und wusste wie immer gut Bescheid. Petra nahm den Finger von der Klingel und schulterte ihre Tasche mit dem Eierlikör. Nachdem sie ihn den ganzen Vormittag über mit wachsendem Verlangen angesehen hatte, hatte sie beschlossen, die Flasche zu verschenken. Ihre Großmutter liebte das süße Getränk, also wollte sie es ihr in der Mittagspause vorbeibringen. Nun stiefelte sie runter zur Wassergasse. Hanna kaufte ihre Wolle häufig im *Jenefea,* auch heute war sie dort. Als Petra sie sah, blieb sie erschrocken an der Tür stehen. Ihre Großmutter saß an einem der Tische am Fenster und starrte blicklos vor sich hin.

Petra bestellte an der Theke einen Tee und ein Stück Kuchen, wickelte den dicken Schal vom Hals, zog die Mütze vom Haar und näherte sich ihrer Oma langsam. In der Wollstube, die auch als Café diente, war es mollig warm. Der Duft von Kaffee und frisch gebackenem Kuchen lag in der Luft. Doch Hanna schien weder das noch die anderen Anwesenden zu bemerken. Unruhig fuhren ihre Finger über das Platzdeckchen, auf dem eine unberührte Tasse Kaffee stand.

»Oma?« Petra berührte sie mit der Hand an der Schulter. Hanna zuckte zusammen. Sie blinzelte, als müsse sie sich orientieren. Dann huschte ein Lächeln über ihr Gesicht.

Wenigstens freut es sie, mich zu sehen.

»Ich wollte dir das hier vorbeibringen.« Sie hob die Flasche ein Stück weit aus dem Beutel. »Magst du doch.«

»Eierlikör?«

»Von Sigurd. Selbst gemacht. Als kleine Wiedergutmachung, dass er mich aus dem Islandurlaub zurückbeordert hat.« Island. In Reykjavík war die Welt zwischen ihr und Maik noch in Ordnung gewesen.

»Darum kommst du extra hierher?«

»Ja«, antwortete Petra und nahm auf dem Stuhl gegenüber Platz. Einen Moment saßen sie so, dann beugte die Journalistin sich vor und legte ihre Hände auf die ihres Gegenübers. »Für welche Wolle entscheidest du dich?«, fragte sie dann, mit einer Kopfbewegung zu zwei Knäueln, die auf dem Tisch lagen. Hanna hob die Schultern. »Was meinst du denn? Ich will mir eine Stola stricken.«

Petra beäugte die zwei Garne. Eines in einem hellen Türkis mit dezentem Silber. Das zweite dunkler im Ton, mit einem zweiten, blauen, Strang. »Nimm die hellere. Wirkt dann luftiger.«

»Gut, dann mache ich das.« Hannas Stimme klang erschreckend flach. Tee und Kuchen wurden serviert. Hannas

Blick verlor sich wieder ins Unendliche. Ratlos aß Petra von ihrem Kuchen. Sekunden später öffnete sich die Tür. Einen Schwall kalte Luft mit sich hereinbringend, betraten Michael Hanfstängel und seine neue Kollegin den Raum. Als er Petra sah, hob Hanfstängel grüßend die Hand. Sie erwiderte den Gruß und wandte sich wieder ihrem Teller zu. Nur mit halbem Ohr hörte sie, wie die beiden Polizisten Fragen stellten. Es ging um die selbstgestrickten Wollmützen, die man im *Jenefea* kaufen konnte.

»... so viele verkauft wie nie«, hörte Petra. »Der strenge Wintereinbruch ...«

Unwillkürlich musste Petra an Scarlett denken, wie sie da im Bikini und mit einer Bommelmütze auf dem Kopf im Whirlpool gesessen hatte.

»Stammt diese Wollfaser von einer der Mützen?« Die Polizistin reichte etwas über die Theke. Unter leisem Gemurmel wurde die Faser begutachtet. Hanna hob den Kopf. Ihr Blick schwamm regelrecht. Ein Anblick, der Petra einen kalten Schauer über den Rücken jagte.

»Lebkuchen«, sagte Hanna mit einer Stimme, die sich so fremd anhörte, dass Petra vor Schreck die Gabel aus der Hand fiel. »Lebkuchen«, wiederholte sie, dieses Mal so laut, dass sich nicht nur die übrigen Gäste, sondern auch die Polizisten zu ihr umdrehten.

»Suchen Sie nach den Lebkuchen.« Nach diesen Worten sank Hannas Kopf nach vorn, die Lider schlossen sich.

»Oma?« Petra hatte sich erhoben.

»Ich bin so müde«, antwortete die. Doch der Blick, mit dem sie Petra ansah, wirkte wesentlich lebendiger als noch Minuten vorher. Hanfstängel und seine Kollegin waren näher getreten.

»Hanna, was haben Sie gemeint?«, fragte der Polizist.

»Keine Ahnung«, gab Petra anstelle ihrer Großmutter zurück. »Es hörte sich an wie eine ihrer Eingebungen.« Ihr Blick fiel auf den Wollfaden in Hanfstängels Hand. Er war nicht grün, wie Scarletts Mütze, sondern in einem dunklen Petrol.

»Was ist das?«, fragte sie.

»Nichts von Bedeutung.« Hanfstängels Miene war wie ein offenes Buch für sie.

»Sie schwindeln«, stellte sie fest.

Die Polizistin hatte der Konversation bisher still gelauscht.

»Worum geht es hier eigentlich?«, mischte sie sich nun ein.

»Das ist meine Kollegin Ayshe Müller. Das ist Petra Koslowski von der *Langener Morgenpost*«, stellte Hanfstängel sie einander vor. Petra entging nicht der alarmierte Blick in Ayshe Müllers Augen.

Karina hat recht. Die beiden sind an etwas dran.

»Petras Großmutter, Hanna Koslowski.« Hanfstängel nickte Hanna grüßend zu. Die blickte nur matt, schon wieder ganz versunken. »Sie ist hier in der Stadt die Instanz mit den besten Verbindungen in andere Welten.«

»Andere Welten?« Ayshe verstand offensichtlich nichts.

»Vergangenheit, Zukunft, Kontakte ins Jenseits«, fasste Petra kurz zusammen.

In Ayshe Müllers Augen trat Interesse.

»Was hat Sie mit den Lebkuchen gemeint?«, grübelte Hanfstängel laut. Von Hanna war keine Antwort mehr zu erwarten.

»Wenn Sie mir sagen, worum es hier geht«, Petra deutete auf den Wollfaden, »dann kann ich Ihnen eventuell weiterhelfen.«

Lebkuchen! Ich fasse es nicht. Danke, Frederik!

Hanfstängel und Ayshe Müller wechselten einen Blick. Es schien, als ermuntere die Polizistin ihren Kollegen. Der räusperte sich, blickte kurz um sich und senkte die Stimme. »Nicht hier. Nicht jetzt. Wir müssen uns woanders treffen.«

»Woanders?« Petra redete nun ebenfalls sehr leise. Am Nebentisch wurde gerade bezahlt, aber noch befanden sich weitere Gäste im Café des Wollladens.

»Außerhalb«, raunte Hanfstängel. Ayshe Müller trat von einem Fuß auf den anderen. Sie wirkte, als könne sie dieses Treffen kaum abwarten.

»Egelsbach?«, fragte Petra.

»Zu nah.«

»Mörfelden«, mischte sich Ayshe ein. »Restaurant Knossos. Zwanzig Uhr.«

Alle drei nickten sich zu. Es hatte etwas von einer Verschwörung an sich, als sie danach auseinandergingen. Petra nahm wieder Platz, aß ihren Kuchen, trank ihren Tee, kaufte ein paar Knäuel der Wolle für ihre Großmutter und brachte Hanna anschließend nach Hause.

»Oma. Kannst du dich erinnern, ob du vorhin vielleicht eine Vision hattest?«, fragte sie, bevor sie ging. Hanna sah sie verständnislos an. Petra stellte die Flasche mit dem Eierlikör auf den Tisch, umarmte die Ältere und machte sich auf den Weg zurück in die Redaktion. Was immer Hanna gesehen, gespürt oder erahnt hatte, sie hatte keinen Zugang mehr zu ihrer Vision. Blieb nur das Treffen am Abend. Und auf einmal spürte sie das Kribbeln in den Fingerspitzen, das immer dann auftrat, wenn die Dinge besonders spannend wurden. Als sie das Haus verließ, kam ihr die Frau entgegen, die Maik am vergangenen Wochenende als Späthippie bezeichnet hatte. Auf dem Kopf trug sie eine gestrickte Mütze in dunklem Grau, die Pudeldame, die sie an der Leine führte, hatte ein Leibchen aus derselben Wolle um. Sie verschwand im Hausflur, einen kräftigen Hauch von Patchouli hinter sich herziehend. Petra war schon ein paar Schritte gegangen, als sie sich noch einmal umdrehte, weil ihr etwas merkwürdig vorkam. Zwei Männer in grauen Anoraks standen dem Hauseingang gegenüber, scheinbar in ein Gespräch vertieft. Petra ging weiter. Sie war schon fast in der Redaktion auf der Bahnstraße angelangt, als sie endlich wusste, was sie an diesem Anblick so irritiert hatte: Die beiden waren bereits bei ihrem Eintreffen am Haus dort gestanden. Sie wirkten eindeutig verfroren. Sie hatten sich bei ihrem Gespräch nicht angesehen, sondern auf das Haus geschaut. Das Haus, in dem ihre Großmutter wohnte. Und Karl Nappes.

31

Diese Frau ist eine Nervensäge!

Nappes hätte Brunhilde am liebsten die Tür vor der Nase zugeschlagen. Doch leider stand dort Lumpi. Hechelnd und schwanzwedelnd schmachtete er den dämlichen Pudel an.

»Gemeinsames Gassigehen?«, wiederholte Nappes Brunhildes Frage.

»Macht doch gleich mehr Spaß«, meinte die. »Ich kenne ja noch nicht so arg viele Leute in Langen. Nur den Kuno und dich.«

Nappes brummte etwas und griff nach Lumpis Halsband, um den Hund zurück in die Wohnung zu ziehen. Lumpi fiepte, ganz leise, aber umso wirkungsvoller. Denn sein Herrchen fühlte sich irgendwie gerührt. Esmeralda, den Kopf wie üblich auf unnachahmlich hochnäsige Art abgewandt, warf den beiden einen schnellen, schrägen Blick zu.

Du Luder. Weißt genau, wie es um meinen Lumpi bestellt ist.

Brunhilde blies sich in die Hände und trampelte ein bisschen mit den Füßen. Die stecken in ordentlichen Lederstiefeln mit Profilsohle.

Wenigstens gehört sie nicht zu den Frauen, die ständig die falschen Schuhe tragen..

Nappes griff nach der Hundeleine. Lumpi gab einen erfreuten Laut von sich. Brunhilde lächelte. Esmeralda fuhr sich mit der Zunge über die elegante Schnauze.

Eine knappe Viertelstunde später krabbelte Nappes auf einem kleinen Parkplatz in der Nähe des Modellflugplatzes aus dem alten Volvo, fest entschlossen, den Rückweg zu Fuß anzutreten. Denn er hatte bei der Fahrt zwei Mal das Gefühl, kurz vor einem Herzinfarkt zu stehen, weil Brunhilde einen sehr offensiven Fahrstil bevorzugte, - schnelles Gas, unvermittelte Bremse, gelegentliche verbale Ausbrüche, gepaart mit eindeutigen Handbewegungen, wenn andere Fahrer dies nicht schätzten - und darüber hinaus ganz offensichtlich

Vorfahrtsregeln und Geschwindigkeitsbegrenzungen lediglich als Empfehlungen betrachtete, denen man nachkommen konnte. Oder auch nicht.

»Es ist so schön hier!«, rief Brunhilde aus und ließ ihren Blick über die schneebedeckten Felder schweifen. Sie wirkte nach dieser Fahrt erstaunlicherweise noch tiefenentspannter als sonst. Esmeralda stieg elegant vom Rücksitz, Lumpi hüpfte ihr hinterher.

»Ich glaube, die Leinen brauchen wir hier nicht. Unsere Hunde sind ja brav«, meinte Brunhilde neckisch. Sah sie nicht, wie bleich er war, oder war es ihr egal? Auf jeden Fall warf sie krachend die Autotür zu und ließ den Pudel von der Leine. Nappes tat es ihr mit Lumpi nach. Einige Sekundenbruchteile zu früh. Denn auf einmal suchte ihn eine furchtbare Vorstellung heim: Was, wenn diese Esmeralda seinen Lumpi ins Unterholz lockte, um ihn dort zu verführen? Was, wenn diese Pudeldiva schwanger würde? Nicht auszudenken!

»Da passiert schon nichts.« Brunhilde schien seine Gedanken gelesen zu haben. »Die Esmeralda ist so was von uninteressiert an deinem Lumpi. Die will doch nur spielen.« Sie lachte laut, zog sich die Wollmütze bis über die Ohrmuscheln und stapfte los. Nappes folgte ihr seufzend.

Ein bisschen frivol Ein bisschen distanzlos. Aber unterhaltsam ist sie schon.

32

Das griechische Restaurant *Knossos* in Langens Nachbarort Mörfelden-Walldorf lag in der Waldstraße, unweit eines kleinen Einkaufszentrums. Petra, die kein eigenes Auto besaß, hatte sich Karinas Smart ausgeliehen. Sie fand einen Parkplatz unweit des Lokals. Als sie ausstieg, setzte ein leichtes Schneetreiben ein. Eilig lief sie quer über die Straße, stieg die wenigen Stufen zum Lokal empor und öffnete die Tür zum Gastraum. Der Geruch nach gebratenem Fleisch und geschmortem Gemüse lag in der Luft. Ayshe Müller saß ganz hinten in dem kleineren Teil des L-förmigen Raumes. Vor ihr stand ein Glas Tee, das sie gedankenverloren herumschob. Als Petra an den Tisch trat, hob sie den Kopf. Trotz des Lächelns lag eine heftige Anspannung auf ihrem Gesicht.

»Michael wird gleich da sein«, erklärte sie. »Wir fahren vorsichtshalber getrennt.«

Petra ließ sich Ayshe gegenüber nieder. »Warum das?«

Ayshe zog die Schultern hoch und ließ sie wieder fallen. »Michael meint, es wäre besser so.«

Sie verfielen in Schweigen, das nur durch den Kellner unterbrochen wurde. Petra bestellte eine Apfelschorle und legte die ihr überreichte Speisekarte erst einmal zur Seite. Hinter ihr wurde die Tür geöffnet. Hanfstängel war's, der sich aus seiner Jacke schälte und neben Ayshe Platz nahm.

Auf einmal lag eine fast greifbare Spannung in der Luft. Petra nippte an ihrer Schorle, Ayshe trank einen kleinen Schluck von ihrem Tee. Hanfstängel räusperte sich, blickte ernst auf den Tisch und begann endlich zu sprechen.

»Ich habe Ayshe nach unserer Begegnung heute Nachmittag vom letzten Sommer erzählt.«

Petra wusste, was er meinte und nickte ihm auffordernd zu, weiterzuerzählen.

»Ich denke, das hat eine Art Vertrauensverhältnis zwischen uns begründet. Immerhin ist es so gewesen, dass Sie als

Journalistin mich ohne Weiteres hätten auffliegen lassen oder mir das Leben hätten schwermachen können.«

»Sie haben sich damals entschieden, Ihr ... Problem ... anzugehen. Darauf habe ich gebaut. Und Sie haben es geschafft.«

»Sprechen Sie es aus. Nur nicht drum herumreden. Das habe ich in meiner Selbsthilfegruppe gelernt. Ich bin Alkoholiker. Inzwischen trocken und nur deshalb noch im Dienst.«

Ayshe sah ihn von der Seite her mit einem leichten Lächeln an.

Der neue Hanfstängel scheint ja einen mächtigen Eindruck bei Frauen zu machen. Wie gut, dass Karina das nicht sieht.

»Unter normalen Umständen würde ich überhaupt nicht mit einer Journalistin reden über das, worum es hier geht«, kam Hanfstängel zügig auf den Grund ihres Hierseins zurück und hob das inzwischen servierte Mineralwasser an die Lippen. »Aber wir, also Ayshe und ich, haben das Gefühl, dass der Todesfall im Krötsee eine größere Dimension hat, als zunächst vermutet.«

Petra runzelte die Stirn. »Was meinen Sie damit?«

Hanfstängel betrachtete angestrengt sein Wasser, bevor er fortfuhr. »Es wurde eine totale Nachrichtensperre verhängt. Es scheint, als ob von übergeordneter Stelle weiter ermittelt würde.«

»Sie meinen, übergeordneter als die Kripo?«

»Ja.«

Frederik hat recht gehabt!

»Außerdem ist da noch etwas.« Er blickte Ayshe unschlüssig an. Die schien auf einmal von Schmerzen geplagt und wand sich sichtlich, bevor sie nickte.

»Jemand hat in der Nacht, in der der Tote vermutlich im Krötsee versenkt wurde, etwas gehört und gesehen.«

Jetzt wurde es spannend. Petra legte die Unterarme auf den Tisch und beugte sich ein Stück weit nach vorne.

»Wie und was genau?«

»Am Mittwochabend war es zwar kalt, aber der See noch nicht gefroren. Zu diesem Zeitpunkt hat ein Zeuge ein lautes Geräusch gehört. Es hörte sich an, als ob etwas Schweres in den See geworfen wurde. Dieser Zeuge hat kurz darauf eine Person im Wald gesehen. Unklar, ob die etwas mit der Sache zu tun hatte oder nicht. Sie trug auf jeden Fall eine Wollmütze.«

»Von der die Faser stammt, nach der Sie gefragt haben?«

»Möglicherweise. Ayshe und ich sind nach dieser Information noch einmal den ganzen See abgegangen. An einem der Bäume in der Nähe der Schutzhütte, also fast direkt an der Stelle, an der der Tote vermutlich ins Wasser kam, hing diese Faser. Die Spurensicherung hat zwar den halben Wald untersucht, aber dieses kleine Detail muss sie übersehen haben. Es ist eine dünne Spur, der wir da nachgehen, dessen sind wir uns bewusst.«

»Ihr offizieller Ansprechpartner ist immer noch die Kripo«, wandte Petra ein. »Was sagen die denn dazu?«

Wieder wurde ein Blick gewechselt.

Die zwei arbeiten auf eigene Faust!

»Wir verfolgen diese Spur erst einmal hier vor Ort«, murmelte Hanfstängel.

Auch eine Art zu sagen, dass ihr heimlich ermittelt.

»Gut, aber dieser Zeuge ...«

»Redet nur mit mir.« Das was Ayshe. Sie drückte das Kinn etwas nach vorn, was ihr ein ungemein energisches Aussehen verlieh.

Petra brauchte einen Moment, bis sie verstand. »Also: Wir haben einen Zeugen, der nur mit Ihnen redet und eine Spur, die nur Sie beide verfolgen. Dazu kommt eine übergeordnete Behörde, die das Verfahren an sich gerissen hat, vermutlich das BKA?« Die beiden Polizisten nickten gleichzeitig.

»Junge, Junge, das ist ja ein Ding.« Petra entwarf im Kopf schon den Aufhänger für einen Artikel.

»Und jetzt sind Sie dran.« Hanfstängel beugte sich etwas nach vorn und fixierte sie mit einem auffordernden Blick.

»Ich?« Einen Moment lang war sie verwirrt.

»Sie wollten uns etwas zum Thema Lebkuchen sagen.« Ayshe klopfte mit dem Finger gegen ihr Teeglas.

»Ach so. Ja. Das.« Jetzt fiel es ihr wieder ein.

Du darfst alles sagen, nur nicht, woher Frederik die Informationen hat.

»Lebkuchen. Das Wort, das meine Großmutter gesagt hat, passt zu einer vertraulichen Information, die ich erhalten habe.«

Hanfstängel und Ayshe Müller blickten sie erwartungsvoll an.

»Der Tote hatte große Mengen Cannabis konsumiert.«

Ayshe schlug sich unwillkürlich die Hand vor den Mund.

»Der Rechtsmediziner hat festgestellt, dass dieses Cannabis in Lebkuchen steckte.«

»Haschischplätzchen«, murmelte Hanfstängel. Ein leises, wehmütiges Lächeln huschte über sein Gesicht.

»Nur leider hat der Tote viel zuviel davon genascht. Er war vermutlich besinnungslos von dem Zeug. Er war nämlich kein Konsument von Drogen.«

»Woher wissen Sie das alles?« Hanfstängels Blick war jetzt sehr ernst.

»Quellenschutz«, stellte Petra klar. »Aber ich verbürge mich für den Wahrheitsgehalt.«

»Sie haben Ihrer Großmutter von der Geschichte erzählt. Daher kam sie auf die Lebkuchen.« Ayshe hatte ihre Sprache wiedergefunden.

»Falsch. Ich habe mit meiner Oma darüber nicht gesprochen.«

»Hanna ist ein Orakel«, erinnerte Hanfstängel seine Kollegin.

Ayshe schüttelte den Kopf. »So etwas gibt es nicht«, behauptete sie.

»Doch.« Dieses Mal nickten Petra und Hanfstängel synchron.

»Dann fragen Sie sie doch, wer der Tote ist, wer der Mörder ist und warum der eine den anderen umgebracht hat«, erwiderte die Polizistin spitz.

»So einfach ist das nicht«, erklärte Petra. »Meine Oma ist kein Auskunftsbüro.«

Und außerdem nicht auf der Höhe.

»Wenn wir unsere Erkenntnisse zusammenlegen, kommen wir der Sache trotzdem ein ganzes Stück näher«, befand Hanfstängel nun. »Vielen Dank, dass Sie uns helfen«, fügte er, an Petra gewandt, hinzu.

»Wenn das hier zum Erfolg führt, möchte ich die Story exklusiv«, stellte die klar.

Hanfstängel schreckte auf, als eine kleine Gruppe neuer Gäste das Lokal betrat.

»Warum treffen wir uns eigentlich hier?«, fragte Petra ihn.

»Weil ich die Befürchtung habe, beobachtet zu werden«, entgegnete Hanfstängel schlicht.

Zwei Männer in grauen Anoraks vor Omas Haus.

Petra spürte eine leichte Nervosität in der Magengrube. Trotzdem sagte sie erst einmal nichts. Man musste nicht sein ganzes Pulver auf einmal verschießen.

33

Petra lenkte den Smart auf einen Parkplatz vor ihrem Haus in der Wohnanlage im Forstring. Es schneite nicht mehr, war jedoch immer noch beißend kalt. In ihrer Wohnung angekommen, drehte sie die Heizung auf, schlüpfte in Jogginghosen, Sweatshirt und dicke Socken und kochte sich eine heiße Schokolade. Mit der hockte sie sich auf den Boden, das Notebook vor sich auf den Couchtisch gestellt. Mit wenigen Worten skizzierte sie den Fall, den sie in ihren Unterlagen *Tod im Krötsee*, nannte. Grübelnd hockte sie danach noch eine Weile davor. Hanfstängel, Ayshe Müller und sie hatten beschlossen, sich über sämtliche neuen Informationen auszutauschen.

»Wenn wir hier in Langen den Fall lösen, bevor es andere tun, kann das nur gut für uns alle sein«, war Ayshes Meinung. Warum die Polizistin so ein großes Interesse an der Lösung hatte, war Petra schleierhaft. Als sie alles aufgeschrieben hatte, schloss sie das Dokument und öffnete ein anderes virtuelles Notizbuch. Dort sammelte sie alles, was mit *Feuer unterm Topf* zu tun hatte. Sie ging noch einmal die Teilnehmer durch. Scarlett hatte ihr bereits ein ausführliches Interview gegeben, das, ebenso wie der Artikel über Pernilla, in der morgigen Ausgabe erscheinen würde. Fotos der Schauspielerin gab es ausreichend im Archiv. Zusätzlich würde der Fotograf der *Langener Morgenpost* alle Teilnehmer während der Dreharbeiten noch am Herd fotografieren. Über Timo Schmelzer, Regula Maier und Marvin hatte ihr Frederik Dossiers zusammengestellt für die ab morgen stattfindende tägliche Berichterstattung über die Show. Mit Kiki Lauterbach musste sie noch sprechen. Die exzentrische Bildhauerin lebte und werkelte auf einem großen Grundstück an der Stadtgrenze. Ihre Werke waren stets groß und häufig umstritten, nicht nur wegen der exorbitanten Preise, sondern auch, weil meistens kein Mensch verstand, was sie darstellen sollten.

»Unsere kompliziert gewordene Welt«, lautete Kikis lapidare Standardantwort, damit war dann auch alles gesagt. Über Kiki hatten sie älteres Material und etliche Fotos, die sie in ihrer gewohnten Kluft, Blaumann, Schutzbrille und Schweißbrenner, zeigten.

»Interview Kiki Lauterbach. Aktueller Bezug/Verbindung zu Küche/kochen/TV-Sendung«, schrieb Petra in ihren Terminplaner. Blieb noch Winfried Krekel, von allen Winnie genannt. Der Komponist liebte düstere Melodien, Naturtöne und das Internet. Interessiert klickte sich Petra durch Winnies vielfältige Darstellung seiner Person und seiner Kunst auf diversen Kanälen des www. Sie lauschte dem durch Bläser untermalten Muhen einer Kuh, dem durch Klaviertöne begleiteten Hämmern eines Spechts und dem Gesang einer Amsel, unterstrichen durch ein fröhliches Violinensolo.

Was diesem Mann alles einfällt.

Je mehr sie anklickte, desto überraschter wurde sie. Froschgequake, das Wiehern eines Pferdes, sogar dem Gurren einer Taube vermochte der fanatische Musiker etwas abzugewinnen. Zudem hatte er sich in letzter Zeit vermehrt weiteren Naturtönen gewidmet. »Rauschende Blätter im Wald bei Schloss Wolfsgarten«, hieß ein kurzes Stück. »Knackende Äste bei Frost« ein weiteres. Petra war so vertieft in das Abhören der kleinen Soundschnipsel, dass ihr ein wesentliches Detail erst auffiel, als sie das Notebook schließen wollte.

»Das gibt es doch nicht«, murmelte sie. Eben noch schläfrig, wurde sie nun hellwach.

»Käuzchen am Krötsee«, hieß die Aufnahme. Akribisch hatte Winnie überall Ort und Zeitpunkt der Aufnahme vermerkt. »Mittwoch, 22.48 Uhr«.

Schnell rekapitulierte Petra noch einmal, was sie von Hanfstängel und Ayshe Müller erfahren hatte. Scrollte über Winnies Instagramseite. Dort postete er Fotos von sich.

Bingo!

Da stand er, warm eingepackt in eine gefütterte Jacke, eine dunkle Wollmütze auf dem Kopf. »Wald bei Schloss Wolfsgarten«, lautete die Ortsbeschreibung. »Tonaufnahmen bei Nacht. Die Natur schläft nie!«, der Text dazu.

Unglaublich. Winfried Krekel war in der Nähe des Krötsees gewesen, ungefähr zu der Zeit, zu der ein Zeuge ein verdächtiges Geräusch gehört hatte. Oder war er gar selbst derjenige, der etwas oder jemanden, den Toten womöglich, in den zu diesem Zeitpunkt noch nicht gefrorenen Krötsee bugsiert hatte? Wenn, würde er dann so blauäugig sein, das »Käuzchen am Krötsee« auf Youtube einzustellen?

Niemand konnte ahnen, dass sich noch jemand im Wald herumtreibt.

Wer mochte das sein? Dieser geheimnisvolle Zeuge?

Er hat mit Ayshe gesprochen. Also muss er sie kennen und ihr genug vertrauen.

Petra zog ihren Kopfhörer ab und stand auf. Morgen war sie mit Winnie zum Interview verabredet. Dabei würde sie ihm nicht nur in Sachen *Feuer unterm Topf* auf den Zahn fühlen.

Gähnend ging sie ins Bad. Während sie die Zahnpasta aus der Tube drückte, dachte sie traurig, dass Maik heute Abend nicht zu ihr gekommen war.

Ist womöglich alles schon vorbei?

34

»Krötsee, Wald bei Schloss Wolfsgarten, was soll das für eine Suche sein?« Frederik, der genau wie Petra und Sigurd an diesem Samstag Dienst hatte, war nicht begeistert über die Recherchearbeit im Archiv, die Petra ihm aufzwang. Trotzdem legte er los, um bald schon ein elektrisierendes Ergebnis zu präsentieren. Vor allem ein Thema war es, das Petras Interesse weckte.

»Im Schutze der Nacht Müll entsorgt«, lautete eine Schlagzeile. »Umweltsünder gesucht«, die zweite. Insgesamt fünf Mal hatte ein bislang Unbekannter nachts Autoschrott, Batterien, alte Reifen und derlei mehr einfach in den Wald gekippt. Dabei immer ein Eckchen zwischen Krötsee und Schloss Wolfsgarten ausgesucht.

Der unbekannte Zeuge!

Doch wie kam die Verbindung zu Ayshe Müller zustande? Die Polizistin würde sicherlich keinen Umweltsünder einfach so decken. »Wie findet man so jemanden?«, sprach Petra ihre Gedanken aus.

»Wenn's einfach wäre, hätten sie ihn schon«, antwortete Frederik.

»Er muss was mit KfZ-Handel zu tun haben.«

»Nicht unbedingt. Könnte etwas sein, das er unter der Hand macht. Autos frisieren, schwarz reparieren. In der Art.« Frederik schob seine schwarzen Fransen aus der Stirn und sah Petra mit einem merkwürdigen Gesichtsausdruck an. »Hinter was bist du eigentlich her?«

»Das weiß ich selbst nicht so genau«, umschrieb sie die Wahrheit etwas großzügig.

»Na, wie war es gestern Abend? Informationen aus erster Hand erhalten?«, fragte Sigurd sie im Vorübergehen. Er hielt eine Tasse in der Hand, der der scharfe Duft von Ingwertee entströmte.

»Gestern Abend?«, stotterte Petra. Hatte Sigurd sie im *Knossos* gesehen?

»Auf dem Weihnachtsmarkt. Du warst doch dort mit Maik und Pernilla. Also, die beiden habe ich gesehen, aber du wirst ja wohl ebenfalls dabeigewesen sein.« Er schlürfte etwas von seinem Tee, verzog den Mund, vermutlich war das Gebräu noch viel zu heiß, und rieb sich den Nasenrücken. »Ich war nur kurz dort, um ein bisschen Wildschweinschinken zu kaufen. Den isst meine Frau so gerne.« Er verschwand in seinem Büro und ließ eine völlig konsternierte Petra zurück.

»Du warst nicht mit, oder?« Frederik sah sie nicht an dabei, ganz so, als wäre ihm seine eigene Schlussfolgerung peinlich.

»Ne, war ich nicht«, gab Petra patzig zurück. »Muss auch nicht sein, dass man ständig aufeinanderhängt.«

Hatte Frederik eigentlich eine Freundin? Er hatte noch nie etwas über seinen Beziehungsstatus verlauten lassen.

»Ne, schon klar«, antwortete er sanft. »Aber wenn der eigene Freund mit so einer Beauty herumzieht, könnte es durchaus eine Diskussion wert sein.«

»Danke für die Blumen«, gab Petra zurück, nachdem sie ihre Sprache wiedergefunden hatte.

»Wie meinst du das?«

»Ironisch natürlich. Ist ja offensichtlich, dass du mich nicht gerade für attraktiv hältst.«

Frederik sah verschreckt zu ihr herüber. »Quatsch!«, sagte er mit Nachdruck. »Ich meinte nur, diese Pernilla, die spielt in einer ganz anderen Liga als wir hier alle zusammen.«

Ja, und Maik scheint das alles sehr zu gefallen.

»Ich wusste übrigens Bescheid«, schob sie noch nach. Stimmte zwar nur halb, denn Pernilla hatte nicht gesagt, mit wem sie über den Weihnachtsmarkt schlendern würde, das hatte sich Petra jetzt zusammengereimt. Frederik sagte nichts mehr, er starrte auf seinen Bildschirm und ließ die Tastatur klappern.

35

»Lecker, ganz lecker.« Brunhilde lutschte ein bisschen Butter von ihrem Daumen und Karl Nappes, der so etwas überhaupt nicht leiden konnte, blickte betreten zur Seite. Warum hatte er diese Frau nur zum Frühstück eingeladen? Weil sie ihm am Vortag doch tatsächlich nach dem gemeinsamen Spaziergang um den Modellflugplatz herum ein Döschen Murmeltierfett überreicht hatte.

»Habe ich dir aus meinem Vorrat abgefüllt. Zum Ausprobieren«, sagte sie. *Für Karl* stand mit einem Filzstift auf dem weißen Deckel. Irgendwie hatte ihn das gerührt. Nur, wie war er auf die Idee mit dem Frühstück im *Emma café* gekommen?

Da wolltest du schon länger mal hin, deswegen.

Brunhilde, die nicht zu den zaghaften Essern gehörte, langte kräftig zu. Eine Portion Rührei mit Zwiebeln, ein paar Scheiben Serranoschinken, mehrere Körnerbrötchen und ein Glas Orangensaft hatte sie bereits vertilgt, jetzt griff sie nach dem Obstsalat.

»Wir könnten noch einen Prosecco trinken«, schlug sie vor. »Dazu lade ich dich dann aber ein.«

»Kommt nicht infrage.« Nappes legte sein Leberwurstbrötchen zur Seite. Er war ein Kavalier der alten Schule. Das beinhaltete, dass man Rechnungen nicht teilte, sondern die Dame einlud. Schade nur, dass er dazu seit Jahren, ach was, Jahrzehnten, keine Gelegenheit mehr gehabt hatte. Er bestellte die Getränke, obwohl es ihm suspekt war, morgens um zehn Uhr so ein Frauengetränk wie Prosecco zu trinken. Aber heute war ihm nach etwas, das er selbst nicht genau benennen konnte. Übermütig schob er Brunhilde das Schälchen mit der Marmelade zu.

»Probier mal. Schmeckt wie hausgemacht.«

Sein Blick fiel auf die Hunde, die, eng aneinandergeschmiegt, unter dem Tisch dösten. Es war warm in dem voll besetzten Café, der Duft nach Zimttee und Espresso lag in der Luft und schien die Seele mit Wohlgefühl einzulullen.

»Ich muss mal«, verkündete Brunhilde. Sie stand auf, zog die Flatterbluse über ihrem beachtlichen Busen zurecht und strebte eilig den Waschräumen zu. Täuschte er sich, oder quietsche die Lederhose ein bisschen beim Gehen? Ach egal. Grüner Nagellack, dunkelrote Lederhosen, ein Zopf bis zum imposanten Hinterteil – das alles hatte bei ihrer ersten Begegnung spontane Abneigung in ihm ausgelöst. Und jetzt saß er hier, grinste zufrieden vor sich hin und hatte sich heute früh zum ersten Mal seit langer Zeit wieder ausgiebig im Spiegel begutachtet. Ein neuer Haarschnitt stünde ihm wohl gut zu Gesicht. Und ein bisschen Gymnastik wäre nicht schlecht, um das Bäuchlein schmelzen zu lassen. Ob er sich mal wieder eine neue Hose kaufen sollte? Oder flotte Unterwäsche ...

Du alter Gockel, was denkst du denn da. Von dir will eh niemand mehr was, kannst die alten Buxen ruhig weiter anziehen.

»Ähm«, durchbrach Brunhilde seine Gedanken. Er erhob sich und spürte, wie er feuerrot anlief.

»Na, war der Kaffee zu stark?«, schmunzelte sie und griff nach einem einsamen Croisssant. Der Prosecco wurde serviert und sie prosteten sich zu.

»Auf die Liebe«, trompetete Brunhilde.

»Auf die Prostata«, entgegnete Nappes ganz automatisch.

Herrgott, du bist hier nicht bei deinem Stammtisch!

Sein Gegenüber nahm es locker, sie lachte lauthals. »Das eine könnte durchaus mit dem anderen etwas zu tun haben!«

Frivolitäten am frühen Morgen, unglaublich. Aber lustig ist sie schon.

Brunhilde hatte ihm von ihrer Zeit als Frankfurter Hausbesetzerin erzählt, und das so charmant und witzig, dass er nicht anders gekonnt hatte, als mitzulachen. Dabei fand er diese späte Verklärung krimineller Vorgänge keineswegs lustig. Nein, schon damals hatte er keinerlei Verständnis für die anti-bürgerliche Haltung seiner Altersgenossen gezeigt. Er gehörte eindeutig zum anderen Lager. Als er Brunhilde nun so reden hörte, bedauerte er fast, damals nicht ein bisschen offener und lockerer gewesen zu sein. Jetzt war es zu spät.

»... Gomera im Winter ganz toll. Damals zog die Hippiekommune immer dorthin. Da war was los am Strand! Fast wie in Goa. Da liefen wir alle nackig herum. Freies Leben, freie Liebe und so. Ach was waren das für Zeiten!« Brunhilde war nicht zu bremsen. Sie wirkte, als ob sie mit ihren 65 Jahren, sie hatte ihm ihr Alter ohne Scheu verraten, noch viel vorhatte. Er war nur fünf Jahre älter, doch sein Leben bestand aus Gassigehen mit dem Hund, Kirchgang, Stammtisch und gelegentlichen Busfahrten an die Mosel oder den Edersee. Urlaub hatte er schon lange keinen mehr gemacht.

Dabei hast du genug auf der hohen Kante. Aber eben auch keine Lust, immer der alleinreisende ältere Herr zu sein.

Vielleicht hatte er aber überhaupt gar keine Lust mehr, alleine zu sein. So, wie es aussah, musste er das auch nicht.

»Weihnachtsmarkt?«, fragte Brunhilde mit funkelnden Augen und schon waren sie für den Abend verabredet. »Kuno kommt vielleicht auch«, setzte sie noch hinzu und dämpfte seine unerwartete Vorfreude damit etwas. Später, beim Hinausgehen, stieß Brunhilde mit einem Mann zusammen, der an der Garderobe nach seinem grauen Anorak griff.

»T'schuldigung«, meinte sie. Der Mann antwortete nicht und Nappes dachte noch, was für ein unhöflicher Kerl das sei. Gleich darauf, die Hunde trennten sich offensichtlich genauso ungern voneinander wie die Menschen, trabte Brunhilde in Richtung Lutherplatz davon.

Als Nappes den entgegengesetzten Weg einschlug, fing er zu seiner eigenen Überraschung an zu pfeifen.

»Schöner Tag heute, Lumpi, was?« Der Hund wedelte mit dem Schwanz. Das war ja wohl eindeutig ein Ja.

36

»Wer geht zum Whisky-Tasting heute Abend?« Sigurd saß, immer noch leicht erschöpft von seiner Erkältung, im Besprechungsraum. Zu ihm, Petra und Maik hatte sich noch ein weiterer Kollege gesellt, der aber dem Alkohol aus gegebenem Anlass für eine Weile abgeschworen hatte.

»Whisky ist kein Glühwein«, frotzelte Sigurd. Der selbst aber nicht wollte. Petra konnte nicht, sie hatte später noch einen Termin mit Winnie dem Komponisten und würde am Abend die erste Aufzeichnung von *Feuer unter Topf* gucken und dabei gleich die dazugehörige Kritik schreiben, die sie am Montag bringen würden. Außerdem hatte die Produktionsgesellschaft am Sonntag zu einer Pressekonferenz in Form eines Brunchs geladen. Genug Arbeit fürs Wochenende. Blieb nur noch Frederik.

»Gebongt«, sagte der. Petra vermutete, dass er von Whisky nicht viel verstand, aber das würde sich vielleicht nach diesem Termin ändern. Sie wusste es, denn sie war mit Maik im Herbst dort gewesen. Ein schöner Abend. Wie so viele andere, die sie gemeinsam verbracht hatten. Während die drei anderen weitere Termine besprachen, schweiften ihre Gedanken ab. Sie und Maik, das war eine Geschichte mit Hindernissen gewesen. Kurz nach dem Ebbelwoifest hatten sie sich bei Recherchen zu einem mysteriösen Todesfall kennengelernt. Kurz danach war Maik nach Langen gezogen. Ihretwegen. Sie hatten einen wunderschönen Sommer miteinander verbracht. Hatten im Waldsee gebadet und waren am weißen Tempel geradelt. Auf dem Weinfest hatte er im dritten Anlauf mitgegrölt, als die *Sterzbachbuben* zur Melodie des französischen Schlagerklassikers *Aux Champs-Elysées* denText *Oh Langen is schee* getextet hatten. Sie waren beim Langener Markt gewesen, dem verkaufsoffenen Sonntag, der wie jedes Jahr tausende von Menschen angelockt hatte und beim Fürstlichen Gartenfest auf Schloß Wolfsgarten. Sie hatten an verregneten

Abenden im Kino gesessen und in den Sommermonaten im Biergarten oder am Lutherplatz den jährlich stattfindenden Gratis Freiluftkonzerten gelauscht. Maik hatte dem *Knaller* sogar einen Artikel über die Streuobstwiesen angedient (abgelehnt), aus deren Äpfeln und Birnen die in Langen und Umgebung beliebten Siebenschläfer-Produkte hergestellt wurden (das hatte immerhin einen kleinen Artikel im Lifestylebereich eingebracht). Inzwischen trank er Ebbelwoi, ohne das Gesicht zu verziehen, konnte unfallfrei einen Handkäs essen, ohne dazu eine Gabel bestellen zu müssen. Zudem kannte er bereits zwei unterschiedliche Rezepte für Grüne Soße. Er hatte es sich auch nicht nehmen lassen, eine Führung durch das Langener Archiv mitzumachen.

»Ich muss doch meine neue Heimatstadt kennenlernen«, hatte er gesagt.

Wenn er eine Dosis Großstadt brauchte, fuhren sie nach Frankfurt oder Darmstadt. Und jetzt? Würde er mit Pernilla erst auf die Malediven fliegen und danach in einen ihrer Wohnsitze, Stockholm oder Hamburg, ziehen? Fragen über Fragen. Und der einzige Mensch, der sie ihr hätte beantworten können, war seit Tagen abgetaucht. Noch nie hatte Maik nach einem Streit so lange geschmollt. Jetzt holte Sigurd sie aus ihren Gedanken, er beendete die Besprechung. Es war Mittag, sie hatten ihr morgendliches Pensum geschafft und gingen daran, ihre Schreibtische aufzuräumen.

»Soll ich dich irgendwohin mitnehmen?«, fragte Sigurd sie, »oder bist du trotz der Kälte mit dem Rad unterwegs?«

»Nein, zum Radeln war es mir heute zu kalt. Aber lass mal. Winnie wohnt im Neurott, da komme ich auch gut mit dem Stadtbus hin.«

»Hab ich dir eigentlich schon gesagt, dass du alles hier toll geschmissen hast? Ich meine, du, alleine mit einem Praktikanten und Natalie. Das war schon eine Leistung.«

»Danke«, antwortete sie schlicht. »Natalie ist klasse. Und Frederik hat tolle Recherchearbeit geleistet und mir alles an

Informationen besorgt, was ich brauchte.« Sie blinzelte Sigurd bei diesen Worten zu. Immerhin war ja nicht alles hasenrein gewesen. Immer noch erstaunlich, dass er dem *Beasty Young Nerd* das hatte durchgehen lassen.

»Ja, seine Verbindungen sind natürlich klasse«, antwortete Sigurd. »Wer hätte gedacht, dass er einen Onkel in der Rechtsmedizin hat.«

»Onkel?« Wovon redete Sigurd?

»Ja, die Sache mit dem Obduktionsbericht.« Sigurd lachte leise. »Na ja, ich habe ihm gesagt, dass wir das nicht verwenden können, weil die Quelle gar nichts davon weiß. Ist mir trotzdem schleierhaft, wie man so etwas ausposaunen kann, selbst im Familienkreis müssten derlei Informationen tabu sein.«

Petra brauchte einen Moment, sich von diesen Worten zu erholen. Ihr Blick wanderte zu Frederik hinüber, der nicht in Hörweite war, aber seltsam angespannt ihr Gespräch verfolgt hatte. Verdammt. Er hatte es ihm nicht gesagt. Frederik hatte Sigurd nicht die Wahrheit darüber gesagt, wie er zum Inhalt des Obduktionsberichts gekommen war. Sie schüttelte ungläubig den Kopf.

Junge, irgendwann wird das ein Nachspiel haben!

37

Es war das letzte Haus in der Straße, nur wenige Schritte entfernt begann der Wald. Am Straßenrand häuften sich weiße Schneetürmchen mit grauen Kappen, vor den meisten Häusern waren die Bürgersteige geräumt. Petra hatte den Stadtbus genommen und war die letzten Meter zu Fuß gegangen. Die Eingangstür, gehämmerter Stahl mit einer dahinschwebenden Tonleiter, war so breit, dass ein Flügel locker durchpasste. Petra hatte ihren Finger kaum auf die Klingel gelegt, als die Tür auch schon geöffnet wurde. Der Hausherr persönlich stand vor ihr, er trug eine dunkle Wollhose und einen grauen Rollkragenpulli, dazu schwarze, dicke Socken. Er musterte sie kurz von oben bis unten, um sie anschließend hereinzubitten. In der geräumigen Diele, durch ein Oberlicht drang milchiges Tageslicht herein, bat der Komponist sie, nicht nur Mütze, Schal und Mantel abzulegen, sondern auch die Schuhe auszuziehen. Sie folgte ihm anschließend in einen großen, ebenerdigen Raum, der offensichtlich als Büro, Bibliothek und Musikzimmer diente. Die Wand zum Garten war durchgängig verglast, auf der linken Seite davor lenkte ein schwarzer Flügel sofort die Blicke auf sich. Krekel bat seine Besucherin in die Mitte des Raumes, zu einer Sitzgruppe aus drei Sesseln und einem Couchtisch. Rechts von ihr zogen sich Bücherregale bis unter die Decke hin, davor stand ein antiker Sekretär. Den dort herumliegenden Papieren nach zu urteilen, hatte Krekel dort kürzlich noch an etwas gearbeitet.

»Kaffee?«, wollte er von ihr wissen. »Habe gerade eine Kanne aufgebrüht.« Als sie nickte, verschwand er, um mit einem offensichtlich vorbereiteten Tablett zurückzukommen. Schweigend stellte er Tassen, Teller, eine Zuckerschale, ein Milchkännchen und schließlich eine Porzellankanne auf den Tisch.

»Bitte, bedienen Sie sich«, forderte er sie auf und holte noch eine Flasche Wasser und zwei Gläser. Petra musterte den

Musiker verstohlen. Winfried Krekels imposante Erscheinung passte gut zu seiner Musik. Groß, breitschultrig, eine weit hervorspringende Nase und bis zur Schulter wallendes graues Haar. Markant waren seine dunklen, fast schwarz wirkenden Augen und die tiefen Falten zwischen Mund und Nase. Konnte so jemand wirklich Freude an einer Kochshow haben? Auf jeden Fall machte er sich nichts aus Smalltalk.

»Was möchten Sie wissen? Ich habe eine halbe Stunde Zeit für Sie.« Petra überflog ihre Notizen. Krekels berufliche Stationen hatten ihn durch die halbe Welt geführt. Prag, Lissabon, Tel Aviv, New York.

»Warum sind Sie in Ihre Heimatstadt Langen zurückgekommen?«, lautete daher ihre erste Frage. Krekel kniff die Augen zusammen. »Dies hier ist mein Elternhaus. Als meine verwitwete Mutter vor zwei Jahren starb, habe ich entdeckt, wie ruhig es hier ist und wie gut ich arbeiten kann. Außerdem befindet sich in Langen sozusagen die Keimzelle meiner Passion.« Er machte eine Kunstpause und Petra tat ihm den Gefallen, nachzufragen.

»Musikschule Langen. Sagt Ihnen doch sicher etwas?«

Natürlich. Auch wenn ihrer eigenen musikalischen Bestrebung - als Achtjährige hatte sie dort einen Blockflötenkus besucht - ein recht schnelles Ende beschieden war, nachdem sie wirklich keinen einzigen Ton getroffen hatte. Anders Winnie Krekel.

»Die Musikschule ist sozusagen mein künstlerischer Brutkasten. Klavier und Klarinette. Denke heute noch voller Freude daran zurück.« Sein Blick glitt in die Ferne der Vergangenheit, ein leises Lächeln umspielte seine Lippen.

»Kochen Sie gerne?«, wollte Petra nun wissen. Krekel schien zunächst nicht recht zu verstehen, was sie mit dieser Frage bezweckte.

»Weil Sie bei *Feuer unterm Topf* mitmachen«, präzisierte sie.

»Nein«, antwortete er.

»Sie sind kein Teilnehmer?«

»Doch. Aber ich koche nicht gern.«

Petra war ein bisschen aus dem Konzept gebracht. »Ist das nicht Grundvoraussetzung für die Teilnahme?«

»Nein.« Krekel lehnte sich zurück, schlug die Beine übereinander und formte mit den Fingerspitzen ein Dach. »Man hat mich gefragt, ob ich als prominenter Einwohner der Stadt mitmachen wolle. An der Seite einer Profiköchin. Das traue ich mir durchaus zu.«

Anschließend sprachen sie noch eine Weile über Krekels Lieblingsessen (»Wiener Schnitzel mit Kartoffelsalat«), seine bevorzugten Orte in Langen (»Überall, wo es grün ist. Ich liebe die Natur«) und seine Entspannungsmethoden (»Meditation. Habe ich bei einem Studienaufenthalt in Nepal gelernt«).

»Sie sind auch sehr aktiv in den sozialen Netzwerken«, näherte Petra sich danach ihrem eigenen Anliegen. Hatte Krekel bisher mit leicht hängenden Augenlidern gesprochen, so hellte sich seine Miene nun auf.

»Waren Sie auf meinem YouTube-Kanal?«, wollte er wissen.

»Ganz wunderbar, diese Naturtöne«, sülzte sie. »Vor allen Dingen bewundere ich es, wie sie die passende Begleitung der Musikinstrumente wählen.«

Krekel nickte eifrig. »Man benötigt Leidenschaft. Für die natürlichen Töne ebenso wie die, die wir mittels Instrumenten fähig sind zu erzeugen. Spielen Sie ein Instrument?«

»Zählt die Triangel?«, versuchte sie, zu scherzen.

Zu ihrem Erstaunen lachte Krekel darauf laut und dröhnend.

»Kommen Sie mal mit!« Schon war er aufgesprungen und winkte sie hinter sich her. Würde sie ihm jetzt vorspielen müssen? Krekel lief in die Diele hinaus und eilte dort auf eine dicke Holztür zu.

»Wir gehen jetzt in mein Studio«, warf er ihr über die Schulter hinweg zu.

Prima, besser hätte es nicht kommen können!

Der Kellerraum, in den er sie führte, war mit allem ausgestattet, was ein Tonstudio so benötigte. Verschiedene

Syntheziser, ein Schlagzeug, drei Klarinetten, dazu zwei Mischpulte, daneben jeweils ein Turm aus Geräten.

»Hier mixe ich alles zusammen«, meinte er flapsig. Schon stand er an einem Gerät, drückte auf einen Knopf und zu Petras Erstaunen drang der glockenhelle Klang einer Nachtigall durch den Raum.

»Haben Sie das aufgenommen?«

Krekel nickte. »Und hier, ein Gartenrotschwanz. Völlig unspektakulär. Aber hören Sie mal, was ich aus dem tekk-tekk gemacht habe.«

Petras Augen wurden groß. »Ist das etwa ...«

»Eine Triangel, genau. Diese kurze Passage wird in meinem neuen Werk eine wichtige, weil verbindende Rolle spielen.« Er zwinkerte ihr zu. »Wenn Sie mögen, können Sie ja bei meinem Weihnachtskonzert in der Stadtkirche dabei sein.« Listig lächelnd deutete er in der Luft den Schlag auf die Triangel an.Petra grinste in sich hinein. Der Mann hatte mehr Humor als man ihm ansah.

»Waren Sie nicht auch in der Nacht vor dem Kälteeinbruch unterwegs? In der Nähe des Krötsees?« Winnie atmete heftig ein.

»Schrecklich«, sagte er. Petra glaubte zunächst, er meine damit den Toten, wurde aber sogleich eines Besseren belehrt. »In dieser Nacht ging es im Wald zu wie auf dem Ebbelwoifest. Ein Kommen und Gehen. Feiernde Jugendliche, Hunde, ein Mopedfahrer. Unglaublich. Ich musste eine Stunde warten, bis ich Ruhe fand, um meine Aufnahmen zu machen.«

Auf einmal kribbelten Petras Fingerspitzen. Sie war kurz davor, eine wichtige Information zu erhalten.

Jetzt bloss keinen Fehler begehen!

»Wie lange mussten Sie denn warten, bis sie das Käuzchen aufnehmen konnten?«

Der Musiker kniff kurz die Augen zusammen. »Rund drei Stunden. Ich habe von neun Uhr abends bis Mitternacht dort draußen aufgenommen. Gottlob in meiner Outdoor-Kleidung, sonst wäre mir etwas weggefroren.«

Das Kribbeln nahm zu. Wenn der geheimnisvolle Informant um diese Zeit etwas gehört hatte, hätte Winnie es auch hören können.

»Wie darf man sich das vorstellen? Stehen Sie da in der Gegend rum und halten ihr Mikro an die Bäume?«

»Gott bewahre. Nein. Ich baue meine Ausrüstung auf, setze mich in meinen Anglerstuhl«, er wies mit der Hand auf das zusammengeklappte Modell, das in einer Ecke stand, »trinke zwischendurch Tee und verhalte mich, als wäre ich ein Teil des Waldes. Ruhig.«

»Was machen Sie mit dem ganzen Material?«

Krekel schob die Unterlippe nach vorn. »Abhören. Mir die Stellen markieren, die ich eventuell noch gebrauchen kann. Einmal, es war am Atlantik, da hatte ich ...«

»Entschuldigung«, unterbrach Petra ihn. »Ich meinte konkret die Aufnahmen von der Nacht, über die wir gerade sprechen. Vom Krötsee.« Krekel schien nicht zu verstehen, was sie meinte. »Das Käuzchen?«

»Der ganze Rest. Drei Stunden, da muss doch mehr drauf sein.«

»Tja ... ich weiß nicht, ob Sie damit etwas anfangen können«, murmelte er.

Von der Haustür her war der Gong der Türklingel zu vernehmen. Petra sah auf ihre Uhr. Die halbe Stunde war bereits seit zehn Minuten vorbei. Da oben stand Krekels nächster Termin.

Oh nein, bitte nicht gerade jetzt!

»Ist das so wichtig?«

»Für mich schon. Ich möchte mich einmal ganz da hineinversetzen. Wie es ist, aus tausenden von Geräuschen etwas herauszufiltern, das Eingang in ein musikalisches Werk finden könnte. Für mich als Laie, also, abgesehen von der

Triangel, hört sich das phantastisch an. Nur müsste ich es mir besser vorstellen können.«

Krekel schien ratlos. »Sie meinen, als Inspiration für Ihren Artikel über mich?«

»Genau!« Petra spürte plötzlich einen heftigen Adrenalinschub durch ihren Körper jagen.

Der Türgong erklang erneut, gleich zwei Mal.

»Ach wissen Sie, ich habe das ganze Material hier auf einem Stick. Nehmen Sie ihn einfach mit. Sie können ihn mir dieser Tage zurückgeben, ich habe sowieso schon alles auf meine Festplatte überspielt.«

Und er hat offensichtlich überhaupt noch nichts von dem Toten gehört, der vermutlich in genau dieser Nacht im See versenkt worden war.

Etwas hilflos drehte er sich um sich selbst. »Wo habe ich denn bloss ... Ah, da ist er ja.« Er nahm einen knallgrünen USB-Stick vom Tisch und drückte ihn ihr in die Hand. Dann griff er noch nach einer CD. »Die letzte Studioaufnahme. Schenke ich Ihnen. So, jetzt muss ich mich aber um Ihren Kollegen kümmern.«

Danke, danke, danke!!!

Petra schob Stick und CD in ihre Tasche und eilte hinter Krekel die Kellertreppe nach oben. Wer auch immer dort vor der Tür stand, hatte schon wieder den Finger auf der Klingel.

»Kommen Sie rein, wir waren im Keller und haben Sie nicht gehört«, erklärte Krekel seinem Besucher.

»Vermutlich schallisoliert«, gab der zur Antwort.

Petra, die gerade in ihre Schuhe schlüpfte, blickte hoch.

»Maik. Hallo«, murmelte sie.

»Hi, Petra«, entgegnete er, offensichtlich verblüfft, sie zu sehen.

»Sie kennen sich? Tja, die Journalistenszene in der Stadt ist wohl sehr überschaubar«, missinterpretierte Krekel die Situation.

Keiner von beiden korrigierte ihn.

38

Kaum zu Hause angekommen, verdränge Petra sämtliche Fragen und den Ärger, den Maiks Verhalten in ihr ausgelöst hatte. Warum tat er in letzter Zeit Dritten gegenüber so, als kenne er sie kaum?

Vielleicht weil wir uns kaum noch sehen und uns langsam aber sicher fremd werden?Vielleicht, weil auch ich meine Geheimnisse habe?

Wenngleich die lediglich beruflicher Art waren. Egal. Sie würde es nicht zulassen, dass ihre Beziehung in eine Schieflage geriet. Aber erst musste das Geheimnis um den Toten gelöst werden. Mit leicht unruhigen Händen schob sie den Stick in ihren Laptop, zog die Kopfhörer über und lauschte. Etwas knackte, dann hustete jemand verhalten. »Mist«, hörte sie Winnie Krekel fluchen. Danach rauschte es eine ganze Weile. Endlich kehrte Ruhe im Hintergrund der Aufnahme ein, sodass man hören konnte, worum es ging. Petra schloss die Augen, um die Atmosphäre besser in sich aufnehmen zu können. Ein leises Knaspern. Woher das wohl kam? Sie versuchte, sich zu erinnern, welche kleinen Tiere des Waldes keinen Winterschlaf hielten. Igel? Mäuse? Eichhörnchen? Alles falsch, vermutlich. Ein Schrei ließ sie hochfahren. Doch es war kein Mensch, sondern ein Vogel. Etwas knackste, ein Ast unter einer Pfote?

Gibt es eigentlich Wölfe bei uns?

Sie dachte an den großen Hund, der im Sommer den Sänger Nino Blankenburg gebissen hatte. Ob das Vieh noch frei herumlief? Oder schlich gerade ein Fuchs durch die Aufnahme? Bei einem Spaziergang mit Maik hatten sie am Krötsee einmal einen gesehen. Direkt vor ihnen war er über den Weg gelaufen. Hatte sie angesehen mit seinem rot-weißen Gesicht und war im Dickicht verschwunden. Ach ja. Der Sommer. Er war so schön gewesen. Ihre Gedanken glitten immer wieder ab, sodass sie nach kurzer Zeit zum Anfang zurückspulte, um alles erneut anzuhören. Kurz darauf schaltete sie aus, weil sie Hunger bekam. Viel befand sich nicht in ihrem Kühlschrank. Sie kochte ein paar Nudeln, gab einen Klacks Kräuterkäse dazu und schnitt sich eine Tomate klein. Es schmeckte nicht schlecht. Danach brühte sie sich einen Melissentee auf und so gestärkt machte sie sich daran, Winnies Aufnahme weiter abzuhören. Wieder das Rauschen des nächtlichen Waldes. Flügelschlagen. Rascheln. Sie schloss die Augen. Versuchte sich vorzustellen, was jemanden wie Krekel antrieb, sich kalte Winternächte dergestalt um die Ohren zu schlagen. Nur Dunkelheit, Kälte, das leise Pfeifen des Windes. Petra gähnte und versuchte, Winnies nun einsetzendes leises Schnarchen zu ignorieren.

Sie erwachte mit einem Ruck. Wovon, war nicht ganz klar. Die Aufnahme war zwischenzeitlich durchgelaufen und hatte sich abgeschaltet. Petra zog die Kopfhörer ab und sah auf die Uhr. Es war nach Mitternacht. Sie musste bereits kurz nach Einschalten der Aufnahme eingedöst sein. Mist, nun musste sie das Band noch einmal anhören. Aber nicht heute Abend. Lieber morgen, wenn sie etwas munterer war.

39

Im *Sterzbacher Hof* herrschte an diesem Sonntagmorgen reger Andrang. Es schien, als ob jedes Blatt des Landes jemanden geschickt hatte, um an der Pressekonferenz zur vorläufig letzten Folge von *Feuer unterm Topf* teilzunehmen. Die Produktionsfirma lud, passend zum Thema, zu einem Brunch, welches die drei Promiköche und die Moderatorin gemeinsam gestaltet hatten.

Pernilla stand, umringt von einem halben Dutzend Journalisten, strahlend mitten im Raum. Sie trug in der Hand ein Glas Champagner und am Leib eine Kochuniform, die viel zu edel aussah, um damit am Herd zu stehen. Die Jacke war aus schwarzer Seide geschneidert, die runden Knöpfe daran funkelten granatrot. Die Starköchin würde auf allen Fotos fantastisch aussehen. Zumal sie so entspannt wirkte, als habe sie heute früh bereits ein paar Stunden im Wellnessbereich des Hotels verbracht. Petra schlenderte an den langen, weiß gedeckten Tafeln vorbei. Vor jedem Gericht stand ein handgeschriebenes Schildchen mit der Bezeichnung und dem Hinweis, von wem es stammte. Während Timo Schmelzer sich mit Haut und Haaren allem Deftigen verschrieben hatte und Huevos Rancheros, Würstchen im Blätterteig und Räucherfischpaté kredenzte, tischte Regula Maier Früchtesorbets mit Blüten, Nussbrote und Wildkräuteraufstriche auf. Marvins Smoothies, Müslimischungen und Bananenpfannkuchen ergänzten das Angebot. Ausgerechnet Pernilla steuerte regionale Spezialitäten bei. Beispielsweise Eier im Glas mit Grüner-Soße-Kräutern. Oder einen Spundekäs aus Skyr. Der Renner aber war ihr »Apfelkompott von der Streuobstwiese mit Langener Honig und Ingwer«, zu dem es knusprige Waffeln gab.

Petra, einen Teller mit Melonensalat in Händen, steuerte gerade die Ecke mit den Zimtschnecken an, als jemand sie an der Schulter berührte.

»Petra? Bist du das?«

Verdutzt sah sie den Fremden an.

»Ja«, antwortete sie. Woher kannte der sie? Sein Anblick löste nichts aus.

»Torben«, stieß er ihre Erinnerung an. Leider vergeblich.

»Wir saßen mal an der Uni in derselben Arbeitsgemeinschaft.«

Sie schüttelte langsam den Kopf. Müsste sie sich an den sandblonden Mann mit der schmalen Brille erinnern? Er lächelte verständnisvoll. »Okay, du erinnerst dich nicht. Schade. Denn ich habe dich gleich erkannt.«

Sie versuchte auf dem Namensschildchen, das allen Journalisten beim Eintreten übergeben worden war, zu erkennen, für welches Blatt er schrieb.

»Freier Journalist«, stand dort, der Name steckte unterm Revers.

Bevor sie ihr Gespräch fortsetzen konnten, bat Pernilla sie alle, ihre Plätze einzunehmen. Petra saß neben zwei Kolleginnen. Eine arbeitete für die Online-Redaktion einer Frauenzeitschrift in München. Die andere war Resortleiterin eines Gourmetmagazins in Hamburg.

Unauffällig drehte Petra ihren Kopf in alle Richtungen. Maik musste doch auch irgendwo sein. Sie wäre gerne mit ihm gemeinsam hergefahren, doch als sie heute früh bei im geklingelt hatte, war er schon weg gewesen.

Er hätte mich doch auch fragen können.

Irgendetwas stimmte nicht mit ihm. Sie lenkte ihren Blick nach vorn, wo nun an einem langen Tisch die Teilnehmer der Show Platz genommen hatten. Scarlett saß neben Kiki Lauterbach und Winfried Krekel. Die drei tuschelten gut gelaunt miteinander. Noch schien keine Konkurrenz zu bestehen. Auch zwischen den Promiköchen herrschte gute Stimmung. Die wind- und wettergegerbte Regula Maier wurde eingerahmt von dem rastalockigen Timo Schmelzer und von Marvin, dem hübschen YouTube- Starkoch. In der Mitte des

Tisches nahm Pernilla Platz, flankiert von zwei Mitarbeitern der Produktionsgesellschaft, einer PR-Dame mit Dutt und einem dunkelhäutigen Mann, dessen Namenschild ihn als Produktionsleiter vor Ort auswies. Zettel war nicht unter denjenigen, die nun gleich der Presse Rede und Antwort stehen würden. Bereits beim Eintreten hatte man ihnen die PR-Mitteilung in die Hände gedrückt. Dort stand noch einmal, wie die Shows abliefen. Paarweise wurde gekocht, wobei sich die beiden Teampartner nicht sehen konnten, denn die Kochstationen waren durch eine bewegliche Wand voneinander getrennt. Der Clou bestand darin, dass die Küchenteams erst zu Beginn der Sendung erfuhren, was sie zubereiten mussten. Dann lag es an den Profiköchen, ihren Partnern Anweisungen zu geben, was zu tun war. Erst am Ende, wenn beide ihre Gerichte fertiggekocht hatten, oder wenn die Zeit abgelaufen war, wurde die Wand zur Seite geschoben. Der Vergleich dessen, was hüben und drüben entstanden war, hatte in der Vergangenheit bereits für viel Erheiterung gesorgt.

Petra zog ihren Block aus der Tasche. Als die ersten Fragen gestellt wurden, war sie erneut froh, im Herbst einen Auffrischungskurs in Kurzschrift beim Langener Stenografenverein absolviert zu haben. So konnte sie alles mühelos mitstenografieren. Gerade, als eine ihrer Tischnachbarinnen, die Frau vom Gourmetmagazin, die Frage an Marvin richtete, wann genau er seine Passion fürs Kochen entdeckt hatte, ging neben Petra jemand in die Hocke.

»Hi, Süße«, flüsterte Maik.

»Ich dachte schon, du kommst nicht«, flüsterte sie zurück.

»Wollen wir heute Abend zusammen essen gehen?«

Das hatten sie schon lange nicht mehr getan.

»Gerne«, gab sie leise zurück.

»Hab noch zu tun nach der Pressekonferenz. Ich melde mich nachher noch mal.« Schon hatte er sich wieder erhoben und war weg.

Ein warmes Gefühl machte sich in Petras Bauch breit. Nach ein paar verwirrenden Tagen schien Maik endlich wieder der Alte zu sein. Der, in den sie sich vor einem halben Jahr verliebt hatte.

Du hättest selbst die Initiative ergreifen und ihn ansprechen können.

Hätte, hätte. Etwas hatte sie abgehalten, sie wusste selbst nicht so genau, was.

Außerdem hat er sich unmöglich verhalten.

Es wäre sicherlich an ihm gewesen, sich zu entschuldigen.

Aber jetzt, als sie Pernillas Blick aufschnappte, der Maik quer durch den Saal verfolgte, wo er an einem Tisch mit Frankfurter Kollegen Platz nahm, wurde ihr wieder ganz unwohl. Die Starköchin hatte unübersehbar ein Auge auf Maik geworfen. Aber ob da mehr dahinter war oder nicht, darüber wollte Petra jetzt lieber nicht nachdenken. Stattdessen hob sie den Arm, um eine Frage anzumelden.

»Frau Groth, wie sehen denn Ihre beruflichen Pläne nach dieser letzten Staffel von *Feuer unterm Topf* aus?«

40

Michael Hanfstängel konnte sich an diesem Sonntagmorgen auf nichts konzentrieren, und das lag nicht daran, dass er in der Nacht zuvor Dienst geschoben hatte. Nun saßen er und Ayshe in seiner Küche, zwischen ihnen auf dem Tisch standen ein Teller mit Zimtsternen und eine Kanne Kaffee.

»Wir haben einfach viel zu wenig Informationen«, sagte er. »Dieser Wollfaden kann von jedem stammen. Auch das, was dein Cousin gehört hat, muss nichts mit dem Toten zu tun haben. Außer der Tatsache, dass keine Vermisstenmeldung aus unserer Region vorliegt und der Tote vermutlich von außerhalb stammt, wissen wir nichts.«

»Immerhin ist uns bekannt, dass er Haschkekse gegessen hat.«

»Möchte wissen, woher die Koslowski das weiß«, brummte Hanfstängel.

»Du vertraust ihr?«

»Tue ich. Allerdings wird sie den Mann ja wohl kaum selbst obduziert haben.«

»Du meinst ...«

»Genau das, liebe Ayshe. Diese Information kann nur aus einer einzigen Quelle stammen. Dass die Gerichtsmedizin sie freiwillig an eine Journalistin weitergibt, halte ich für ausgeschlossen.«

»Nur, wie kam sie daran?« Ayshe kaute auf ihrer Oberlippe herum.

Hanfstängel zuckte die Schultern. Er war müde. In der Nacht hatte es wieder Stress vor einem stadtbekannten Lokal gegeben. Nächtliche Ruhestörung, eine lautstarke Auseinandersetzung, aufheulende Motoren. Stunden später wurden sie zu einem Ehestreit gerufen, der aus dem Ruder gelaufen war. Ein Mann außer Rand und Band, eine schreiende Frau mit zwei blauen Augen. Drei Teams waren im Einsatz gewesen. Am Ende hatte die Frau, gerade frisch verarztet, ihren

Mann in Schutz genommen und nicht nur die Polizisten, sondern auch die Sanitäter auf übelste Weise beschimpft. Hanfstängel fuhr sich übers Gesicht, als wolle er diese negativen Eindrücke wegwischen. Manchmal kotzte ihn das alles einfach nur an.

»Warum bist du eigentlich Polizistin geworden?«, fragte er seine Kollegin. Ayshe ging stur wie ein Panzer durchs Arbeitsleben. Im Dienst machte sie stets den Eindruck, als könne sie kaum etwas aus der Ruhe bringen.

»Weil ich zu den Guten gehören möchte«, antwortete sie einfach.

Hanfstängel seufzte. »Ich muss mit Cem reden.«

»Ausgeschlossen!« Ayshe schüttelte so heftig den Kopf, dass sich eine Strähne aus ihrem hochgesteckten Haar löste. »Was soll das auch bringen? Er hat mir alles gesagt, was er mitbekommen hat.«

»Ayshe, du weißt doch, wie das läuft. Zeugen erinnern sich meistens nicht besonders gut. Oder sie legen ihr Augenmerk auf einzelne Aspekte. Ein geschickt geführtes Verhör ...«

»Verhör? Du willst Cem verhören?« Es war vorbei mit ihrer stoischen Ruhe. Wenn es um Familie ging, um Freunde, zeigte Ayshe ihre emotionale Seite.

»Nicht verhören. Versteh mich doch nicht absichtlich falsch. Befragen will ich ihn. Aber mit unseren bewährten Verhörmethoden. Um seine Erinnerung anzukurbeln.«

Ayshe griff nach einem Zimtstern und kaute energisch darauf herum.

»Nur, wenn ich dabei bin.«

»Ist in Ordnung. Aber eines muss klar sein – ich stelle die Fragen!«

41

»Sie musste doch damit rechnen, dass jemand diese Frage stellt!« Petra blickte finster in ihren Melonensalat.

»Hast du die Pressemitteilung nicht gelesen? Nur Fragen zur laufenden Staffel von *Feuer unterm Topf«,* grummelte Maik.

Pernilla hielt diese Vereinbarung ein. Sie hatte Petra mit messerscharfen Blicken durchbohrt, bevor sie honigsüß antwortete: »Nächste Frage bitte. Und bitte nur zur Sendung, wie vereinbart.«

Mit hochrotem Kopf hatte Petra versucht, auf ihrem Stuhl unsichtbar zu werden. Einige Anwesende lächelten verständnisvoll. Spätestens, als Kiki Lauterbachs Antwort auf die Frage, warum sie bei der Show mitmache, derart ausufernd geriet, dass am Ende darüber genauso große Konfusion herrschte, wie beim Betrachten ihrer Kunstwerke, hatten alle im Saal Petras Fauxpaus bereits wieder vergessen. Alle, bis auf eine. Die, die jetzt wie aus dem Boden gewachsen neben ihnen stand.

»Maik, können wir kurz noch etwas besprechen?« Ihre Hand, die so kräftig den Kochlöffel schwingen konnte, lag nun federleicht auf Maiks Schulter. Der Blick, den sie Petra dabei zuwarf, verursachte bei der das Gefühl, in ein Kühlhaus geschubst zu werden.

»Natürlich. Ich komme gleich.« Maik lächelte die kochende Sexbombe an, als sei er im Delirium.

»Sag mal, willst du was von der?«, zischte Petra ihm zu, kaum dass Pernilla abgerauscht war. Mit einem Hüftschwung, den seit Marilyn Monroe keine Frau dieses Planeten jemals wieder beherrscht hatte.

»Ja. Will ich.« Maiks Augen verengten sich. »Aber nicht so, wie du denkst.« Sein Finger stupste auf ihre Nase. Seit Beginn ihrer Beziehung immer das Zeichen für innige Verbundenheit.

Petras Beklemmung schmolz wie ein Eiswürfel unter der Sonne.

»Wie denn dann?«, wollte sie wissen.

Maiks Blick wanderte in die Ferne. »Kann ich dir noch nicht sagen.«

»Vielleicht heute Abend, beim Essen?«

»Jepp. Ich hole dich um sieben Uhr ab. Gehen wir auf eine Pizza?«

»Abgemacht.«

Er sah sie auf eine Weise an, die sie an heiße Küsse und schlaflose Nächte denken ließ.

Leider drehte er sich danach um und ging weg.

»Na, hat unsere Starköchin dir verziehen?«

Erschrocken fuhr sie herum.

Torben stand neben ihr. »Gläschen Schampus? Jetzt, wo der Pflichtteil des Programms vorbei ist?« Ohne ihre Antwort abzuwarten drückte er ihr ein Glas in die Hand und prostete ihr zu. Petra nahm einen Schluck.

Lecker. Daran könnte ich mich gewöhnen.

»Hast du noch Zeit oder musst du gleich deinen Artikel in die Tasten hämmern?«

»Zeit wofür?«, fragte sie. Maik verschwand im Hintergrund zusammen mit der PR-Frau in einen angrenzenden Raum.

»Mir ein bisschen was von der Stadt zu zeigen.«

»Du willst Langen kennenlernen?«

»Genau. Bin das erste Mal hier. Als ich dich vorhin sah, dachte ich mir, dass das ein toller Zufall ist, jemanden zu treffen, den ich kenne und der mir mehr über die Stadt erzählen kann.«

Petra hatte keine große Lust, Fremdenführerin zu spielen. Andererseits konnte es nie verkehrt sein, ein bisschen am eigenen Netzwerk zu arbeiten und Kollegen und Kolleginnen zu kennen, die einem bei Recherchen behilflich waren. Langen war ja auch ohne Kochshow eine interessante Stadt, die einiges zu bieten hatte.

»Okay«, antwortete sie zögerlich. »Und was genau willst du wissen?«

»Kennst du den Krötsee?«, fragte Torben. Petra fiel fast das Glas aus der Hand. Täuschte sie sich, oder glitzerten die Augen ihres Gegenüber nun ganz gierig hinter seinen Brillengläsern? Am liebsten hätte sie gleich die Flucht ergriffen. Doch schon legte er seine Hand auf ihren Ellbogen und schob sie durch den Saal zur Tür.

42

»Frau Koslowski. Was machen Sie denn hier?« Michael Hanfstängel stand am Ufer des immer noch gefrorenen Krötsees, als sie mit Torben über die Bornbruchschneise zum Wasser kam.

Karina hat recht. Er sieht diesem Lex Barker wirklich sehr ähnlich.

Der Polizist war weder in Uniform noch trug er einen Cowboyhut auf dem Kopf. Stattdessen knipste er Fotos vom See und der gegenüberliegenden Schutzhütte.

»Das ist Torben.« Ihr fiel ein, dass sie den Nachnamen ihres so überraschend aufgetauchten Studienfreundes nicht kannte. »Er ist freier Journalist und wollte ein bisschen die Gegend hier kennenlernen.«

Hanfstängel hatte keine Zeit, auf diese Information zu reagieren, denn im selben Moment kam über die Krötseeschneise von der anderen Seite her Ayshe Müller angestapft. Neben ihr ging ein jüngerer Mann, der in seinem dick gefütterten Anorak aussah wie ein Michelinmännchen. Als er Petra und Torben sah, blieb er abrupt stehen und drehte sich zu seiner Begleiterin um. Zwischen den beiden entspann sich ein durch viele Gesten unterstrichener Dialog. Anhand der Wortfetzen, die durch die Luft zu ihnen herüberdrangen, konnte Petra erkennen, dass die Konversation auf Türkisch geführt wurde. Hanfstängel wurde sichtlich nervös. Was war da los? War das Ayshes deutscher Ehemann? Nein, entschied Petra, dafür war er zu jung. Eher ein Verwandter. Endlich hatte sich die Situation beruhigt, die beiden kamen näher. Der Mann blickte finster.

»Äh, ja, dann wünsche ich Ihnen beiden noch viel Spaß.« Hanfstängel ging nach diesen Worten zügig zu den beiden Neuankömmlingen hinüber. Die drei konferierten kurz, bevor sie sich auf dem Weg in Richtung Egelsbach entfernten.

»Komischer Kauz«, murmelte Torben, während er den Dreien nachblickte.

»Was genau ist das hier?«

Petra erklärte es ihm.

»Angelsportverein? Dann gibt es hier Fische?«

»Ja, der See wird noch beangelt. Außerdem gibt es jede Menge Frösche. Wenn man im Frühsommer hierherkommt, quakt es von allen Seiten.«

»Wie tief ist das?«

»Ungefähr einen halben Meter.«

»Und dieser Tote, der wurde hier gefunden?«

Das Gespräch nahm erneut einen merkwürdigen Verlauf. Im *Sterzbacher Hof* hatte Torben angegeben, der Grund für sein Interesse an dem Tümpel läge darin begründet, dass ein Kollege ihn gebeten habe, sich dort einmal umzuschauen. Natürlich war Petra nicht so blauäugig zu glauben, das habe nichts mit dem Toten zu tun. Dennoch irritierte es sie, dass sich die Sache trotz der Nachrichtensperre weiter herumgesprochen hatte.

»Er lag unter dem Eis«, bestätigte sie. »Aber mehr weiß man nicht. Es gibt in diesem frühen Stadium der Ermittlungen noch keine offiziellen Informationen darüber. Du kennst das ja, das übliche Vorgehen.«

Nur, dass in diesem Fall eine besonders hohe Stufe der Geheimhaltung galt.

»Warst du von Anfang an mit dem Fall betraut?«

Sie nickte. »Aber alles, was ich weiß, steht in meinem Artikel. Kann ich dir zuschicken.« Wie flott so eine Lüge doch über die Lippen ging, wenn es sein musste.

»Kennst du zufällig jemanden, der mir mehr darüber sagen kann?«

»Mehr? Nein.«

»Derjenige, der den Toten gefunden hat. War das kein Einheimischer?«

Petra biss sich auf die Lippen. Warum nur beschlich sie plötzlich das Gefühl, dass dieser Torben mehr wusste, als er zugab? Frederiks Bemerkung fiel ihr ein.

Wer schon weiß, was sich unter dem Busch verbirgt, auf den er klopft, hat es leichter, an offizielle Aussagen zu komme

»Ein älterer Mann, der mit seinem Hund spazierenging«, gab sie so gleichmütig wie möglich zur Antwort. Um gleich die nächste Lüge draufzusatteln. »Der musste danach gleich zur Kur. Soll ich dir Bescheid geben, wenn er zurück ist?«

Torben antwortete nicht. Er lächelte nur ganz leicht auf eine Art und Weise, die Petra frösteln ließ.

43

»Ayshe, wie oft soll ich es noch sagen: Die Begegnung mit Frau Koslowski war reiner Zufall. Die stiefelt hier mit einem Bekannten durch den Wald, das ist ja nicht verboten. Auf keinen Fall habe ich ihr etwas über Cem gesagt und darüber, was wir hier vorhaben.«

Der junge Mann, um den es ging, stand mit verstockter Miene ein paar Schritte abseits, die Hände tief in die Taschen seines Anoraks geschoben.

»Wir machen das jetzt wie vereinbart.« Hanfstängel klatschte in die Hände, als wäre es ein Signal.

»Cem, wo genau waren Sie, als sie das Geräusch hörten?«

Der Angesprochene schaute unsicher zu Ayshe. Die nickte ihm aufmunternd zu.

Schließlich seufzte der junge Mann und führte die beiden Polizisten vom Pfad weg ein Stück in den Wald hinein. Die von Raureif überzogenen Äste und Blätter knirschten unter ihren Schritten, als sie über den hart gefrorenen Boden gingen. Die Luft war so kalt, dass der Atem wie weiße Wolken aus ihren Nasen stieg.

»Hier«, sagte Cem endlich. Er zeigte auf eine Stelle, an der zerbrochenes Astwerk und verschmutztes Laub darauf hindeuteten, dass dort etwas Schweres gelegen hatte.

Hanfstängel drehte sich um. Von hier aus konnte man den See nicht sehen.

»Ist das nicht viel zu weit weg?« Hanfstängel kamen Zweifel an Cems Aussage.

»Mein Cousin hat Ohren wie ein Luchs«, erklärte Ayshe.

»Gut. Dann tun wir jetzt so, als ob etwas ins Wasser gefallen wäre. Plumps.«

Cem starrte auf das gefrorene Grün zu seinen Füßen.

»Wo bist du dann hingegangen?«

Cem überlegte nicht lange. Er schlug die Richtung zum Weg ein, blieb aber am Rand im Unterholz stehen.

»Von hier aus habe ich die Gestalt mit dem Fahrrad gesehen«, behauptete er.

»Er fuhr in diese Richtung.« Sein Finger zeigte den Waldweg hinunter in Richtung Kalbschneise.

»Als sei der Teufel hinter ihm her.«

»Wie groß war die Person?«

Cem zuckte mit den Schultern. »Saß ja auf dem Rad.«

»Ungefähr. So groß wie Ayshe?«

»Größer.«

»So groß wie ich?«

»Könnte hinkommen.«

»Statur?«

Cem blickte unsicher zu Ayshe, die ihm etwas auf Türkisch erklärte.

»Cem sagt, dass das wegen des Mantels schwer zu erkennen gewesen sei. Dass aber die Person nicht korpulent war.«

»Wo stand dein Auto?«

Cem deutete hinter sich, wo ein hoher Stapel Baumstämme aufgeschichtet lag. Hanfstängel ging an Cem vorbei zum Weg. Drehte sich um. Wenn das Auto hinter dem Stapel gestanden hatte, war es schwer zu sehen gewesen. Und der Mann? Cem trug dieselben Sachen, wie in der fraglichen Nacht, darum hatten sie ihn gebeten. Der dunkle Anorak hob sich bei Dunkelheit vermutlich kaum vom Hintergrund ab. Doch zwischen dem Laub leuchteten seine silbrigen Stiefel hell hervor.

Manche Menschen haben einen merkwürdigen Geschmack.

»Trägst du diesen Dreitagebart immer?«, fragte Hanfstängel.

Cem fuhr sich übers Gesicht. »Wozu ist das wichtig?«

»Nein«, antwortete Ayshe an Cems Stelle, um gleich darauf einige türkische Worte mit ihrem Cousin zu wechseln. »Er war an dem Abend rasiert.«

Hanfstängel betrachtete das blasse, runde Gesicht des jungen Mannes.

»Wenn du denjenigen gesehen hast, hat auch er dich gesehen. Die Bäume stehen nicht so dicht, dass du dich verbergen konntest.«

Cem glotzte verständnislos. »Ey Alter, es war Nacht!«

Hanfstängel konsultierte sein Smartphone. »Es war vier Tage nach Vollmond. Fast wolkenloser Himmel.«

Als er aufsah, kreuzte sich sein Blick mit dem von Ayshe. Das Licht, das ihm aufging, hätte für die ganze Bahnstraße in einer dunklen Nacht gereicht.

Sie hat es gewusst. Die ganze Zeit. Das ist der wahre Grund dafür, dass sie mich gebeten hat, auf eigene Faust zu ermitteln.

»Cem. Was haben Sie in den letzten Tagen gemacht?«

»Häh?« Der Angesprochene trat von einem Fuss auf den anderen und blickte verständnislos zu seiner Cousine.

»Lassen Sie mich raten. Sie haben sich zu Hause bei Ihren Eltern aufgehalten. Sind nicht nach draußen gegangen. Haben Ihren Freunden erzählt, sie seien krank. Stimmt's?«

Ayshes gequälter Blick schmerzte ihn, aber so ging es einfach nicht.

»Bring ihn nach Hause«, bat Hanfstängel seine Kollegin leise. »Und danach reden wir beide.«

Er wusste nicht, was ihn mehr ärgerte. Der Umstand, dass Ayshe ihm ihre wahre Motivation verschwiegen hatte. Oder aber, dass er selbst nicht drauf gekommen war. Natürlich hatte sie sofort befürchtet, derjenige, den Cem gesehen hatte, habe ihn ebenfalls gesehen. Daran schlossen sich zwei Fragen an. War die Person auf dem Fahrrad identisch mit derjenigen, die den Mann ins Wasser geworfen hatte? Und wenn ja, warum hatte sie nicht angehalten und Cem gleich erledigt? Die Sache nahm auf einmal eine Wendung, die ihm ganz und gar nicht gefiel. Langsam stapfte er zurück zu seinem Wagen. Gottlob waren die Koslowski und ihr Bekannter nicht mehr in der Nähe. Überhaupt traf er an diesem Tag niemanden mehr am See und auf den Wegen drumherum. Daher erschrak er regelrecht, als sein Handy anfing zu summen. Doch gleich darauf erhellte sich seine Miene.

»Gerne«, hörte er sich sagen. »Ich warte dann an der *Lichtburg* auf dich. Freue mich!« Und das waren keine hohlen Worte. Auch wenn er Liebesfilmen bisher nicht wirklich viel hatte abgewinnen können.

Es geschehen halt immer noch Zeichen und Wunder.

44

Petra war heilfroh, als sie endlich wieder zu Hause war. Torben hatte nach der Begegnung am Krötsee noch eine Menge merkwürdiger Fragen gestellt. Wie tief das Gewässer war, ob viele Leute herkamen und - natürlich - wollte er wissen, ob in Langen irgendwelche Gerüchte über den Toten kursierten. Als er nach Hanfstängel fragte, er nannte ihn den komischen Kauz, der den Tümpel fotografiert hatte, hatte sie ihm nicht gesagt, dass er Polizist war. Sie hatte lediglich mit den Schultern gezuckt und gemeint, es gäbe viele Spaziergänger hier im Wald und einige würden eben gerne knipsen. Endlich war sein Wissensdurst gestillt, er fuhr sie mit einem SUV in der Größe eines Panzers (»neuestes Modell, Allradantrieb, diverse Extras«) nach Hause. Auf seine Bitte nach ihrer Telefonnummer drückte sie ihm ihre Visitenkarte von der *Langener Morgenpost* in die Hand und hüpfte gleich darauf aus dem Wagen.

»Die Blase«, warf sie ihm entschuldigend zu und rannte schon fast zur Haustür. Komisch, dass sie keine Sekunde lang das Gefühl hatte, ihn bereits zu kennen. Wenn der Typ damals schon so merkwürdig war, würde sie sich doch erinnern können? In ihrer Wohnung angekommen, konnte sie es kaum erwarten, Winnies nächtliche Aufnahme erneut abzuhören. Doch zunächst musste der Artikel über die Pressekonferenz geschrieben werden. Sie übertrug ihre Notizen in den PC, formulierte den Text aus, hängte sämtliche Sendetermine dran und war am Ende zufrieden. Alle Leser würden nach der Lektüre wissen, wann sie den Fernseher einzuschalten hatten.

Dazu passte der Bericht über die erste Folge der Show, den sie in der Nacht noch skizziert hatte. Es war wirklich unterhaltsam gewesen, die drei Teams zu beobachten, wie diese die ihnen zugelosten Aufgaben mehr oder weniger gut bewältigt hatten. Scarlett und Timo Schmelzer gaben auch getrennt voneinander optisch ein gutes Paar ab. Der prominente

Fernsehkoch sah aus, als ob er jeden Tag ein paar Stunden Hanteltraining machte, bevor er den Kochlöffel schwang.

»Köche mit Berufsfigur gibt es genug«, meinte er augenzwinkernd. Er und die wie immer tipptopp gestylte Schauspielerin turtelten bei ihrer gemeinsamen Aufgabe – der Zubereitung einer Apfelweinsuppe mit Grießklößchen sowie eines Handkäsesalats - über ihre Trennwand hinweg derartig herum, dass das Feuer statt unterm Topf schon bald zwischen ihnen zu brennen schien. Zu Petras Erstaunen machte Scarlett ihre Sache recht gut, obwohl sie beim Zwiebelschneiden zum Amüsement der Zuschauer in ein wahres Tränenmeer ausbrach. Timo schnalzte beim Anblick ihrer Kreation jedenfalls genießerisch mit der Zunge.

Marvin und Kiki hatten eine Kürbissuppe zugelost bekommen, als zweite Vorspeise einen Radicciosalat mit Sesamtofuwürfeln. Sie schlugen sich gut, obwohl der Internetstar in manchen Situationen kaum über die Kochzeile hinausragte und Kiki gelegentlich die Küche mit ihrem Atelier zu verwechseln schien und sämtliche Kochutensilien in abenteuerliche Anordnungen brachte.

Regula Maier und Winnie Krekel laborierten eher pragmatisch an Blumenkohlpfannkuchen und Ingwer-Karottensuppe. Als der küchenunkundige Musiker statt eines Blumenkohls einen Kohlrabi aus dem Kühlschrank nahm, der sich naturgemäß nicht in Röschen aufteilen ließ, brachte das Regula hinter der Wand schier zur Verzweiflung, eine der Situationen, die das Publikum erfahrungsgemäß sehr unterhaltsam fand. Beide redeten so wenig miteinander, dass Pernilla immer wieder eingreifen musste. Sie waren das Paar, bei dem die zubereiteten Speisen optisch und inhaltlich am wenigsten übereinstimmten. Am Ende wurde alles von einer Jury, bestehend aus dem Küchenchef eines Frankfurter Luxushotels, der Leiterin einer Darmstädter Kochschule und der Redakteurin eines Offenbacher Kochbuchverlags, verkostet. Die Zuschauer bekamen dabei, um die Spannung zu halten, lediglich die Kommentare eingeblendet. Wie viele Punkte es auf einer Skala, die von 0 bis 10 Punkte reichte, von den Juroren gab, würde jedoch erst am Abend der Livesendung gelüftet werden. Zusammengeschnitten auf eine Sendezeit von einer Stunde wirkte das Ganze natürlich noch einen Tick rasanter. Die Zeit war wie im Flug vergangen und Petra freute sich schon auf die zweite Runde mit den Hauptgerichten. Endlich hatte sie ihre Texte fertig geschrieben, an die Redaktion geschickt und ihre Notizen für den Fall, dass sie noch etwas nachschauen musste, fein säuberlich abgeheftet. Sie schaute auf die Uhr. Noch genügend Zeit, bis sie mit Maik zum Pizzaessen verabredet war. Sie holte sich ein Sprite aus dem Kühlschrank, schob Winnies USB-Stick ein und hörte sich die Aufnahme noch einmal an. Das bekannte Rauschen und Knacksen des nächtlichen Waldes. Was um Himmels Willen hatte Winnie Krekel eigentlich aufnehmen wollen? Ah, da war es. Der Ruf eines Käuzchens. Gleich danach war etwas anderes zu vernehmen. Ein Flattern in der Luft verkündete, dass das Tier aufgeflogen war. Um sich auf eine Beute zu stürzen? Eine sehr lange Weile blieb es still. Und dann fuhr Petra hoch. Ihr hatten sich sämtliche Nackenhaare aufgestellt. Was war das für ein Geräusch? Ganz dicht am Mikrofon? Jemand stöhnte laut und vernehmlich. Doch gleich darauf erkannte sie, was es war und beruhigte sich wieder. Winnie Krekel war erneut in seinem Anglerstuhl hängend eingedöst und gab ein paar Schlafgeräusche von sich. Irgendwann hörte man den Motor eines herannahenden Wagens, Türenschlagen. Rund zwanzig Minuten später fuhr der Wagen davon. Danach herrschte wieder Ruhe. Die Aufnahme endete ohne weitere Besonderheiten. Noch einmal spulte sie an den Anfang zurück. Um etwas anzuhören, das nur ganz verschwommen dort zu hören gewesen war. Winnie hatte sich gerade eingerichtet, da war von Weitem Hundegebell zu vernehmen. Anschließend, vom Wind getragen, eine Frauenstimme.

»Bei Fuß ...ralda.«

45

Etwas ist anders.

Karl Nappes brauchte an diesem Montagmorgen eine Weile, um herauszufinden, was es war. Schließlich dämmerte es ihm. Wann, genau, war er das letzte Mal so gut gelaunt und vermutlich mit einem Lächeln auf dem Gesicht erwacht? Es war schon so lange her, dass er sich nicht mehr daran erinnern konnte. Er erhob sich ohne das übliche Ächzen.

Mir ist, als hätte ich in einem Jungbrunnen gebadet.

Lumpi lag in seinem Körbchen und schnorchelte vor sich hin. Ab und zu zuckten seine Pfoten.

Ich könnte wetten, auch der träumt von etwas Angenehmem.

Ein Blick auf die Uhr zeigte Nappes, dass es selbst für ihn, den passionierten Frühaufsteher, noch viel zu früh war. Doch was tun, wenn man bereits voller Tatendrang war?

Zwei Stunden später verließen Herrchen und Hund die Wohnung. Es war noch dunkel, unter den Füßen des Rentners knirschte der angefrorene Schnee, die Luft war klar und so eisig, dass er sich den Strickschal über Mund und Nase zog.

Was riecht hier so komisch?

Ach so, das war das neue Rasierwasser, das er sich am Samstag noch schnell in der Parfümerie gekauft hatte. »Frisch und doch männlich-herb«, hatte es die Verkäuferin angepriesen. Angesichts des Preises war ihm kurzzeitig schwindelig geworden. Dennoch hatte er zugegriffen, gleich noch die passende Seife gekauft und danach das billige Zeug, das bei ihm normalerweise im Badezimmer stand, entsorgt.

Wenn schon, denn schon.

Sie hatten es nicht eilig, waren viel zu früh dran, dennoch schritt Nappes forsch aus. Wenige Minuten später stand er vor dem Mehrfamilienhaus, in dem Brunhilde in der Wohnung ihrer Schwester lebte. Sie hatten sich für den heutigen Morgen zum gemeinsamen Gassigehen mit den Hunden verabredet. Gestern Abend. Nachdem Brunhilde ihn zum Essen eingeladen hatte. Irgendetwas Asiatisches, in dem er anfangs eher mißtrauisch herumgestochert hatte. Es fehlte an Fleisch, denn Brunhilde kochte gerne vegetarisch, und die Würze war fremd und mehr als ausreichend gewesen, hatte ihm gar den Schweiß auf die Stirn getrieben. Doch aus irgendeinem Grund hatte er nicht nur seinen Teller leer gegessen, sondern sogar noch um einen Nachschlag gebeten. Danach saßen sie beim dritten oder vierten Glas Wein vor dem Fernseher und schauten sich *Tanz der Vampire* an. Einen von Brunhildes Lieblingsfilmen, den Nappes noch nie gesehen hatte. Obwohl die Geschichte haarsträubend war, hatte er sich köstlich amüsiert. Wenn Brunhilde lachte, und das tat sie oft, wackelte das ganze Sofa. Er hatte gar nicht verhindern können, sich wohlzufühlen. Am Ende des Abends, der wie im Flug vergangen war, versprach sie, ihm das nächste Mal das Tangotanzen beizubringen. Zum Abschied küssten sie sich, auf die Wangen natürlich, und als Brunhilde ihn dabei herzhaft an sich zog, machte ihn nicht nur ihr Patschouligeruch ganz schwindelig, sondern auch ihre üppige körperliche Nähe. Derartig beschwingt trat er den Heimweg an. Um an der Ecke zur Fahrgasse festzustellen, dass er Lumpi vergessen hatte und so musste er noch einmal zurück. Lumpi lag, wie schon den ganzen Abend, bei Esmeralda im Körbchen. Die Pudeldame hatte seiner Promenademischung dabei lediglich ein kleines Eckchen zugestanden, das ihm aber zu genügen schien. Auch er war trunken von etwas, das er nicht mehr erhofft hatte, zu erfahren.

Während Nappes auf dem Bürgersteig auf und ab ging, es war noch gut eine Viertelstunde hin bis zur Verabredung, doch es wäre ihm nicht eingefallen, vor der Zeit zu klingeln, hielten zwei Wagen mit getönten Scheiben an der Straße. Die Türen flogen auf, sechs dunkel gekleidete Männer mit Sturmhauben auf dem Kopf sprangen heraus und rannten an Nappes vorbei durch den Durchgang zum hinteren Haus. Ein dumpfer Schlag ertönte vom Eingang her, der den alten Mann und seinen Hund gleichermaßen zusammenfahren ließ.

»Was zum Teufel ...«, murmelte Nappes. Im Haus sprang das Flurlicht an. Auch hinter den Gardinen einiger Wohnungen wurde es hell.

»Zur Seite«, schrie ihn jemand an. Noch ein Mann, ganz in Schwarz. »Verlassen Sie den Ort. Dies ist ein Polizeieinsatz.« Der Kerl schob ihn zur Seite und rannte seinen Kollegen hinterher. Nappes blickte an der Fassade nach oben. Jemand öffnete ein Fenster und schrie um Hilfe, wurde jedoch sofort zurückgerissen. Mit einem lauten Krachen schlug das Fenster zu. Auf einmal lag eine gespenstische Ruhe über dem gesamten Wohnkomplex. Nappes hingegen war es, als habe man ihm einen Stromschlag verpasst.

»Lumpi, das müssen wir uns ansehen.« Schon war er auf dem Weg zur Haustür, die jedoch aufflog, als er noch einen Meter entfernt stand. Zwei der dunkel gekleideten Gestalten kamen heraus. Zwischen ihnen, leicht gebeugt, weil einer sie ihm Schwitzkasten hielt, taumelte Brunhilde. Sie trug weder Mantel noch Schal und einen Moment lang überkam Nappes die Sorge, sie könne sich womöglich erkälten. Angesichts der Situation ein geringes Problem.

»Karl!«, rief Brunhilde, als sie ihn sah. »Kümmere dich um Esmeralda!«

Schon hatten sie sie weggezerrt, eine Autotür wurde geöffnet, die Widerstrebende hineingeschoben, Sekunden später heulte ein Motor auf und der Wagen schoss davon.

Nappes zitterte am ganzen Leib. Was war geschehen? Wer waren diese Leute und was wollten sie von Brunhilde? Auf einmal summte das ganze Haus wie ein Bienenschwarm. Fenster waren geöffnet worden, die übrigen Bewohner warfen sich Fragen zu, schon wieder wurde die Haustür aufgerissen, einige der Schwarzgekleideten kamen heraus. Sie rannten Nappes fast um, so eilig hatten sie es. Der hob die Hand, hinderte die Tür am Zufallen und betrat das Haus.

Brunhildes Wohnungstür stand einen Spalt breit offen. Soweit er erkennen konnte, war sie nicht beschädigt. Hatte sie diesen Kerlen selbst die Tür geöffnet? Hatte man sie abgefangen, als sie gerade aus dem Haus gehen wollte? Aus den hinteren Räumen erklangen Stimmen, schwere Schritte ließen den Boden erzittern, Schubladen wurden aufgezogen, Türen geöffnet. Nappes warf einen Blick in die kleine Diele. Dort lag Brunhildes gefütterte Lammfelljacke auf dem Boden. Daneben hockte Esmeralda auf ihrem Körbchen, das Mäntelchen und die Leine schon angelegt. Sie sah verstört aus und zitterte am ganzen Leib. Etwas klirrte, als Nappes Brunhildes Jacke hochhob, um sie wieder an den Haken zu hängen. Der Schlüsselbund. Nappes zögerte keine Sekunde und steckte ihn ein. Schließlich hatte Brunhilde ihn gebeten, sich um den Hund zu kümmern.

»Komm, Esmeralda«, flüsterte er. Erstaunlicherweise gehorchte der Pudel. Alle drei eilten kurz darauf die Treppe hinunter. Gerade rechtzeitig, denn nun war ein weiterer Wagen angekommen, aus dem zwei Männer und eine Frau in weißer Schutzkleidung stiegen. Sie verschwanden im Haus.

Die stellen jetzt Brunhildes Wohnung auf den Kopf. Nur - warum?

46

»Du glaubst nicht, was heute bei uns los war!« Karinas Stimme am Telefon überschlug sich fast.

»SEK. Das ganz große Kommando. Haben in aller Herrgottsfrühe das Haus gestürmt.«

»Langsam und zum Mitschreiben«, forderte Petra ihre Freundin auf.

Kurze Zeit später war sie informiert darüber, dass eine Frau aus ihrer Wohnung gezerrt und verhaftet worden war.

»Die haben zwei Stunden lang jeden Quadratzentimeter unter die Lupe genommen. Es war ein einziges Kommen und Gehen.« Karina wusste es genau, weil sie direkt darunter wohnte. Leider hatte sie nicht einen blassen Schimmer, was genau vorgefallen war, auch kannte sie die Verhaftete nicht persönlich.

»Der Nappes war gestern Abend bei ihr«, erklärte sie der überraschten Petra. »Der kam auch heute morgen schon wieder an. Ging dann mit dem Pudel der Frau weg.«

Der Nappes schon wieder!

»Wieso hast du mitbekommen, dass er bei deiner Nachbarin war. Stehst du etwa den ganzen Abend am Spion?«

Karina druckste ungewöhnlich verlegen herum. Dann senkte sie die Stimme so weit, dass Petra kaum verstand, was sie sagte.

»Ach so?«, stammelte sie schließlich. »Das ging aber schnell.«

»Wir waren doch nur im Kino«, versicherte Karina ihr. »Und dann hat er mich nach Hause gebracht.« Dabei war ihnen die Gestalt von Nappes aufgefallen, der fröhlich pfeifend auf die Straße trat.

»Später, ich war schon oben, habe ich ihn noch einmal gehört. Da war ich natürlich neugierig und hab ins Treppenhaus gelauscht. Er war bei der Frau direkt über mir. Hatte dort seinen Hund vergessen. Kannst du dir das vorstellen?«

Nappes ohne Lumpi? Ne. Das war wie Grüne Soße ohne Sauerampfer. Oder Handkäs ohne Musik. Einfach undenkbar.

»Zwei wie Pech und Schwefel«, war auch Karinas Meinung.

»Und Hanfstängel? Was sagt der dazu?«

»Michi war total überrascht, als ich ihn anrief. Er hat keine Ahnung. Überhaupt weiß niemand bei der Polizei hier in der Stadt Näheres über diesen Einsatz.«

Nach dem Telefonat hockte Petra grübelnd vor ihrem PC.

»Gibt es etwas Besonderes?« Sie schrak regelrecht auf, als Frederik sie ansprach.

»Hm. Weiß noch nicht so richtig«, murmelte sie.

»Falls ich was recherchieren soll, sag Bescheid.«

Petra nickte zerstreut. Nappes. Der war die Quelle, die sie anzuzapfen gedachte. Am besten sofort, bevor die Konkurrenz bei dem Alten auf der Matte stand. Wenig später hastete sie die Bachgasse entlang. Bedrückt stellte sie fest, dass die Rollläden in der Wohnung ihrer Großmutter noch heruntergelassen waren. Ungewöhnlich um diese Uhrzeit. Sie würde gleich nach dem Gespräch mit Nappes noch einmal bei ihr vorbeischauen. Auf das Klingeln ertönte zweistimmiges Hundegebell. Hatte Karina also recht gehabt mit dem Pudel. Nappes öffnete erst nach dem dritten Mal. Er wirkte verstört, seine Augen waren unruhig, das Gesicht blass.

»Ja?«, fragte er knapp. Das Gebell verstummte.

»Ich muss mit Ihnen reden. Drinnen.«

»Keine Zeit.« Schon wollte er ihr die Tür vor der Nase zuschlagen. Petra schob schnell ihren Fuß dazwischen. Sie trug feste Winterstiefel, sodass ihr der Druck nichts ausmachte.

»Ich weiß, wo Sie heute früh waren.«

Er wirkte irritiert, schüttelte aber den Kopf. »Lassen Sie mich in Ruhe. Ich rede nicht mit der Presse. Schon gar nicht über eine Dame.«

»Ich will noch gar nichts schreiben. Nur verstehen, was vor sich geht.«

Noch immer hielt sie ihren Fuß in der Tür. Noch immer drückte Nappes von innen dagegen.

»Oder haben Sie jemals etwas über einen Vorfall mit einem Fleischklopfer in der Vierhäusergasse gelesen?«

Nappes klappte die Kinnlade herunter. Die Tür schwang auf. Petra durfte in die Wohnung.

47

Sie hatten gestritten. Das erste Mal, seit sie zusammenarbeiteten, das erste Mal überhaupt. Ayshe hatte bitterlich geweint und Hanfstängel war fast das Herz gebrochen. Dennoch konnte er ihr das überhaupt nicht durchgehen lassen.

»Du hast die ganze Zeit geahnt, dass die Person auf dem Fahrrad Cem gesehen hat. Dieses blasse Vollmondgesicht, diese silberfarbenen Stiefel, das ist ja selbst bei Nacht und abnehmendem Vollmond kaum zu übersehen.«

Ja, bestätigte sie. Sie habe sich eben große Sorgen um ihren Cousin gemacht.

»Wenn ich dir die Wahrheit gesagt hätte, dass er in Gefahr schwebt, hättest du doch darauf bestanden, die Sache weiterzuleiten. Nie und nimmer hättest du mit mir gemeinsam auf eigene Faust ermittelt.«

Das stimmte haargenau und brachte ihn noch mehr auf die Palme.

Ob er sie jetzt hängenlassen würde, wollte sie wissen, und versetzte ihn damit in eine sehr schwierige Lage. Eigentlich hätte er die Sache an diesem Punkt gerne beendet. Doch wenn er das tat, musste er zugeben, was sie getan hatten. Er machte sich keine Illusionen darüber, dass das für ihn das Ende seiner Tätigkeit im Polizeidienst bedeutet hätte. Zeugen verschweigen. Beweismittel nicht weitergeben. Ohne Zuständigkeit ermitteln. Ihm wurde schwindelig beim Gedanken an die Konsequenzen. Dafür hatte er nicht sein Leben umgekrempelt, um nun wegen so einer Geschichte zu stolpern. Dazu kam noch die Verhaftung dieser Frau Siebenhühner. Auch so eine Sache. Nicht abgesprochen mit den örtlichen Behörden. Die besorgten Bürger, die durch diesen Nacht-und-Nebel-Einsatz des SEK in Angst und Schrecken versetzt worden waren, die durften sie beruhigen. Doch außer der offiziellen Sprachregelung (»Es handelt sich um eine präventive Maßnahme der Gefahrenabwehr für eine wichtige Zeugin«) gab es keinerlei wie auch immer geartete Information. Jetzt wusste er, dass er sich in Bezug auf die beiden merkwürdigen Männer in den grauen Anoraks nicht getäuscht hatte. Nach langem inneren Ringen entschied er sich, mit Ayshe weiterzumachen.

»Wir bleiben dran«, versprach er ihr. »Aber nur, wenn du mir ab sofort in allen Dingen die Wahrheit sagst.«

48

Es hatte letztendlich nicht lange gedauert, sich zu verständigen.

»Woher wissen Sie es?« Nappes spielte auf einen Vorfall vor rund einem halben Jahr an.

»Betriebsgeheimnis«, entgegnete Petra.

»Sie haben nie ein Wort darüber verloren, geschweige denn in Ihrem Blättchen geschrieben«, murmelte Nappes, den Blick zu Boden gerichtet.

»Es gab keinen Grund dazu«, entgegnet sie. Das stimmte allerdings nur bedingt. Sie war sich nie hundertprozentig sicher gewesen, dass das, was sie vermutete, richtig war. Doch nun bestätigte ihr Gegenüber ihr alles. Wie ein Häuflein Elend hockte er da.

»Wissen Sie eigentlich, dass Sie mit Ihrer Aktion damals jemandem das Leben gerettet haben?«

Sein Kopf ruckte nach oben, die Augen wurden groß und rund. »Habe ich das?«

Petra nickte. »Doch nun zu dem, was heute passiert ist«, kam sie zügig von der Vergangenheit auf die Gegenwart, und auf den Grund ihres Hierseins zu sprechen. »Was ist da heute früh geschehen? Und warum wird eine Frau vom SEK aus ihrer Wohnung geholt? Man muss ja glauben, wir haben es hier mit Schwerverbrechern zu tun.«

Nappes war, obwohl er es nicht zugeben mochte, augenscheinlich immer noch ziemlich verunsichert und druckste herum. Erst, als Petra ihm mehrfach versichert hatte, nichts von dem, was er ihr sagen würde, in der *Langener Morgenpost* zu veröffentlichen, ohne es mit ihm abzusprechen, taute er etwas auf.

»Wir kennen uns erst seit Kurzem«, murmelte er. »Sie ist ein bisschen schräg, aber hat das Herz auf dem richtigen Fleck. Ich kann mir auf all das, was geschehen ist, keinen Reim machen.«

Schließlich kam die Sprache auf die gegenüber Nappes geäußerte Bitte, sich um Esmeralda zu kümmern und den Schlüssel, den er an sich genommen hatte.

Esmeralda heißt der Hund? Jetzt wird's interessant!

»Sie können in die Wohnung?« Petras Herz schlug einen Salto. »Vielleicht finden wir dort etwas, das die ganze Angelegenheit erklärt.«

Wohl kaum, meinte Nappes. Denn schließlich hatte die Polizei dort bereits alles auf den Kopf gestellt.

»Nicht die Polizei«, weihte Petra ihn nun in ihre eigenen Erkenntnisse ein. »Da ist eine höhere Instanz dran.« Wieder fielen ihr die beiden Männer ein, die sie vor dem Haus gesehen hatte. Wie sich herausstellte, hatte auch Nappes sie bemerkt.

»Sie glauben, dass die hier in Langen hinter etwas oder jemandem her sind?«

»Sonst wären sie ja nicht hier. Ich denke, dass Sie an dem fraglichen Tag beobachtet wurden.«

»Ich? Aber warum?« Genau das hatte sich Petra auch schon gefragt. Sie war zu dem Schluß gekommen, dass es etwas mit dem Toten im Krötsee zu tun hatte.

»Sie haben den Mann gefunden. Vielleicht sind Sie verdächtig.«

»Warum verhaftet man dann Brunhilde? Sie hat mit der Sache nichts zu tun.«

»Weiß man's?«

Nappes reagierte empört.

Petra verstand ihn, dachte aber auch an das, was sie auf Winnies Aufnahme gehört hatte.

Ich könnte wetten, dass sie es war, die in der fraglichen Nacht im Wald am Krötsee nach ihrem Hund gerufen hat.

»Ich will Ihnen helfen«, versicherte sie. »Ihrer Bekannten natürlich auch.«

»Sie braucht einen Anwalt. Einen guten.«

»Den besten«, pflichtete ihm Petra bei. »Wenn Sie mögen, kann ich mal bei Dr. Greifvogel nachfragen.«

»Sie kennen ihn?« Nappes schien beeindruckt.

Petra nickte, obwohl sie mit dem bekannten Juristen bisher lediglich in beruflichen Dingen zu tun gehabt hatte. Ob es diese Aussicht war, oder die Tatsache, dass Esmeralda sich auf leisen Pfoten an Petra herangeschlichten hatte, schon seit geraumer Zeit neben ihr saß und ihr schlußendlich sogar den eleganten Kopf auf die Knie legte und sie treuherzig anblickte, hätte sie nicht sagen können. Auf jeden Fall war Nappes auf einmal bereit, sie mit in Brunhildes Wohnung zu nehmen.

»Aber nur ganz kurz. Wer weiß, wie lange Esmeralda bei mir bleiben muss. Da sollte ich besser ihr Körbchen holen. Das von Lumpi ist zu klein für beide Hunde und dieser Riesenpudel ist ziemlich egoistisch.«

Esmeralda blickte wimpernklimpernd zu Petra auf.

Kleines Biest.

»Gut«, sagte Petra zu Nappes. Wenn sie erst einmal in der Wohnung war, würde sie sich schon ein eigenes Bild machen können.

49

In Brunhildes Domizil sah es aus, als habe eine Bombe eingeschlagen. Sämtliche Schranktüren standen offen, Schubladen waren herausgezogen, im Wohnzimmer lagen CDs und DVDs achtlos auf den Boden geworfen herum, in der Küche war der Inhalt einer Besteckschublade in die Spüle gekippt worden. Nappes fing bei diesem Anblick an, leicht zu zittern.

»Was war hier?« Petra stand an der Tür zum Schlafzimmer.

»Das weiß ich nicht. Diesen Raum habe ich nie betreten.« Nappes kam langsam näher, als befürchte er, schon wieder eine Leiche zu entdecken. Doch bei dem Gegenstand, der Petras Interesse auf sich gezogen hatte, handelte es sich um eine Pflanzenleuchte. Darunter, so war anhand der Ränder auf dem Parkettboden zu erkennen, mussten drei Töpfe gestanden haben. Petra bückte sich und hob etwas Grünes auf. Der Teil eines Blattes, wie sie sogleich bemerkte. Sie rieb es zwischen den Fingern und roch daran. Eine Erinnerung ploppte auf.

Abifahrt. Lloret de Mar. Was war mir schlecht.

»Cannabis«, murmelte sie. »Ihre Freundin hat hier Drogen gezüchtet.«

Nappes fuhr zurück wie von der Tarantel gestochen. »Drogen? Um Gottes Willen«, entfuhr es ihm.

»Na ja, Leute Ihrer Generation sehen das wohl locker. Da war doch was mit Sex and Drugs and Rock'n Roll.«

»Das war nach meiner Zeit. Ich habe immer nur Schlager gehört und rauche lediglich ab und zu eine gute Zigarre.«

Petra konnte ein Grinsen nicht unterdrücken. Der Alte quarzte manchmal Stumpen, die das ganze Haus einnebelten, sodass Hanna Koslowski selbst im Winter mit empörtem Husten Fenster und Türen aufriss. Doch das hier war etwas anderes. Sie drehte sich um, ging über den Flur und betrat die Küche.

»Hausfrauliche Qualitäten hat Ihre Frau Siebenhühner auch.« Hier sah es aus, als sei alles vor der Durchsuchung durch das SEK sauber und ordentlich gewesen. Nichts Benutztes stand herum, bis auf ein paar Utensilien auf dem Tisch. Ein Wellholz, eine Teigschüssel, an der noch leicht ein nach Lebkuchen duftender Rand anhaftete, daneben verstreut Mehl sowie verschiedene Päckchen und Gläschen.

»Sie hat in der Nacht noch gebacken«, verkündete Petra und hob ein Röhrchen mit Vanilleschoten hoch und betrachtete die anderen Zutaten. »Weihnachtsgebäck. Hier sind Hirschhornsalz, Kardamom, Zimt.« Konnte es sein, dass diese Frau Siebenhühner auch Cannabisplätzchen hergestellt hatte? Petra wurde es ganz anders. Ein ungutes Gefühl machte sich in ihrer Magengrube breit. Alles passte hier zusammen: Lebkuchen, Cannabis und die Frau war am fraglichen Mittwoch mit ihrer Pudeldame im Wald beim Krötsee gewesen. Nappes, der von alle dem nichts ahnte, stand neben Petra, drehte seine Mütze zwischen den Händen und stierte vor sich hin.

»Wir haben gegessen. Asiatisch. Ganz normal«, sagte er nach einer Weile.

Beide fuhren erschrocken zusammen, als plötzlich das Telefon läutete. Nach dem dritten Klingeln sprang der Anrufbeantworter an.

»Hallo Frau Siebenhühner, hier ist das ZenJA. Wir wollten noch mal nachfragen, was Sie für Ihren Backkurs übermorgen brauchen. Rufen Sie doch bitte kurz zurück, wenn Sie die Nachricht abhören. Ich habe es schon auf Ihrem Handy versucht, aber das ist ausgeschaltet. Bis dann!« Die Verbindung wurde unterbrochen.

»Backkurs?« Nappes schüttelte verständnislos den Kopf. »Den werden sie wohl absagen müssen.«

»Noch ist nicht aller Tage Abend«, murmelte Petra, obwohl sie seiner Meinung war. Sie zog ihr Smartphone heraus und rief das Programm des Zentrum für Jung und Alt, kurz ZenJA genannt, auf.

»Tatsächlich. Brunhilde Siebenhühner soll übermorgen Nachmittag einen Kurs unter dem Titel *Lebkuchen wie zu Omas Zeiten* geben.«

Die harmlose Variante. Das Cannabis wird sie dafür nicht gebraucht haben.

Durch Nappes ging ein Ruck. »Ich verstehe zwar nichts von Drogen. Aber soviel weiß ich, dass man wegen einer oder zwei Cannabispflanzen nicht vom SEK abgeholt wird. Der Grund muss ein anderer sein.« Er kaute eine Weile auf seiner Unterlippe herum, bevor er fortfuhr. »Womöglich hat es etwas mit ihrer Vergangenheit zu tun.«

Petra blickte ihn aufmerksam an. »Wissen Sie etwas darüber?«

»Ich nicht. Aber ich weiß, wer etwas darüber wissen könnte.« Nappes schob seine Mütze energisch auf den Kopf, ging in den Flur und winkte Petra hinter sich her. Die folgte ihm neugierig. Nappes griff nach dem Hundekorb.

»Da liegt was«, bemerkte Petra. Unter dem exklusiven Modell, das farblich genau auf das Fell des Königspudels abgestimmt war, lag eine kleine Dose. Sie sah wie eine von Hannas Teedosen aus. Petra bückte sich und hob sie auf. Dunkelblau, mit Sternen verziert, passte sie gut zur Weihnachtszeit.

»Vermutlich Nahrungsergänzung für das edle Fell des verwöhnten Viehs«, schnaufte Nappes, während er den Korb durch die Tür bugsierte. Petra runzelte die Stirn. Wer würde so etwas unter dem Hundekorb lagern? Sie hob den Deckel und schnupperte am Inhalt. *Dachte ich es mir doch! Brunhildes persönlicher Vorrat.* Sie schob die Dose in die Tasche und folgte Nappes in den Hausflur. »Wohin jetzt?«

»Nur einmal um die Ecke und dann ein paar Häuser weiter«, antwortete der geheimnisvoll. »Dort besuchen wir jemanden, der sich in Brunhildes Vergangenheit auskennt.«

50

Als Nappes und Petra in der Tierheilpraxis in der Fahrgasse eintrafen, beträufelte Kuno von Otter gerade hingebungsvoll einen lethargisch auf dem Tisch sitzenden Goldhamster mit einer seiner Tinkturen.

»Karl! Wie geht es dir?«, rief der Heilpraktiker erfreut aus. »Was trägst du da mit dir herum?« Er deutete auf den Hundekorb. »Fehlt Lumpi etwas?«

Nappes stellte den Korb ab. »Ich bin nicht wegen des Hundes hier. Wir müssen mit dir reden. Es geht um Brunhilde.«

»Moment«, murmelte von Otter. Er setzte den Hamster zurück in seinen Käfig. Der kleine Nager hockte einige Augenblicke etwas benommen da, stieß dann einen quietschenden Ton aus, bevor er in sein Rad sprang und loslegte, als wolle er einen Wettbewerb gewinnen.

»Was war mit ihm?«, wollte Petra wissen. Sie hatte den Blick bemerkt, mit dem der Heilpraktiker sie beim Eintreten gemustert hatte. Er erinnerte sich an den eher unfreundlichen Abend mit ihrer Oma im *Treppchen.* Keine gute Voraussetzung, wenn man etwas aus ihm herauskriegen wollte. Also beschloss sie, ein bisschen Smalltalk zu machen.

»Antriebslosigkeit«, klärte von Otter sie auf.

»Die haben Sie ja schnell behoben«, lobte sie.

Sein Blick blieb freundlich-distanziert.

»Kuno, Brunhilde wurde heute früh verhaftet«, unterbrach Nappes ungeduldig das Geplänkel. »Wir wissen nicht, weshalb. Könnte es etwas mit ihrer ... mit eurer Vergangenheit zu tun haben?«

Von Otters Lider blinzelten nervös hinter den Brillengläsern. »Verhaftet? Vergangenheit?«, stammelte er und suchte Halt am Rand des Waschbeckens hinter ihm.

»SEK«, sekundierte Petra ihrem Begleiter. Täuschte sie sich, oder war von Otter wirklich kreidebleich geworden? Jedenfalls zitterten seine Hände plötzlich wie Espenlaub.

Jetzt könnte er wohl selbst ein paar seiner Kügelchen gebrauchen.

»SEK?«, hauchte der Heilpraktiker. »Das muss ein Irrtum sein. Brunhilde ist doch ganz bürgerlich geworden.«

Nappes trat von einem Fuss auf den anderen. »Was war denn früher? Als sie noch Brunhilde die Wilde genannt wurde? Und Ihr beide in Frankfurt Häuser besetzt habt?«

»Wir beide? Nein. So war das nicht. Wir waren Teil einer Gemeinschaft, die sich als Gegenpol zu den damals herrschenden Klassenverhältnissen verstand. Eigentum verpflichtet. Auch dazu, es nicht leerstehen zu lassen. Übrigens war ich nur ein einziges Mal dabei.«

Schisser!

»Kuno, weißt du etwas, das Brunhilde heute noch gefährlich werden könnte?«

Von Otter schob seine Brille auf der Nase herum und starrte ins Leere.

»Sie wurde mehrfach verhaftet. Damals. Da war das ja noch an der Tagesordnung, dass man nur mal bei einer Demo mitlaufen musste, um gleich vom Verfassungsschutz beobachtet zu werden.«

»Verfassungsschutz?« Nappes wirkte, als sei er einer Ohnmacht nahe.

»Wie sieht es mit Drogen aus?«

Von Otters Kopf fuhr zu Petra herum. »Also ... nichts Bedenkliches«, stammelte er. Der Mann wirkte, als fiele er gerade von einer Alteration in die nächste.

Petra trat vor ihn, zog das Pflanzenblatt aus Brunhildes Wohnung aus der Tasche und hielt es von Otter unter die Nase.

»Cannabis«, stellte er fest.

»Genau. Das Blatt stammt aus Frau Siebenhühners Wohnung. Sieht aus, als habe sie dort Drogen gezüchtet.«

Von Otter schüttelte nun den Kopf, als müsse er seine Benommenheit loswerden.

»Junge Frau, Cannabis ist inzwischen als Heilpflanze anerkannt. Sie wird unter anderem bei chronischen Schmerzen eingesetzt, aber auch bei grünem Star soll sie helfen. Wer sagt Ihnen denn, dass Frau Siebenhühner nicht die Genehmigung hat, zwei, drei Pflanzen zum Eigengebrauch anzubauen?«

»Hat sie?«

Von Otter zuckte die Schultern. »Weiß ich nicht«, gestand er.

»Dafür kommt kein SEK«, erinnerte Nappes.

»Niemals«, sekundierte von Otter.

Die beiden Männer blickten sich ratlos an.

Petra ahnte zu diesem Zeitpunkt schon, dass diese Verhaftung eine ganz andere Dimension besaß.

51

Winfried Krekel war nicht zu Hause, als Petra am frühen Nachmittag bei ihm klingelte. Noch hatte sie keine Ahnung, was sie ihm erzählen wollte. Auf keinen Fall konnte sie es riskieren, dass der Musiker die Wahrheit über ihre Fragen zu seiner Aufnahme erfuhr. Nicht auszudenken, wenn er sich verplapperte oder die Nachforschungen, die Petra betrieb, an die große Glocke hängte. Aber ohne ihn, das war ihr klar geworden, ging nichts. Nachdem sie am Vorabend zu keinem verwertbaren Ergebnis gekommen war, hatte sie Krekels CD aufgelegt. »Hummelkonzert« hieß das erste Stück. Und Petra vernahm zum ersten Mal in ihrem Leben das Geräusch eines Hummelschwarms. Das es so im wahren Leben nicht gab, denn Hummel flogen alleine herum. Krekel hatte, das stand im Beitext, einfach mehrere Tonspuren übereinandergelegt. So lange, bis aus vier, fünf Aufnahmen einzelner Tiere ein wahrer Sturm geworden war. Es summte und brummte in Petras Wohnzimmer, dass es eine wahre Freude war. Während sie diesem Ereignis lauschte, kam ihr eine Idee. Wäre es nicht möglich, laienhaft ausgedrückt, die Aufnahme vom Krötsee in Einzelteile zu zerlegen? Um dann besser herausfiltern zu können, was es mit dem, was sie für Brunhildes Stimme hielt, auf sich hatte?

Natürlich würde sie Krekel das nicht mehr als Recherche zu seinem Wirken und zu seinen Werken verkaufen können. Doch es eilte und sie vertraute auf ihre Fähigkeit, spontan zu reagieren.

Doch damit wurde es erst einmal nichts. Krekel war nicht da.

Ich hätte mich anmelden sollen. Der Mann kann überall sein. Kaffee trinken, Spazierengehen, das Knirschen gefrorenen Schnees unter den Pfoten eines Hundes aufnehmen ...

Bevor sie sich auf den Heimweg machte, fiel ihr Winnies Obsession für soziale Netzwerke wieder ein. Schnell rief sie seine Kanäle auf. Zu ihrer Freude wurde sie gleich fündig.

»Brombeertorte und Darjeeling«, hatte er erst fünf Minuten zuvor gepostet. Schon das Foto ließ Petra das Wasser im Munde zusammenlaufen. Aber noch viel besser war, dass er die Hashtags *Café Blauer Salon, Sterzbacher Hof, Langen* hinzugefügt hatte. Falls Winnie kein Schnellesser war, würde er noch auf der letzten Brombeere kauen, wenn sie gleich dort einlief.

Tatsächlich saß der Musiker noch in einem der flauschigen Sessel. Im Hintergrund lief leise Pianomusik vom Band, ein Kellner mit langer, weißer Schürze räumte gerade den krümelfrei leer gegessenen Teller ab und goss ein bisschen Tee nach.

»Frau Koslowski«, sagte Krekel, als er ihrer ansichtig wurde. »Sie hier?«

»Ich wollte zu Ihnen.« Sie ließ sich neben ihn in einen der dunkelblauen Samtsessel sinken und sah sich um. Silberfarbene Seidentapete, dunkler Teppichboden, blauer Samt an den Fenstern. Im großen Kamin knisterte ein Feuer. Die Gäste unterhielten sich in gedämpfter Lautstärke. Alles strahlte Gediegenheit und Eleganz aus.

»Haben Sie noch Fragen?« Er hob die Tasse an den Mund. Sie war so dünn, dass der dunkle Tee durchschimmerte.

»Ihre Aufnahme vom Krötsee, da ist etwas drauf, was ich nicht zuordnen kann«, begann sie.

Überraschenderweise lachte Krekel. »Das ist normal. Was glauben Sie, wie oft ich mich frage, was ich da aufgenommen habe.«

»Ich glaube, eine Stimme gehört zu haben.«

Er setzte die Tasse ab und runzelte die Stirn.

»Und Sie waren ja, zumindest für kurze Zeit, eingenickt.«

Krekel wurde sichtlich verlegen. »Das kommt in solchen Nächten durchaus mal vor«, murmelte er.

Der Kellner trat an den Tisch und fragte nach Petras Wünschen.

»Wie war der Brombeerkuchen?«, fragte sie ihren Gegenüber.

»Exzellent«, meinte Krekel aufgeräumt. »Bio-Brombeeren. Dabei garantiert nicht aus der freien Natur. Da weiß man heutzutage ja gar nicht mehr, womit die in Berührung kommen.«

Petra nickte. Sie dachte an Füchse und Umweltsünder. Dann machte es vernehmlich »klick« in ihrem Kopf. Sie bestellte einen Kuchen und beugte sich zu Krekel.

»Es ist so, dass wir hier in Langen einem Umweltsünder auf der Spur sind. In dem Waldstück, in dem Sie Mittwochnacht waren, wird immer wieder illegal Müll abgeladen. Es wäre doch toll, wenn wir den Kerl mithilfe Ihrer Aufnahmen enttarnen könnten.«

Krekel wirkte sichtlich irritiert. »Sie sind doch nicht die Polizei oder das Ordnungsamt?«

»Wir arbeiten in diesem Fall eng zusammen«, versicherte ihm Petra.

»Mit wem?«, wollte der Musikus jetzt wissen.

Petra geriet ins Schwitzen. So einfach war es leider doch nicht.

»Mit Michael Hanfstängel und Ayshe Müller«, gab sie an und schickte ein Stoßgebet nach oben, Krekel möge das jetzt reichen.

»Hm«, brummte der. »Kenne ich nicht. Aber den Polizeipräsidenten, also, den von Frankfurt. Aber der hat hiermit wohl nichts zu tun.«

Petra schüttelte den Kopf. Der Brombeerkuchen kam und hinter dem Kellner tauchte ein junger Mann auf, der mit seinem *Wishbone Ash* T-Shirt und den schwarzen Jeans so überhaupt nicht in dieses Ambiente passte. Er war von der Produktionsgesellschaft und holte Winnie zu einer Probe ab.

Petra fluchte innerlich.

»Bin gleich wieder da«, meinte der Komponist und folgte dem Produktionsassistenten mit schnellen Schritten. Petra aß ihren Kuchen, der so hervorragend war, dass sie fast gestöhnt hätte vor Wohlbehagen. Als sie sich den Mund abtupfte und um sich blickte, erkannte sie durch den offenen Türbogen hindurch ein bekanntes Gesicht. Maik ging da vorne durch die Hotellobby. Petra sprang auf und lief ebenfalls hinaus. Maik verschwand im Hintergrund in einem der Aufzüge. Jetzt war sie neugierig geworden. Anhand der Anzeige über der Tür konnte sie erkennen, dass er in den dritten Stock hochgefahren war. Neben ihr hielt gerade ein anderer Lift. Ohne groß nachzudenken, stieg sie ein und drückte den Knopf für das dritte Stockwerk. Als sie dort auf den Flur hinaustrat, blickte sie auf ein Schild, auf dem stand »Produktionsgesellschaft XL-Motion – Zimmer 301 – 328«.

Hier hatte also das Produktionsteam die ganze Etage gemietet.

Die meisten der Türen standen offen, dahinter brummte es wie in einem Bienenschwarm.

Aus einem der Räume hörte sie eine bekannte Stimme poltern.

»Muss ich mit diesem ... na, wie heißt er noch ... egal, Sie wissen schon, diesem Schreiberling, noch was besprechen oder hat Pernilla das alles geklärt?«, wollte Zettel von jemandem wissen. Was derjenige murmelnd antwortete, konnte sie nicht verstehen. Aber wäre das jetzt nicht eine gute Gelegenheit, Zettel von Angesicht zu Angesicht gegenüberzustehen? Sie pirschte sich über den Gang an das Zimmer heran, in dem Zettel saß. Sie trennte nur noch ein paar Zentimeter von der Tür, als dort drinnen etwas laut trompetete. Ein Elefant? Nein, es war ein Handy, denn Zettels Stimme überschlug sich jetzt. »Raus, raus. Alle raus. Ich muss telefonieren.« Gleich darauf rannten der junge Mann mit dem *Wishbone Ash* T-Shirt und eine Frau mit zum Knödel geschlungenem Haar aus dem Zimmer.

»Was ist mit diesem Roncino?«, war das Letzte, was Petra hörte, bevor die Tür von innen heftig zugeschlagen wurde.

»Hallo Sie, wohin wollen Sie?« Petra schrak zusammen, als ein Hüne in schwarzem Anzug neben ihr auftauchte. *Security* stand dick und fett auf dem Schild, das er am Revers trug.

»Ich suche Herrn Larsson«, antwortete Petra schnell.

»Hat eine Besprechung. Ich bringe Sie in die Lobby, dort können Sie auf ihn warten.«

Als sie nicht sofort reagierte, setzte er noch hinzu. »Diese Etage darf nur nach Aufforderung betreten werden.« Sie war schneller wieder draußen, als sie drin gewesen war.

52

Roncino. Das war doch der Promikoch, der eigentlich hätte antreten sollen und dann nicht gekommen war. Was wohl der Grund dafür war? Petra textete Frederik, er solle doch bitte umgehend alles recherchieren, was er zu dem Mann in Erfahrung bringen konnte. Danach gönnte sie sich noch eine Tasse Tee. Winnie Krekel kam eine halbe Stunde später zurück und erklärte sich überraschenderweise bereit, sich seine Aufnahme noch einmal anzuhören und sämtliche Geräusche zu filtern.

»Mir ging es nur um das Käuzchen. Ich blende immer alles andere aus«, meinte er. »Aber wenn es Ihnen hilft, diesen Umweltsünder zu schnappen, bin ich dabei. Bin ja einer der ersten, dem eine intakte Natur wichtig ist. Kann allerdings ein bisschen dauern, ich bin ja hier mit dieser Sendung ziemlich eingespannt«, ließ er verlauten. »Ich maile Ihnen, wenn ich was finde.«

Danach verabschiedete er sich von ihr und sie fuhr zurück ins Büro, wo Frederik konzentriert an seiner neuen Aufgabe arbeitete. Ein paar Stunden später war er fündig geworden und winkte Petra zu sich.

»Pepe Roncino, wegen seiner Vorliebe für Süßes auch manchmal Pepe Dolcino genannt. Sein Markenzeichen besteht aus zwei gekreuzten roten Peperonischoten auf der Kochjacke. Er heißt in Wirklichkeit Carlo Sapio und stammt aus Neapel«, begann er seinen Bericht. »Er kam in den 90er Jahren als junger Mann nach München und arbeitete sich dort schnell nach oben. Vom Tellerwäscher zum Pizzeriabesitzer könnte man sagen. Aber, jetzt kommt's, dann geriet er mit der Justiz in Konflikt.«

»Weswegen?«

Frederik schüttelte sein Haupt. »Dazu finde ich nichts. Auf jeden Fall tauchte er ein halbes Jahr später in Hamburg wieder auf, nannte sich Pepe Roncino, machte auf bella cucina und wurde berühmt.«

»Wo steckt er jetzt?«

»Nicht in seinem Lokal. Ich habe dort angerufen und mit wurde gesagt, der Padrone sei verreist.«

»Wissen die denn nicht, dass er für diese Fernsehshow gebucht war?«

»Nein. Möglicherweise hat er sich an seinen Vertrag gehalten und vorab kein Sterbenswörtchen darüber verloren.«

Frederik blinzelte unter seinem Haarvorhang vor und Petra musste dem Drang widerstehen, die Büroschere zum Einsatz zu bringen, um ihm die Fransen zu kürzen.

»Du denkst, er könnte der Tote im Krötsee sein?«

Petra biss sich auf die Lippen. »Daran habe ich gedacht, ja.«

»Dann müsste er schon Tage vor den anderen Teilnehmern angereist sein. Im *Sterzbacher Hof* ist er aber nicht aufgetaucht.«

»In einem anderen Hotel? Vielleicht war ihm das Nobelhotel zu teuer?«

Ratlos kehrte sie zu ihrem Schreibtisch zurück. Es gab dort noch genügend andere Arbeit, die zu tun war.

Da sie sich mehr als unwohl fühlte, dass sie es am Vormittag doch nicht mehr geschafft hatte, nach ihrer Großmutter zu sehen, lief sie nach Feierabend schnell über die Straße zum Teeladen und kaufte dort ein Päckchen Earl Grey und ein paar Pralinen. Als sie zum zweiten Mal an diesem Tag an dem Haus in der Bachgasse ankam, waren wenigstens die Rollläden wieder oben. Hanna Koslowski wirkte müde, freute sich aber sichtlich, ihre Enkelin zu sehen.

Die rümpfte zunächst einmal die Nase. Philos Katzenklo, das in der Diele stand, roch ziemlich streng. Die Katze selbst hatte sich irgendwo in der Wohnung verkrochen, was für so ein neugieriges Tier ungewöhnlich war. In der warmen Küche waren die Verhältnisse besser, es duftete nach Kaffe und Zimt,

Hannas Lieblingswintermischung. Auf dem Küchentisch lag eine Packung Mandeln, daneben stand die Mehldose.

Wie in alten Zeiten!

Schon als Kind hatte es Petra geliebt, ihrer Großmutter beim Kochen und Backen zuzusehen. Das Bisschen, was sie selbst fabrizieren konnte, hatte sie von ihr gelernt.

»Willst du backen?«, fragte sie.

»Weiß nicht. Habe mal alles rausgestellt. Aber mir fehlt der Antrieb«, antwortete Hanna.

Da waren es heute schon zwei.

Ob von Otters Tinktur auch bei ihrer Großmutter helfen würde? Petra musste grinsen.

»Du bist ja so fröhlich heute. Hast du eine gute Story gefunden?«

Hanna ließ sich ihrer Enkelin gegenüber auf einen Stuhl fallen und schob sich eine Haarsträhne aus dem Gesicht.

»Eine Frau ist verhaftet worden. Niemand weiß Näheres, nicht einmal die Polizei hier in der Stadt ist eingeweiht.«

Hanna zuckte die Schultern. »Na und? Das kommt doch bestimmt öfter vor«, meinte sie desinteressiert.

Petra äußerte ihre Bedenken jedoch nicht. »Was hast du denn heute gemacht?«, fragte sie stattdessen betont munter.

Hanna blickte sich um, als wisse sie es selbst nicht so genau. Die Wollknäuel, die sie gekauft hatte, lagen unberührt in der Ecke. Kein Plätzchen war gebacken.

Wenn sie noch lange so lethargisch ist, mache ich mir ernsthaft Sorgen.

Da fiel ihr etwas ein, was vielleicht helfen könnte, Hanna wieder auf die Beine zu bringen.

»Sag mal, könntest du dir vorstellen, im ZenJA einen Backkurs zu geben?«

Hanna sah sie verständnislos an.

»Moment«, murmelte Petra. Sie öffnete ihre Tasche, die eigentlich ein großer Lederbeutel war, und wühlte darin herum.

»Wo habe ich denn, wo ist es bloß«, murmelte sie, während sie allerlei Dinge hervorholte und auf dem Tisch ablegte, bis sie schließlich ihr Smartphone fand.

»Hier steht alles drauf.« Sie tippte auf die Kursankündigung.

»Lebkuchen wie zu Omas Zeiten«, las Hanna halblaut vor.

»Das könntest du doch machen«, ermunterte Petra sie. »Du sagst einfach, dass du Frau Siebenhühner vertrittst, sollte sie sich nicht spätestens drei Stunden vorher gemeldet haben.«

Hanna vertiefte sich in den Text. Das Schrillen der Türklingel unterbrach ihre Lektüre.

»Erwartest du jemanden?«, fragte Petra.

»Sag, ich bin nicht da.«

Petra stand auf, um zur Tür zu gehen. Als sie sah, wer davorstand, zog sie überrascht die Brauen nach oben.

»Frau Müller. Was machen Sie denn hier?«

In Ayshe Müllers Gesicht spiegelte sich Überraschung. »Ich wollte zu Hanna Koslowski«, antwortete sie dann mit fester Stimme.

»Tut mir leid, meine Oma ist indisponiert.«

»Oh«, traurig senkte Frau Müller den Kopf. Auf einmal tat sie Petra leid. Sie war eine nette Frau und schon beim ersten konspirativen Treffen im Knossos war klar geworden, dass ihr etwas zu schaffen machte.

»Lassen Sie Ihre Telefonnummer hier. Sie ruft Sie an, sobald es ihr wieder besser geht.«

Ayshe Müller blickte unschlüssig um sich.

»Sie darf nicht sagen, wer sie ist«, flüsterte sie dann. »Nur mit mir persönlich sprechen.«

Ja, ja, das kennen wir alles schon.

Petra nickte und nahm gleich darauf einen Zettel mit der Telefonnummer an sich.

»Bis dann!«, verabschiedeten sich die beiden Frauen.

Als Petra zurück in die Küche kam, stand Hanna über eines ihrer Backbücher gebeugt an der Arbeitsfläche neben dem Herd. Dort schob sie ein paar Gläser und Dosen herum.

»Rumaroma, Kardamom, Zimt, Vanille«, murmelte sie dabei.

»Ich muss dann auch wieder los«, verkündete Petra, nachdem sie ihrer Großmutter den Zettel und die Nachricht übergeben hatte. So,wie es aussah, war Hanna bereit zu zeigen, was sie in puncto Lebkuchenbäckerei drauf hatte. Somit hatte der Tag dann doch noch mit etwas Positivem geendet.

53

Der Wecker klingelte wieder einmal viel zu früh, dennoch erwachte Petra mit einem beschwingten Gefühl. Neben ihr regte sich jemand unter der Decke und sie musste in sich hineingrinsen, als sie Maik etwas vor sich hin murmeln hörte, das sich verdammt nach »ichwillnochnichtaufstehen« anhörte. Gleich darauf drehte er sich zu ihr um und legte seinen Arm um sie.

»Guten Morgen«, zwitscherte sie. So gut gelaunt war sie morgens um halb sieben schon längere Zeit nicht mehr gewesen. Heute lag der Grund für ihre gute Laune direkt neben ihr. Seit sie am Sonntagabend gemeinsam essen gewesen waren, hing der Himmel wieder voller Geigen. Maik war aufmerksam gewesen wie schon lange nicht mehr. Sie hatten gewitzelt und gelacht. Obwohl er ihr immer noch nicht erklärt hatte, was genau er mit seiner Bemerkung bei dem Brunch gemeint hatte, und sie ihm nichts von der Begegnung am Vortag im *Sterzbacher Hof* erzählt hatte, schien ihre alte Verbundenheit wiederhergestellt. Heute früh war Maik auf jeden Fall sehr entspannt. Sie löste sich aus seiner Umarmung, um ins Bad zu gehen. Als sie zurückkam, stand er in der Küche, den unvermeidlichen Kaffee in der Hand, und blätterte in einem vom Pernillas Büchern.

»Hast du die nicht?« Sie nahm eine Tasse aus dem Schrank und schenkte sich ebenfalls Kaffee ein.

»Ne. Ich koche nie nach Rezept. Weißt du doch.« Er grinste und blätterte weiter. »Wusste auch gar nicht, dass du dich für Kochbücher interessierst.«

»Eher für Pernilla«, meinte Petra. »Ich habe die Bücher als Vorbereitung auf das Interview mit ihr gekauft.«

»Hm«, machte Maik und schlug den Wälzer zu. Vom Cover lächelte die Starköchin hinter einem Topf mit Schokokuchenteig hervor.

Später fuhr Maik sie in die Stadt. Vor dem Bürogebäude der *Langener Morgenpost* küsste er sie schwungvoll auf den Mund, bevor er genauso schwungvoll weiterfuhr.

»Na, alles wieder gut im Paradies?«

Petra fuhr herum. Frederik stand hinter ihr, von der Mütze über Schal und Wollmantel bis zu Jeans und Stiefeln ganz in Schwarz gekleidet, sah er aus wie ein Grufti.

»Wie kommst du darauf, dass etwas nicht gut war?«, wollte sie wissen, während sie gemeinsam das Gebäude betraten. Frederik drückte den Knopf für den Aufzug.

»Dachte nur, weil dein Schmusehoppel mit dieser Köchin abhing.«

»Rein beruflich«, versicherte Petra im Brustton der Überzeugung, obwohl immer noch Zweifel an ihr nagten.

»Gehst du heute wieder in den *Sterzbacher Hof*?«

»Nö. Ich muss noch ein Interview mit Kiki Lauterbach führen, aber heute will ich erst einmal sehen, was es mit der Verhaftung von Brunhilde Siebenhühner auf sich hat.«

Kaum waren ihr die Worte entfahren, hätte sie sich am liebsten auf die Zunge gebissen. Noch nicht einmal mit Maik hatte sie über die Sache geredet. Und nun das!

»Brunhilde Siebenhühner wurde verhaftet? Hier in Langen?« Frederiks Augen schienen über seine große Nerdbrille zu quellen.

»Du kennst sie?«

»Jeder bei den *Beasty Young Nerds* kennt sie. Sie war in den Siebziger Jahren Teil einer Studentengemeinschaft, die einige Thesen formuliert hat, die wir für uns übernommen haben.«

»Thesen?«

Der Lift kam und sie stiegen ein.

»Sie schrieben damals, dass es keine gesunde Gesellschaft geben könne, solange jeder Mensch egoistisch nur auf sich schaue. Inspiriert vom Buddhismus, entwarfen sie und ein paar ihrer Weggefährten die Theorie, dass erst, wenn der Materialismus überwunden würde, die Menschheit wirklich zusammenwachsen könne. Das Individuum müsse sich nach außen öffnen, um zum Teil des großen Ganzen zu werden. Dann wiederum setze ein Synergieeffekt ein, der die Qualität des Lebens auf diesem Planeten auf eine ganz neue Ebene hebe.«

Der Lift hielt mit einem Ruck, sie stiegen aus.

»Und wo haben sie diese Gedanken veröffentlicht? In einem Buch?«

»Nein«, gestand Frederik nun. »Sie haben mal was dazu in einem Spontiblättchen geschrieben.« Frederik hatte im Zuge seines Studiums Recherchen darüber angestellt.

»Keine Macht den Mächtigen, alle Macht den Mutigen. Der Spruch stammt von ihr, wir haben ihn für uns übernommen.« Petra dämmerte, was diese Gruppe von Hackern, die ungeniert in fremde Computer einbrachen, daran so faszinierte.

»Wenn du sie so verehrst, vielleicht kannst du mal nachsehen, was mit ihr ist«, schlug Petra leise vor. Frederik beäugte sie von der Seite.

»Immerhin musstest du Sigurd nicht versprechen, keine fremden Rechner mehr zu hacken. Weil du ihm nämlich gar nicht gesagt hast, dass du es tust. Ihm stattdessen das Märchen vom Onkel Rechtsmediziner aufgetischt hast.« Sie ließ ihre Stimme so streng klingen, wie es eben ging.

Frederik senkte den Blick. Schweigend gingen sie zu ihren Schreibtischen.

54

Die E-Mail trudelte kurz vor der Mittagspause auf Petras Computer ein. Als Absender war A. Friend, angegeben, die Nachricht bestand aus einem leicht verwackelten Handyvideo. Erst beim zweiten Abspulen wurde Petra klar, was sie da sah.

Maik war es, der mit einer Frau im Arm aus der Weinstube *Rock au vin* taumelte. Auf dem Bürgersteig blieben sie stehen und Petra bemerkte, dass sie gar nicht getaumelt waren, sondern getanzt hatten. Nun warf die Frau ihren Kopf in den Nacken und lachte. Maik drehte sich um. Jetzt blickte er genau in die Kamera. Er rief etwas und hob den Arm. Der Film endete.

Petra war es, als habe man sie mit einem Kübel Eiswasser übergossen. Maik und Pernilla, denn darum handelte es sich bei der Frau, hatten höchst vergnügt gewirkt. Nur, wer hatte dieses Filmchen aufgenommen und wann war das gewesen? Sie versuchte vergeblich, den Absender ausfindig zu machen. Für Frederik wäre das vermutlich ein Leichtes, aber ihn wollte sie nicht bitten.

Weil Sigurd sie zu sich rief, stellte sie diese Fragen erst einmal hintenan. Später, bei der Besprechung hatte er ihr einen Artikel über den *Brezelstein* und das dort vom Verkehrs- und Verschönerungsverein organisierte Treffen am Neujahrstag aufs Auge gedrückt, stapelte sich die Eingangspost auf ihrem Schreibtisch und in ihrem E-Mail-Postfach. Es ging in den meisten Fällen um Bewerbungen für die Livesendung mit Ehrung der Sieger von *Feuer unterm Topf*, die am 23. Dezember laufen würde. Die *Langener Morgenpost* hatte es übernommen, alles zu sammeln. Die Sieger würden ausgelost. Doch es gab auch andere Nachrichten. Widerspruch aus der Bevölkerung. Man hätte, so argumentierten viele, statt überbezahlter Promis doch auch Köche aus der Sterzbachstadt nehmen können.

Erst zwei Stunden später sah sie das Video noch einmal an. Keine Frage. Maik und Pernilla waren blendend gelaunt. Wann waren diese Aufnahmen entstanden? Vor oder nach dem Wochenende?

Selbst wenn es vor dem Wochenende war, hat er mit einer anderen poussiert!

Zu allem Überfluss hatte sie Karl Nappes versprochen, für ihn einen Termin mit Dr. Greifvogel zu vereinbaren. Doch als sie dort anrief, ließ die Vorzimmerdame sie gleich abblitzen. Kein Termin frei, auf Monate hinaus nicht.

Gibt es denn so viele gut betuchte Übeltäter, die der Hilfe dieses Rechtsverdrehers bedürfen?

Leider kannte sie keinen, der besser war.

»Frau Siebenhühner ist eine wichtige Persönlichkeit des öffentlichen Lebens, das örtliche Interesse an dem Fall ist enorm hoch«, behauptete sie dreist. »Geld spielt keine Rolle!« Nappes hatte ihr gestern offenbart, er würde alles, alles dafür geben, Brunhilde helfen zu können. Dieses Sparbrötchen zeigte unbekannte Seiten! Die Vorzimmerdame zögerte. »Siebenhühner?«, vergewisserte sie sich. Petra hörte das Klappern einer Tastatur.

»Es gäbe da noch ein kleines Zeitfenster. Morgen um Punkt 10 Uhr 15. Eine Viertelstunde«, verkündete die Stimme am anderen Ende schließlich. »Wen soll ich eintragen?« Petra nannte Nappes' Namen und juchzte kurz auf, als sie den Hörer wieder auflegte.

»Du kannst ganz schön lügen«, bemerkte Frederik. Sah er sie dabei tadelnd oder doch eher bewundernd an?

»Ja, aber nur, wenn es der Wahrheitsfindung dient«, entgegnete sie trocken.

55

Ayshe Müller kam aus dem Schreibwarenladen im oberen Teil der Bahnstraße, als Petra diesen gerade betreten wollte, um sich eine neue Kladde zu kaufen. An diesem Tag war die Polizistin sichtlich entspannter, sogar ein leichtes Lächeln lag auf ihrem Gesicht. Die beiden Frauen wechselten ein paar Worte.

»Grüßen Sie Ihre Großmutter«, bat Ayshe zum Schluss. Petra, die an den Zettel mit Ayshes Telefonnummer dachte, den Hanna womöglich weggeworfen hatte, setzte ein entschuldigendes Gesicht auf.

»Ich hoffe, es geht ihr bald wieder besser, dann wird sie Sie anrufen«, murmelte sie.

»Ach, Sie wissen es noch gar nicht? Sie ist wieder auf dem Damm.« Ayshe strahlte bei diesen Worten, bevor ihre Miene sich veränderte. Vielleicht ging ihr gerade auf, dass sie zuviel verraten hatte.

»Ich muss jetzt leider«, murmelte sie, bevor sie sich umwandte, um in Richtung Lutherplatz davonzugehen. Petra grübelte noch über die Begegnung, als sie bereits wieder in ihrem Büro saß. Wenn Ayshe Hanna kennengelernt hatte, konnte das nur bedeuten, dass die sie angerufen hatte. Das wiederum bedeutete, dass es ihrer Oma besser ging. Natürlich würde sie von ihr nicht erfahren, was genau die Polizistin von ihr hatte wissen wollen. Dennoch war sie neugierig zu erfahren, was Hannas hellseherische Fähigkeit zurückgebracht hatte.

Doch das war nicht der einzige Grund, warum sie nach Feierabend gleich vom Büro aus hoch in die Bachgasse ging. Schon am Vorabend war ihr aufgefallen, dass die kleine Dose aus Brunhildes Wohnung nicht mehr in ihrer Tasche gelegen hatte. Die ganze Wohnung hatte sie erfolglos abgesucht. Sich noch einmal vor Augen geführt, was genau sie am Vortag getan hatte. Bei von Otter hatte sie die Dose gar nicht aus der Tasche geholt. Und bei Hanna? Sie hatte in ihrer Tasche herumgewühlt, auf der Suche nach ihrem Handy ein paar

Sachen herausgenommen ... Sie zuckte zusammen, als habe sie ein Stromschlag getroffen. Die Dose musste noch bei ihrer Großmutter sein! Sie hatte beschlossen, sie gleich nach Feierabend abzuholen.

Nun stand sie hier vor verschlossener Tür. Denn auf ihr Klingeln öffnete niemand. Hanna war nicht zu Hause. Unschlüssig kaute Petra auf ihrem Fingernagel herum. Sie besaß einen Zweitschlüssel für Hannas Wohnung. Für alle Fälle.

Das hier ist so ein Fall.

Sie schob den Schlüssel ins Schloss. Drinnen war es ruhig. Nur Philomena miaute, als Petra eintrat. Die Katze rieb sich an Petras Bein und forderte ein paar Streicheleinheiten. Petra schnupperte. Inzwischen war das Katzenklo wieder tipptopp, was Ayshes Behauptung, Hanna ginge es wieder gut, untermauerte. Die Katze trollte sich und Petra ging in die Küche. Ihr Blick fiel sofort auf den Küchentisch. Brunhildes Dose stand dort nicht mehr. Dafür lag ein aufgeschlagenes Backbuch darauf. Daneben eine Zutatenliste. Sämtliche Positionen hatte Hanna fein säuberlich abgehakt. Petra nagte unschlüssig an ihrem Daumennagel herum. In diesem Moment dämmerte es ihr: War heute nicht der Tag, an dem eigentlich Brunhilde ihren Backkurs geben sollte? Und dann durchfuhr es sie wie ein Schlag. Hatte ihre Großmutter die Dose mit dem fragwürdigen Inhalt ebenfalls eingepackt? Würde das, was zwar würzig roch, aber keineswegs ein Gewürz war, in den Lebkuchen landen? Die Kette der Ereignisse, die sich daran anschließen würden, jagten durch Petras Kopf wie ein knallbunter Film von Tarantino. Sie sah kichernde Backkursteilnehmerinnen wie betrunken durch die Stadt wanken. Ihren Lieben zu Hause die Plätzchen reichen, die diese fröhlich verschlingen würden. Und dann? Wäre am Ende halb Langen bedröhnt? Sie stöhnte entsetzt auf.

Ich muss sofort ins ZenJA! Retten, was zu retten ist.

Sie rannte eilig aus dem Haus. Rutschte auf der glatten Straße aus und wäre um ein Haar gefallen.

Langsam, Petra.

Es fiel ihr schwer, ihre Schritte den Straßenverhältnissen anzupassen. Ausgerechnet heute war so ein Tag, an dem es ihr zu kalt zum Radfahren gewesen war, sodass sie den Bus genommen hatte. Der nützte ihr jetzt nichts, doch zu Fuß war der Weg bei der Witterung beschwerlich. Die Strecke bis zur Zimmerstraße erschien ihr unendlich lang. Auf der Höhe des *Tiepolo* blickte sie kurz auf. Hinter der großen Glasscheibe erspähte sie ein bekanntes Gesicht. Daneben ein zweites. Auch Maik hatte sie gesehen. Statt sie hereinzuwinken, kam er vor die Tür.

»Du musst mich sofort zum *ZenJA* fahren, bevor dort ein Unglück geschieht«, sprudelte es aus ihr heraus. Aus den Augenwinkeln sah sie, dass Maiks Begleiterin ebenfalls näher getreten war.

»Bin gleich zurück«, rief er Pernilla zu, griff nach Petras Arm und führte sie zu seinem Auto, das ein paar Meter weiter geparkt war.

»Was ist denn los?«, wollte er wissen.

»Kann ich dir nicht sagen«, antwortete sie patzig. Sie hätte gar nicht gewusst, wo sie hätte anfangen sollen, um Maik in die ganze Geschichte einzuweihen.

»Was machst du mit Pernilla im *Tiepolo*?«, wollte sie stattdessen wissen.

»Wir haben etwas zu besprechen«, lautete die Antwort.

»Tauscht ihr euch über die korrekte Zubereitung eines Apérol Spritz aus?«, entgegnete sie spitz.

Maik schwieg, er kaute auf der Innenseite seiner Wangen herum. Ein Zeichen äußerster Anspannung. Schweigend lenkte er den Wagen durch die Stadt, bis direkt vor den Eingang des ZenJA. Er hatte den Motor kaum gestoppt, da sprang Petra schon heraus. Sie stürmte durch die Eingangstür, wandte sich nach links und riss gleich darauf die Tür zum Cafeteriabereich auf. Es roch nach Kaffee und Weihnachtstee, auf einem weihnachtlich gedeckten Tisch brannten Kerzen. Daran saßen rund zehn Frauen unterschiedlichen Alters, giggelnd und mit roten Wangen. Aus dem halb offenen Küchenbereich linker Hand drang der Duft nach Frischgebackenem.

Jemand rief »gleich ist das nächste Blech fertig.« Am Tisch explodierte eine Lachsalve.

Oh Gott, ich bin zu spät!

»Petra«, rief Hanna Koslowski erstaunt aus, als sie ihre Enkelin erblickte. »Wolltest du mit uns backen? Da bist du leider zu spät dran.«

Petra ging nicht auf die Worte ihrer Großmutter ein. Sie stürmte förmlich in die Küche und hätte Hanna fast das Blech aus der Hand gerissen, wäre es nicht so heiß gewesen.

»Oma. Ihr dürft diese Lebkuchen auf keinen Fall essen!«

»Warum denn nicht? Sie sind so lecker. Nach einem alten Rezept.«

»Hanna, wo bleibt der Nachschub?« Die Frau an der Tür sah mit hungrigem Blick auf die Plätzchen.

»Gleich«, gab Petras Großmutter zurück.

Ayshe hatte recht gehabt. Hanna ging es augenscheinlich wieder besser. Sie wirkte entspannt und fröhlich.

»Oma, hör mir zu.« Petra beugte sich beschwörend zu Hanna, die nun endlich das Blech abstellte und ihre dicken Topfhandschuhe auszog.

»Ich muss am Montag bei dir eine kleine Blechdose vergessen haben. Erinnerst du dich?«

Hanna zog die Stirn kraus. »Die Dose mit dem Gewürz?«

»Das war kein Gewürz«, erklärte Petra. Im Nebenraum brachen die Frauen bereits wieder in lautes Gelächter aus.

»Das war etwas ganz anderes«, setzte Petra jetzt deutlich leiser hinzu. »Oma, wo ist die Dose?«

»Daheim«, antwortete Hanna. »Wo denn sonst?«

»Du hast sie nicht mit hierher genommen? Womöglich eure Lebkuchen damit gewürzt?«

»Natürlich nicht. Wir backen hier nur mit alt bekannten Zutaten.«

Petra fiel ein Stein vom Herzen.

»Außerdem finde ich diesen Tee einfach wunderbar!«

»Tee?« Wovon redete ihre Großmutter?

»Der Tee. Aus der Dose. Dass das kein Gewürz ist, habe ich sofort erkannt.«

»Hast du etwa davon getrunken?«, stammelte Petra.

»Gleich am Montagabend. Danach ging es mir so gut, wie lange nicht. Es war, als öffne sich das Tor zu einer anderen Welt, dabei war ich so entspannt wie selten in den letzten Monaten. Ich habe sogar deine Bekannte, diese Frau Müller angerufen. Und was soll ich dir sagen – mein zweites Gesicht funktioniert wieder wie am ersten Tag.« Sie erhob sich lächelnd und tätschelte ihrer Enkelin die Wange.

»Was ist denn das eigentlich für eine Mischung, die du mir da gebracht hast? Ich denke, die sollte ich öfter zu mir nehmen.« Sprach's, griff nach ihrem Blech und ging aus der Küche.

Petra folgte ihrer Großmutter in die Cafeteria hinaus, wo die Backkursfrauen noch immer fröhlich waren.

Ganz ohne irgendwelche Hilfsmittel fraglicher Natur!

»Willst du dich nicht zu uns setzen?«, fragte Hanna.

Doch Petra winkte ab. »Ich muss wieder los. Habe noch etwas zu erledigen.« Doch bevor sie ging, musste sie ihrer Großmutter dringend noch etwas sagen. Sie zupfte Hanna am Ärmel und zog sie von den anderen weg.

»Oma, du darfst die Dose auf keinen Fall mehr anrühren. Das musst du mir versprechen. Ich komme vorbei und hole sie ab.«

»Wieso, was ist denn damit?«

»Das kann ich dir jetzt nicht sagen«, flüsterte Petra.

»Du machst es aber geheimnisvoll«, schmollte Hanna.

»Das finde ich auch!«

Petra fuhr bei diesen Worten jäh herum. Hinter ihr stand Maik, die Stirn in Falten gelegt, einen fragenden Blick in den Augen.

»Willst du mir nicht erzählen, worum es hier geht?«

»Es ist besser, wenn du davon nichts weißt«, entgegnete sie patzig.

»Deine Alleingänge in letzter Zeit finde ich bedenklich.«

»Das musst ausgerechnet du sagen!«, fauchte sie.

»Was meinst du damit?«

»Du und diese kochende Sexbombe. Ihr turtelt miteinander, dass es schon nicht mehr schön ist.«

»Wir haben beruflich miteinander zu tun!«

»Dass du mit der nur geschäftliche Dinge zu bereden hast, glaube ich doch nie und nimmer.«

»Was für ein Unsinn!«

»Ich sage nur: *Rock au Vin* und ein Tänzchen in der Nacht!«

Maik blinzelte irritiert, fing sich jedoch gleich wieder.

»Hör auf Petra. Deine Eifersucht ist peinlich!« Auch er erhob nun die Stimme.

»Eifersucht? Ich? Pah! Mach doch, was du willst!« Jetzt hatte sie sich in Rage geredet, die Worte wurden abgefeuert wie Gewehrkugeln. Auch wenn Petra sich gleich darauf wünschte, sie nicht gesagt zu haben. Sie biss sich auf die Lippen. Hob den Blick, wie um Verzeihung zu bitten. Maiks Augen waren nun dunkel geworden. So dunkel, wie das winterliche Meer vor Reykjavík. Und genauso stürmisch.

»Gut, das werde ich ab jetzt auch tun!« Er drehte sich um und ging davon. Petras Mund öffnete sich. Nichts kam heraus. Hilfesuchend blickte sie zu Hanna. Die stand mit einem verstörten Gesichtsausdruck neben ihr. Es war ganz still geworden im Raum hinter ihnen. Petra drehte sich um. Sechs Augenpaare starrten sie an.

56

»Sag mal, stimmt das? Du und Maik, ihr sollt euch getrennt haben?«

Karinas Stimme klang besorgt. Petra schniefte. Sie griff nach dem nächsten Papiertaschentuch, schnäuzte hinein, zerknüllte es und warf es auf den Haufen, der bereits neben ihr lag. Die Geschichte mit ihr und Maik zog also schon Kreise. So ein Mist! Dabei hatte sie sich einfach von ihrer Wut leiten lassen. Keine gute Idee. Seit einer Stunde hockte auf dem Sofa wie paralysiert. Maik war nicht da gewesen, als sie nach dem Debakel im *ZenJA* nach Hause gekommen war. Er hatte auch nicht auf ihre SMS geantwortet.

»Lass uns reden!«, hatte sie getextet und ein Entschuldigungs-Emoji drangehängt. Aber er hatte wohl Besseres zu tun. Karina versetzte Petras verletzte Seele einen weiteren Schlag.

»Er war vorhin mit dieser Pernilla im *Tiepolo.* Sah so aus, als hätten die beiden viel zu bereden«, druckste sie herum.

»Die beiden haben beruflich miteinander zu tun«, behauptete Petra tapfer, um dann sofort in Tränen auszubrechen. »Dieses Biest. Sie hat sofort ein Auge auf Maik geworfen. Mich übersieht sie jedes Mal geflissentlich.«

Karina murmelte einige tröstliche Worte.

Wenigstens auf meine beste Freundin ist Verlaß!

» ... könnte doch was mit den geplanten Veränderungen beim *Knaller* zu tun haben.«

Fast hätte Petra den letzten Satz überhört.

»Welche Veränderungen?«

»Weißt du es denn nicht?«

»Offensichtlich habe ich keine Ahnung, wovon du redest.«

Karina atmete tief durch. »Der *Knaller* hat angekündigt, Anfang nächsten Jahres die Anzahl seiner Regionalredakteure zu reduzieren.«

»Waaas?« Petra fiel fast das Telefon aus der Hand. »Maik hat keinen Ton darüber verlauten lassen.«

»Tja, er wird wohl warten, bis er Näheres weiß.«

»Wie kommst ausgerechnet du zu dieser Information?«

Karina arbeitete im Rathaus, da stellte sich schon die Frage, woher sie diese brisanten Details hatte.

»Unsere Pressetante hat es mir erzählt. Sie hat einen guten Draht zum Chefredakteur des *Knaller.* Der hat gemeint, es könne sich auch bald für sie etwas ändern, von wegen, dass der Ansprechpartner zukünftig etwas weiter weg sitze.«

Au weia! Petra kam sich augenblicklich ziemlich schäbig vor. Hatte sie Maiks verändertes Verhalten der letzten Zeit doch völlig anders interpretiert. Wie mochte er sich fühlen? Kaum im Rhein-Main-Gebiet angekommen, würde er womöglich bald wieder nach Berlin zurückkehren müssen. Nicht auszudenken!

Als wäre der Tag nicht so schon anstrengend genug gewesen.

Nach dem ganzen Theater mit Hanna und Maik hatte sich auch noch Nappes gemeldet. Greifvogel hatte ihn am Vormittag empfangen. Nach Schilderung der Geschehnisse, war der Promi-Anwalt sofort aktiv geworden und hatte noch für denselben Nachmittag einen Termin in Preungesheim veranlasst. Dort saß Brunhilde im Frauengefängnis in U-Haft.

»Man wirft ihr vor, den Mann, den sie im Krötsee gefunden haben, umgebracht zu haben. Angeblich hat sie ihn mit Drogen betäubt, auf den Kopf geschlagen und in den Tümpel geworfen.« Es fehlte nicht viel, und Nappes wäre am Telefon in Tränen ausgebrochen.

»Was sagt sie dazu?«

»Sie war es nicht! Natürlich nicht! Brunhilde ist unschuldig!«

Noch immer klang ihr Nappes‘ Stimme im Ohr. Noch nie hatte sie den Mann so erlebt. Er kannte die Frau doch kaum, wie war es möglich, dass er so überzeugt von ihrer Unschuld war?

57

Irgendetwas stimmte nicht.

»Frederik, hilf mir bitte mal. Das dauert alles unendlich lange«, schnaufte Petra. Der Download schien nicht voranzugehen. »Seit zwei Tagen habe ich das Gefühl, an meinem PC hängt eine Bleikugel, so lahm ist der geworden.

»Böse, böse«, war die Meinung des Praktikanten und Freizeithackers, nachdem er eine Weile auf Petras Tastatur herumgehämmert hatte. Zu ihrem Entsetzen teilte er ihr mit, sie habe einen üblen Trojaner, der seit Dienstag sein Unwesen in ihrem PC treiben würde. Sigurd wurde informiert, der sofort den offiziellen IT-Menschen herbeibeorderte.

»Alles runterfahren. Wir können nicht ausschließen, dass weitere Computer in der Redaktion betroffen sind.« Die anwesenden Kollegen murrten, weil sie nicht weiterarbeiten konnten und beschlossen, bis zur Klärung der Angelegenheit einen Kaffee trinken zu gehen. Nur Frederik blieb. Er wirkte ganz cool.

»Ich habe meinen PC zusätzlich geschützt«, vertraute er Petra an. »Da kommt keiner so schnell rein.«

Er will wohl nicht, dass es ihm so geht wie seinen eigenen Opfern.

»Kannst du herausfinden, wo ich mir das Ding eingefangen habe?« Sie überlegte, ob sie im Laufe ihrer Internetrecherchen auf irgendwelchen bedenklichen Seiten gewesen war. Ihr fiel nichts ein.

»Der wurde dir gezielt geschickt«, ließ Frederik nach einer Weile des stummen Herumhackens auf der Tastatur verlautbaren. »Und zwar genau hiermit!« Der Mauszeiger verharrte auf den Downloads.

»Wer ist A. Friend?«

»Ganz sicher kein Freund, wenn er mir einen Trojaner mitschickt.«

Frederik ging zu seinem Schreibtisch, holte einen USB Stick aus einer Schublade und werkelte noch ein paar Minuten an Petras PC herum. »So, jetzt habe ich das Ding kopiert und in einem gesicherten Bereich untergebracht.« Er klickte es an und Petra spürte, wie sie errötete.

»Das ist Maik, oder?«

»Mit Pernilla. Keine Ahnung, was die da vor dem Lokal machen. Sieht aus, als ob sie tanzen würden.« Sie schniefte lauter als beabsichtigt. Frederik begann, auf dem Stuhl vor und zurück zu schaukeln. »Das war der Abend des Whisky-Tasting. Da war ich ebenfalls.«

Sollte sie ihn jetzt fragen, ob Maik mit Pernilla geflirtet hatte? Oder ihr Gesicht wahren und so tun, als stünde sie da drüber?

»Diese Szene ist recht gut geschnitten. Ganz besonders, wenn man den Eindruck erwecken möchte, dass die beiden sich näher gekommen sind.«

»Wie meinst du das?«

»Derjenige, der das filmte, hat die beiden gezoomt und sich genau den Moment ausgesucht, in dem sie scheinbar alleine sind. In Wirklichkeit sind wir alle herumgetanzt. Pernilla hatte uns, nachdem der offizielle Teil des Abends vorüber war, eine kleine Kostprobe aus einem ihrer Bücher gegeben. Da schreibt sie etwas über Fitnesstraining durch Yoga und eben Tanzen.«

Yoga, Rumba, Cha-Cha-Cha.

»Die ganze Szene war so harmlos wie nur etwas. Wir alle haben getanzt. Bis auf einen.« Frederik beugte sich nach vorn, wie um besser sehen zu können. »Der Typ stand auf der anderen Straßenseite. Hat so getan, als ob er telefonieren würde. Nur, warum nimmt er dieses Video auf, hängt einen Trojaner dran und schickt es dir? Ein Video, das du garantiert abspielst, weil man bereits auf dem Standbild deinen Freund mit einer anderen Frau erkennen kann.«

Petra schüttelte stumm den Kopf. »Er hat es hierher geschickt. Also will er mich wohl ausspionieren. Nur, worüber?

Alles, was mit *Feuer unterm Topf* zusammenhängt, ist sowieso öffentlich, ich habe keinerlei geheime Informationen.«

»Wenn sich niemand für deine Artikel über das Stadtarchiv, den *Brezelstein* oder den Verkehrs- und Verschönerungsverein interessiert, kommt also nur der Todesfall am Krötsee infrage«, entgegnete Frederik halblaut.

Inzwischen war der IT-Beauftragte eingetroffen. Frederik zog den USB-Stick aus Petras PC und schob ihn schnell in die Hosentasche.

»Na, hat unser Hobby-Programmierer inzwischen ein bisschen Vorarbeit geleistet?«

Frederik grinste scheinbar verlegen und machte den Platz für den Experten frei. Der machte seinen Job gut, brauchte aber ein bisschen länger, bis er in Petras PC den Übeltäter gefunden und eliminiert hatte. Zum Glück war noch keiner der anderen PCs befallen. Eine halbe Stunde später winkte Frederik Petra zu sich, um ihr ein paar Fotos vom Abend des Whisky-Tasting zu zeigen.

»Einer der Teilnehmer hat geknipst.« Er ließ die Aufnahmen durchlaufen. Maik, wie er konzentriert am Inhalt eines Glases roch. Pernilla, lachend, mit einer Flasche in der Hand. Frederik, der etwas auf einen Block schrieb. Mehrere Leute, die Petra nicht kannte. Dann, beim vorletzten Bild, sog sie scharf die Luft ein. Der Mann, den der Fotograf eingefangen hatte, war nur im Profil zu sehen, das durch eine Bewegung darüber hinaus noch leicht verwackelt war. Auf dem letzten Foto sah man ihn etwas besser.

»Den kenne ich«, hörte Petra sich tonlos sagen. Nur, warum schickte ihr dieser Mann eine verseuchte Datei auf ihren Rechner in der Redaktion?

»Wenn wir wüssten, hinter was der her ist, könnten wir dem Kerl eine Falle stellen.« Frederik vibrierte richtiggehend vor Tatendrang. Aber noch war Petra nicht bereit, ihn in all ihre Geheimnisse einzuweihen.

58

Der Tag war kalt, aber weitgehend trocken und es schneite nicht, sodass Petra mit dem Rad unterwegs war. Als sie auf der unteren Bahnstraße gerade am Kaufhaus Braun vorbeiradelte, sah sie ein Stück weiter vorn Karina. Die trat gerade mit einer voll bepackten Tasche in der Hand aus dem *Weltladen* und überquerte die Straße. Petra stoppte neben dem dort geparkten Wagen ihrer Freundin.

»Wollen wir einen Kaffee trinken? Es gibt Neuigkeiten«, verkündete Karina mit geheimnisvollem Lächeln und stellte die Tasche auf den Rücksitz ihres Smart. Kurze Zeit später saßen sie in einem nahe liegenden Café, die Hände um ihre Schalen voll Milchkaffee gelegt.

»Das mit Michi und mir, das steht unter einem guten Stern«, verriet Karina mit leuchtenden Augen.

»Hört sich an, als hättest du das von meiner Großmutter.«

»Habe ich auch. Ich war vorhin bei ihr.«

Petra konnte kaum glauben, was sie da hörte. Gestern Ayshe Müller, heute Karina, was kam als Nächstes?

»Du rätst nicht, wer schon ganz ungeduldig vor ihrer Tür wartete, als ich ging.« Karina schlürfte etwas von ihrem Milchkaffee und sah Petra auffordernd an.

»Hanfstängel?«

Karina lachte. »Der nicht. Es war der Nachbar.« Sie hob amüsiert die Augenbrauen.

»Der Nappes?« Das war ja unglaublich. Derjenige, der Hanna leicht abschätzig immer Kristallkugel-Hanna genannt hatte und stets in die Welt hinausposaunte, er glaube keine Sekunde an Sterndeuterei, Handlinien oder Tarotkarten. Ausgerechnet der sollte bei Hanna einen Blick in die Zukunft getan haben?

Dafür gibt es nur eine Erklärung. Es geht um Brunhilde Siebenhühner!

»Mal sehen, wie es ihm nach dem Teestündchen mit deiner Oma geht«, giggelte Karina.

»Teestündchen?«, echote Petra. »Ihr habt Tee getrunken?«

Karina nickte eifrig, mit rotglühenden Wangen.

Oh je, der Tee! Noch immer stand die Dose mit dem bedenklichen Inhalt bei Hanna herum, weil sie vergessen hatte, sie abzuholen.

»Ich muss zu meiner Großmutter«, ächzte Petra. »Sofort!«

Nappes auf Dope, vom Tee berauscht, das konnte und wollte sie sich beim besten Willen nicht vorstellen. Sie trank ihren Kaffee aus und verabschiedete sich hastig von Karina, die allerdings so wirkte, als hätte sie gerne noch ein bisschen mehr erzählt.

Nappes war schon längst wieder weg, als Petra bei ihrer Großmutter ankam.

»Was er wissen wollte? Was ich ihm gesagt habe? Das geht dich gar nichts an!«, meinte die empört.

»Ging es um Brunhilde Siebenhühner? Sag mir wenigstens das!«

Hanna antwortete, indem sie mit den Fingern einen verschlossenen Mund andeutete.

»Dann will ich dich jetzt in eigener Sache befragen«, muffte Petra.

»Um was geht es?«

»Maik und mich.«

»Nie und nimmer«, erklärte Hanna streng. »Was Maik betrifft, brauchst du keine Hellseherin, sondern gesunden Menschenverstand. Er hat sich blöd verhalten, du aber auch. Geh hin, versöhne dich mit ihm. So schwer kann das doch wohl nicht sein, wenn man sich liebt.«

Völlig bedröppelt zog sie ab. Die Dose vergaß sie dieses Mal nicht.

59

Da Torben ihr keine Karte, noch nicht einmal eine Telefonnummer gegeben hatte, musste Petra einen anderen Weg einschlagen, um herauszufinden, wer er war und wie sie ihn kontaktieren konnte.

Ihr angeblicher Studienkollege war zum Presse-Brunch eingeladen worden. Daher, so schlussfolgerte Petra, musste die Produktionsgesellschaft ihn auf ihrer Liste haben. Da sie den ganzen Tag über gut zu tun hatte, unter anderem war sie bei Kiki Lauterbach gewesen und hatte der Künstlerin in ihrer schrecklich zugigen Werkhalle beim Zusammenschweißen verrosteter Metallspiralen zugesehen, kam sie erst am frühen Nachmittag, dazu, bei XL-Motion nachzufragen. Sie kramte Zettels direkte Telefonnummer heraus und tippte sie ein. Schon nach dem ersten Klingeln wurde abgehoben, es ertönte die ihr bekannte Stimme.

»Wer sind Sie?« ... »Ach so« ... »Um wen geht es?« ... »Nie gehört den Namen.« Ein unwilliges Murmeln folgte auf ihre Erklärung, sie habe Unterlagen, um die der Kollege gebeten habe, aber leider keine Kontaktadresse. Zettel murrte etwas, rief nach einer Elvira und legte das Telefon ab.

»Hallo, hier Elvira«, meldete sich die Assistentin. Auch ihr musste Petra noch einmal ihr Anliegen schildern. »Bleiben Sie dran«, meinte die dann. Den Geräuschen nach begab sie sich mit dem Telefon in einen angrenzenden Raum, in dem es vor Betriebsamkeit geradezu schwirrte. Tastaturengeklapper, Satzfetzen anderer Telefonate, jemand lachte. Dann drang von dort eine bekannte Stimme an Petras Ohr. Pernilla rief: »Bis Montag, allerseits!«

»Viel Spaß in Stockholm«, erwiderte Elvira, und setzte noch hinzu »Neuer Weekender? Tolles Rot!« Noch jemand rief Pernilla etwas zu, die antwortete, jetzt nicht, ihr Taxi sei da.

Petra nagte nervös an ihrem Daumennagel herum. Warum dauerte das so lange?

»Äh, wie heißt der Kollege nochmal?«, fragte Elvira etwas gehetzt, als sie zurück am Telefon war.

»Torben, den Nachnamen kenne ich leider nicht.«

Petra trat mit dem Handy am Ohr zum Fenster und blickte auf die Straße hinunter. Dort war gerade ein Familienvater dabei, einen Fahrradanhänger in den Kofferraum zu bugsieren, während seine Frau mit einem Kleinkind an der Hand danebenstand. So einen Fahrradanhänger für Kinder hatte Torben auch in seinem Super-Duper Wagen gehabt. Sie hatte ihn gesehen, als ihr Studienkollege eine dicke Jacke aus dem Kofferraum genommen hatte und sich noch gefragt, ob und wenn ja, wie viele Kinder er wohl hatte.

»Sorry. Ich finde diesen Herrn nicht«, das war jetzt wieder Elvira. »Von welchem Blatt soll der sein.«

»Freier Journalist«, murmelte Petra abwesend. Eben war Maik unten auf die Straße getreten. Er zog mit der Linken seine gefütterte Wildlederjacke vor der Brust zusammen und blickte in Richtung Berliner Allee. In der Rechten trug er eine kleine Reisetasche. Petra starrte verständnislos hinunter zu ihrem Noch-Freund. Maik hatte keinen Ton darüber gesagt, dass er am Wochenende wegfahren wollte.

Wie auch. Ihr redet momentan nicht miteinander!

»Freie haben wir nicht auf unserer Liste.«

Das war doch gar nicht möglich. »Er trug ein Badget, da stand freier Journalist drauf.«

»Nicht von uns«, entgegnete Elvira, die leicht beunruhigt wirkte ob der Tatsache, dass sich da vielleicht jemand eingeschmuggelt hatte, der nicht legitimiert war.

»Tut mir leid, auf jeden Fall kann ich Ihnen da nicht weiterhelfen.«

Petra ließ das Telefon sinken. Ob sie Maik eine Nachricht schicken sollte? Oder besser gleich hinuntergehen, um ihn zu bitten, den blöden Streit zu vergessen? Ein Taxi kam um die Ecke und kroch über die matschige Straße. Es stoppte direkt vor Maik. Der hob die Hand, um jemanden im Inneren des

Wagens zu grüßen. Der Fahrer stieg aus, der Kofferraumdeckel schwang nach oben. Drinnen lag ein auffällig rotes Gepäckstück. Maik warf seine Reisetasche daneben und stieg ein. Das Taxi fuhr davon. Petra stand noch immer am Fenster. Der Wagen war schon lange verschwunden, als sie realisierte, was sie da gerade gesehen hatte. Maik und Pernilla flogen übers Wochenende zusammen nach Stockholm. Bitter wie Galle stieg etwas in ihrer Kehle hoch und ihr wurde übel. Jetzt, das war ihr im selben Moment klar, war alles aus und vorbei.

60

Der lebendige Adventskalender gehörte zu den beliebten vorweihnachtlichen Traditionen in der Sterzbachstadt. An diesem Samstag lud Kuno von Otter in seine Praxis in der Fahrgasse ein. Er hatte dafür den ummauerten Hof hinterm Haus mit Strohsternen auf den vereisten Sträuchern und großzügig platzierten Windlichtern geschmückt. Der Warteraum erstrahlte im Glanz eines üppig behängten und beleuchteten Tannenbaums, neben dem ein Tisch mit Teegläsern und einem Samowar stand. Drum herum gruppierten sich Stehtische, darauf Zimtsterne und Vanillekipferl. Nach zwei gemeinsam gesungenen Weihnachtsliedern standen alle Anwesenden noch zusammen, um ein bisschen zu plaudern. Karina hatte Petra regelrecht mitgeschleppt und die tat trotz ihres Herzschmerzes so, als ginge es ihr gut. Innerlich fühlte sie sich wie ausgehöhlt, doch das wusste nicht einmal ihre beste Freundin. Die schwebte auf einer rosaroten Wolke, das wollte Petra ihr nicht vermiesen. Es dauerte auch gar nicht lange, bis Michael Hanfstängel zu ihnen stieß. An der Art, wie er und Karina sich begrüßten, konnte man bereits erkennen, dass sich die beiden in den letzten Tagen näher gekommen waren. Ayshe Müller gesellte sich kurz darauf ebenfalls zu der kleinen Gruppe. Doch kaum angekommen, verfinsterte sich ihre Miene beim Anblick eines jüngeren Mannes. Petra erkannte trotz der Vermummung, er hatte eine Mütze bis auf die Augen gezogen und sich einen Schal vor den Mund gelegt, in ihm denjenigen, den sie bereits am Krötsee mit Ayshe gesehen hatte.

»Cem!«, zischte die Polizistin und griff den Mann am Arm, als wolle sie ihn wegzerren. Die auf Türkisch geführte Konversation verstand sie nicht, es war aber unübersehbar, dass die beiden sich stritten.

»Er wollte mal raus. Hielt es nicht mehr aus zu Hause. Dachte, hierher zu kommen, sei in Ordnung.«

Erstaunlicherweise lieferte Ayshe ihrem Kollegen Hanfstängel diese Erklärung. Der wurde sichtlich nervös, und Petra begriff, dass es Karinas Anwesenheit war, die die Situation verkomplizierte. Da traf es sich gut, dass diese verkündete, sie müsse mal ihre Nase pudern und im Haus verschwand.

»Ihr Zeuge?«, fragte Petra leise. Ayshe und Hanfstängel wechselten einen Blick. Die Polizistin nickte danach ganz leicht. »Er ist mein Cousin«, flüsterte sie. Der Cousin nuschelte jetzt etwas hinter seinem Schal. Petra verstand nur »Punsch«. Sie folgte seiner Handbewegung. Er deutete nach links, auf den Tisch, auf dem von Otter einen Christstollen angerichtet hatte.

»Punsch gibt es dort«, wies sie ihn hin und deutete nach rechts, ins Haus hinein. Ayshe lachte nervös. »Cem verwechselt das immer. Er zeigt nach links, wenn er rechts meint. Und umgekehrt.« Eine Sekunde blieb es still. Dann wandte sich Hanfstängel seiner Kollegin zu. »Was? Was hast du gesagt?« Er griff, hochgradig erregt, nach Ayshes Arm.

»Dass Cem immer links und rechts ver ...« Sie hielt mitten im Satz inne und schlug sich die Hand vor den Mund.

»Liebe Güte.« Hanfstängel sah aus, als würde er gleich zu Boden sinken. Cem blickte unsicher zwischen seiner Cousine und ihrem Kollegen hin und her.

»Ey, wasislos?«

Ayshe, kreidebleich im Gesicht, fing nun an, auf ihren Cousin einzureden. Der schüttelte den Kopf, zuckte die Schultern, blickte zu Boden und antwortete mit trotzigem Unterton. Schließlich wandte sich Ayshe Hanfstängel zu. Sie sagte nichts, doch ihrer beider Blicke waren beredt genug.

Hanfstängel kippte seinen Tee in einem Zug. Es war auf einmal, als stünde alles um Petra herum unter Strom. Nur, dass sie leider keine Ahnung hatte, was genau der Auslöser war.

»Wir haben etwas Wichtiges zu klären und müssen irgendwo in Ruhe reden.«

Karina, die just in diesem Moment wieder zu der kleinen Gruppe gestoßen war, hatte ihren Freund fragend angeblickt und dann ihre Wohnung angeboten.

»Ist nicht weit von hier«, erklärte sie Ayshe lächelnd. Noch hatte sie nichts von dem emotionalen Umschwung mitbekommen. Ayshe blickte alarmiert zu ihrem Kollegen. Es war klar, dass sie Karina nicht traute.

»Sie ist meine Freundin«, erklärten in diesem Moment Petra und Hanfstängel wie aus einem Munde. Karina glühte einen Moment lang bei dieser doppelten Vertrauensbekundung, bevor sie zaghaft fragte, was eigentlich los sei.

»Erklären wir dir gleich«, brummte Hanfstängel und legte den Arm um ihre Schulter.

Nur Minuten später hocken sie zu viert, Cem war von Ayshe mit ein paar energischen Worten in ein Taxi gesetzt worden, das ihn nach Hause bringen sollte, in Karinas kleiner Küche. Sie war mit wenigen Worten eingeweiht worden und wirkte höchst besorgt.

»Der ganze Fall fliegt uns um die Ohren, wenn wir ihn nicht endlich lösen«, lauteten Hanfstängels einleitende Worte. »Bisher sind wir davon ausgegangen, dass Cem den Mörder gesehen haben könnte. Doch leider verwechselt unser Zeuge links und rechts. Die Person auf dem Fahrrad kam also nicht vom See, nachdem Cem dort etwas ins Wasser hat fallen hören. Sie fuhr auf den See zu. Es wird also immer fraglicher, ob es sich dabei um den Mörder des Unbekannten handelt.

Petra schwieg, ihre Gedanken rasten. »Ich habe einen Verdacht, wer der Tote sein könnte«, gab sie preis. Alle Köpfe wandten sich ihr zu. »Bei der Kochshow, die zurzeit hier aufgezeichnet wird, ist einer der Starköche nicht angereist und nicht erreichbar. Bekannt ist er als Pepe Roncino. Sein wirklicher Name lautet jedoch anders.«

»Carlo Sapio«, murmelte Hanfstängel. Nun blickten alle zu ihm. »Ein Mann dieses Namens ist am fraglichen Mittwoch im Express Holiday Inn in Mörfelden eingecheckt. Er hat für zwei

Nächte gebucht und im Voraus bezahlt. Als das Zimmer zur vereinbarten Uhrzeit nicht geräumt war, hat die Hotelleitung veranlasst, dass das Gepäck, eine kleine Reisetasche, erst einmal untergestellt wurde. Eine Meldung an die örtliche Polizeidienststelle erging am Samstag, nachdem das Gepäck immer noch nicht abgeholt worden war. Sie wurde aber eine knappe Stunde später zurückgezogen, als jemand in Sapios Auftrag kam und die Reisetasche mitnahm. Ähnlich ging es mit dem Mietwagen, den Sapio am Flughafen genommen hatte. Er stand erst am Samstag wieder im Parkhaus.«

»Woher wissen Sie das?«, fragte Petra.

»Mir hat es einfach keine Ruhe gelassen, dass wir die Identität des Toten nicht kannten. Bei uns ist keine Vermisstenanzeige eingegangen. Da habe ich mal bei angrenzenden Polizeistationen nachgefragt.«

Ayshe nickte bekräftigend. »Wir haben dann nachgesehen, ob wir über Sapio etwas haben. Hatten wir auch. Allerdings mussten wir sehr tief graben. Nur um festzustellen, dass die Akte einen Sperrvermerk trägt.«

»BKA«, murmelte Petra. »Die Männer in den grauen Anoraks.«

»Die haben hier herumgeschnüffelt, bevor Frau Siebenhühner verhaftet wurde«, fiel Karina ein.

»Da fragt man sich doch, warum die sofort zur Stelle waren.« Hanfstängel fuhr sich kreuz und quer durchs Haar.

»Weil Frau Siebenhühner dringend tatverdächtig ist.« Petras Worte waren ganz leise gesprochen, schlugen aber ein wie eine Bombe.

»Wissen Sie Näheres?« Ayshe beugte sich zu ihr hinüber.

»Der Tote hatte große Mengen Cannabis und Lebkuchen intus«, gab Petra ihre Erkenntnisse preis. »Beides wurde in der Wohnung direkt über dieser hier gefunden. Frau Siebenhühner war am Mittwochabend, zu dem Zeitpunkt, zu dem Sapio alias Roncino voraussichtlich zu Tode kam, im Wald. «

Petra legte eine kleine Pause ein. Sollte sie darüber sprechen, was Karl Nappes ihr nach einem Besuch bei Brunhilde im Frauengefängnis völlig erschüttert anvertraut hatte? Ja. Wenn sie alle gemeinsam den Fall lösen wollten, durfte sie mit nichts hinterm Berg halten. Sie fuhr fort.

»Sie wird als kräftig genug eingeschätzt, den eher schmächtigen Roncino ins Wasser geworfen zu haben.«

Drei Augenpaare starrten Petra an.

»Woher wissen Sie das alles?«, fragte Hanfstängel.

»Quellenschutz«, quetschte die hervor, »aber ich verbürge mich für all diese Informationen.«

»Dann ist der Fall doch gelöst«, meinte Karina. Ihre Hände fuhren unruhig auf der Tischplatte herum.

»Glaube ich noch nicht« Hanfstängel wiegte den Kopf. »Es fehlt das Motiv. Noch sehe ich keines.« Petra nickte gedankenverloren. Hanfstängel war nicht der einzige, der an Brunhildes Schuld zweifelte. Was hatte Karl Nappes gesagt? »Brunhilde war es nicht. Dafür lege ich meine Hand ins Feuer!«

»Es ist noch etwas Merkwürdiges geschehen«, hörte sie sich gleich darauf sagen. »Mir hat jemand eine verseuchte E-Mail ins Büro geschickt. Derjenige hat sich als Torben vorgestellt und angegeben, ein ehemaliger Kommilitone von mir zu sein. Ich kann mich an ihn nicht erinnern. Und bei der Produktionsgesellschaft haben sie keinen freiberuflichen Journalisten dieses Namens auf der Einladungsliste gehabt.«

»Vielleicht auch ein BKA-Typ?«, mutmaßte Karina.

»Er wollte alles von mir wissen, über unsere Recherchen und Erkenntnisse. Das kam mir am Ende ganz komisch vor.«

»War das derjenige, den wir am Krötsee mit Ihnen getroffen haben?« Hanfstängel hatte sich aufgeregt vorgebeugt.

»Genau! Der war es.«

»Der war nicht vom BKA«, verkündete der Polizist jetzt im Brustton der Überzeugung. »Diese Leute rieche ich förmlich.«

»Da stand ein großer Wagen auf dem Parkplatz, der an der Prinzessin-Margret-Allee liegt«, wandte Ayshe nachdenklich ein. »So ein SUV. Wir haben auch dort geparkt.«

»Genau so einen fährt er!«

»Kannst du dich an das Kennzeichen erinnern?«, wollte Karina wissen. Petra zuckte bedauernd die Schultern.

»Frankfurter Kennzeichen. Danach kam ein GG. Das fiel mir auf«, meinte Ayshe. Bei Petra flackerte etwas schwach im Hinterkopf auf, eine Erinnerung, die sie aber gerade nicht fassen konnte.

»Welcher Fahrzeugtyp?«, wollte Hanfstängel wissen.

»Cem weiß das,« versicherte Ayshe. Sie zückte ihr Handy, sprach gleich darauf ein paar türkische Worte hinein und wandte sich danach den anderen wieder zu.

»Er sagt, es war ein Range Rover.«

»Eine Familienkutsche«, setzte Petra hinzu.

»Familie? Wie kommen Sie darauf?«, wollte Hanfstängel wissen.

»Er hatte ein Rad und einen Fahrradanhänger für Kinder im Kofferraum. Habe ich gesehen, als er seine Jacke herausholte.«

Sie hob den Daumen und nagte daran herum. Jetzt fiel ihr noch etwas ein. »F-GG, dieses Kennzeichen habe ich kürzlich schon einmal gesehen.« Alle Augen wandten sich ihr zu. »Beim *Sterzbacher Hof*. Der LKW einer Lieferfirma, der trug dieselbe Buchstabenkombination.« Jetzt sah sie es wieder vor sich: *Göttlicher Genuss – Ihr Lieferant für alles, was die Haute Cuisine braucht.*

»Dann ist Torben womöglich in dieser Firma zu finden?«

Ja, nur dass er nicht Torben hieß und sie keine Möglichkeiten hatten, ihn dort ausfindig zu machen.

»Wir können uns schlecht völlig ohne Handhabe sämtliche Personalakten aushändigen lassen«, meinte Hanfstängel. »Darüber hinaus gibt es keinen direkten Zusammenhang mit dem Fall am Krötsee.«

Es sei denn, man geht einen anderen Weg!

61

Frederik war ganz und gar nicht begeistert, irgendein Computerspiel (»ich bin mitten in einer Online-Convention!«) abbrechen zu müssen. Überhaupt schaute er ziemlich muffelig, als er Petra an diesem späten Samstagabend vor seiner Tür stehen sah. Die 1-Zimmer-Wohnung des Praktikanten lag in einem Mehrfamilienhaus in der Dieburger Straße und war fast komplett schwarz gestrichen. Petra hatte Mühe, sich in dieser Düsternis zurechtzufinden. In der blitzsauberen Küche, dem einzigen Raum, der nicht nur hell erleuchtet, sondern auch hell gestaltet war, hockten sie sich an einen Tisch.

»Ich brauche deine Hilfe«, erklärte Petra den Grund ihres Hierseins.

»Der Kerl, der mir diesen Trojaner geschickt hat, ist wie vom Erdboden verschluckt. Sein Name taucht nicht auf der Einladungsliste auf. Außerdem wissen wir jetzt, dass jemand auf einem Fahrrad mit einem Kinderanhänger daran im Wald unterwegs war. Es könnte sich um denselben Mann handeln, denn ich habe beides in seinem Wagen gesehen, als ich mit ihm zum Krötsee gefahren bin.«

»Ich habe bereits angeboten, dir zu helfen.«

»Genau darum will ich dich bitten. Erkläre mir vorher aber genau, was dieser Trojaner auf meinem PC anrichten sollte.«

Frederik blies sich ein paar schwarze Fransen aus der Stirn und setzte zu einer Erklärung an.

»Aber bitte so, als wäre ich ein Alien, das noch nie etwas von PCs und Internet gehört hat.«

Frederik runzelte die Stirn. »Das ist aber schwierig«, meinte er. Er schaffte es dann aber doch.

62

Am Sonntagnachmittag ging auf dem E-Mail-Account von Petra Koslowski bei der *Langener Morgenpost* eine Nachricht mit dem Betreff »Tod am Krötsee – Tonaufnahmen aus der fraglichen Nacht« ein. Der Absender, Winfried Krekel, bat die Reporterin darin um eine dringende Kontaktaufnahme.

»Leider kann ich Sie telefonisch nicht erreichen. Melden Sie sich doch bitte gleich, wenn Sie die Mail gelesen haben. Ohne ins Detail zu gehen: Ich habe ein paar Sachen auf Band, die im o.g. Zusammenhang interessant sind. Wir sollten das alles am Montag der Polizei übergeben!

Musikalische Grüße, W. Krekel«

Zwei Stunden später, niemand in der Redaktion hatte die an die Reporterin gerichtete Nachricht gelesen, geschweige denn beantwortet, klingelte im Stadtteil Neurott ein gut gekleideter Mann mit einer tief in die Stirn gezogenen Wollmütze an der Tür eines Hauses, dessen Eingang mit einer Tonleiter verziert war. Als der Hausherr öffnete, stellte sich der Unbekannte freundlich lächelnd als Torben Schneider vor.

»Ich bin freier Journalist und habe Sie bei der Pressekonferenz zu *Feuer unterm Topf* gesehen.« Noch während er sprach, drängte er den Musiker zurück in den Flur.

»Was soll das?«, fragte der perplex, da schlug bereits die Tür hinter dem ungebetenen Gast zu.

»Her mit der Aufnahme, Freundchen«, knurrte der angebliche Torben Schneider. Das Lächeln war verschwunden.

»Welche meinen Sie? Mein Oeuvre ist umfangreich«, gab der Musiker reichlich unerschrocken zurück.

»Die Aufnahme vom Krötsee. Die, über die du mit der Kollegin Koslowski gesprochen hast.« Das Wort Kollegin spuckte er aus, als sei es verdorben.

Der Fremde hielt nun plötzlich einen Schlagstock in der Hand. Winnie taumelte gegen die Wand und hob instinktiv den Arm.

»Tun Sie mir nichts«, stammelte er.

»Tue ich nicht, wenn du mir die Aufnahme gibst. Aber dalli!«

»Wir müssen in den Keller.« Krekels Stimme war nur noch ein angsterfülltes Flüstern. »Aber Frau Koslowski wird mich morgen deswegen kontaktieren. Was sage ich ihr denn?«

»Keine Bange, den PC dieser Person habe ich voll im Griff. Deine E-Mail ist schon längst gelöscht.« Er kicherte kurz bei diesen Worten. Falls Winnie Krekel in diesem Moment begriff, was das für ihn hieß, ließ er es sich nicht anmerken.

»Hier ist mein Studio«, murmelte er stattdessen. Er trat durch die Tür und blickte sich nach seinem Besucher um.

»Ich suche die Aufnahme gleich heraus.« Damit ging er voran zu seinem Mischpult. Der Mann folgte ihm. Hinter ihnen schlug die Tür zu. Dann brach die Hölle los.

63

»Kaum zu glauben, dass unser Hanfstängel und seine Kollegin Müller den Todesfall aufgeklärt haben«, rief Sigurd Falck. Der Chefredakteur thronte, wie üblich bei den Redaktionssitzungen, am oberen Ende eines langen Tisches. Zu seiner Rechten saßen Natalie, Petra und Frederik, gegenüber die anderen drei festangestellten Redakteure. Nur der Fotograf fehlte, der hatte an diesem Morgen in Winnie Krekels Haus zu tun. Petra und Frederik wechselten einen Blick. Keiner sagte etwas.

»Dass diese Siebenhühner es nicht war, war ja wohl jedem von uns klar«, fuhr Sigurd fort. »Aber man muss schon sagen, die ganze Angelegenheit war recht geheimnisvoll. Ganz besonders, als das BKA in Langen auftauchte.«

Eine Tatsache, über die sie nichts schreiben durften, weil es keine offizielle Bestätigung gab.

»Petra, wann kann ich mit dem Artikel rechnen?«

»Ich setze mich sofort dran«, versicherte sie.

»Nicht, dass uns der *Knaller* da noch zuvorkommt«, frotzelte einer der Kollegen.

Petra spürte, wie sie rot anlief.

»Keine Bange, wir haben die Story exklusiv«, ließ sich Frederik vernehmen.

Später, der Artikel war schon fertig, sah der Praktikant zu seiner Kollegin herüber.

»Du siehst ziemlich fertig aus. Das hat wohl nicht nur mit der Sache bei Krekel zu tun?«

Petra schüttelte den Kopf.

»Privat«, sagte sie nur.

Für ein Weilchen hatte sie nicht mehr daran gedacht. Doch heute früh war der Schmerz mit Macht zurückgekehrt. Maik war nicht da gewesen, als sie bei ihm geklingelt hatte. Er hatte auf keine ihrer Nachrichten reagiert. Wenn sie nur wüsste, ob er wegen der geplanten Umstrukturierung beim *Knaller* durch den Wind, oder ob er tatsächlich Pernillas Verführungskünsten erlegen war. Vor sich hin brütend, fiel ihr Blick auf Frederiks Profil. Der Praktikant arbeitete schweigend und je länger sie ihm dabei zusah, desto lauter wurde eine Stimme in ihrem Kopf. Schließlich gab sie sich einen Ruck, stand auf, ging zu ihm hinüber und beugte sich zu seinem Ohr. Als sie sich wieder aufrichtete, starrte er sie an, als wäre sie eine Erscheinung. Dann schüttelte er den Kopf, hielt ihr einen Vortrag über die *Beasty Young Nerds* und wehrte sich mit Händen und Füßen das zu tun, worum sie ihn gebeten hatte.

»Wir haben unsere Philosophie, unsere Regeln und unsere Vorstellungen von dem, was wir tun. Alles muss immer im Interesse der Allgemeinheit sein. Ein Einbruch in das Computersystem eines Konkurrenzblattes ist das nicht.«

So viele Worte für ein Nein! Petra senkte betrübt den Kopf. Es war eine Schnapsidee gewesen, ihn damit zu behelligen. Sie überflog noch einmal ihren Artikel und schickte ihn danach an Sigurd. Morgen früh würde die staunenden Langener lesen können, was es mit dem Tod im Krötsee auf sich hatte.

Sternekoch tödlich verunglückt
von Petra Koslowski

Der Sternekoch Pepe Roncino, dessen Hamburger Lokal deutschlandweit bekannt ist, wurde kürzlich tot im Lindensee (auch Krötsee genannt) gefunden. Lange war nicht klar, wie der gebürtige Italiener, der in der Sterzbachstadt bei der vorläufig letzten Fernsehshow ›Feuer unterm Topf‹ teilnehmen sollte, ums Leben gekommen war. Nach dem vorläufigen Ergebnis der gerichtsmedizinischen Untersuchung steht nun fest, dass es sich bei Roncinos Tod um einen bedauerlichen Unfall handelt. Nach der Rekonstruktion der Geschehnisse muss Roncino, der in einem Hotel im angrenzenden Kreis Groß-Gerau abgestiegen war, den Entschluss gefasst haben, am Abend seines Todes einen längeren Spaziergang in einem Waldstück zwischen Langen und Egelsbach zu unternehmen.

Am Lindensee lief er in der Nähe der sich dort befindlichen Schutzhütte gegen einen tiefhängenden Ast, stürzte zu Boden und fiel anschließend benommen ins Wasser, wo er ertrank. Durch einen kurz darauf einsetzenden heftigen Temperatursturz fror der niedrige Tümpel zu und schloss die Leiche ein. Erst zwei Tage später entdeckten ein Spaziergänger und sein Hund den Toten.

Nach dieser Einleitung hatten sie noch einmal Roncinos Werdegang aufgerollt und klargestellt, dass sich eine in dieser Angelegenheit vorübergehend festgenommene Person als gänzlich unschuldig erwiesen hatte.

*»Wir alle machen Fehler, leider. Die verantwortliche Dienststelle hat sich bei der Dame entschuldigt«,*wurde die Justizministerin zitiert.

Später, Sigurd hatte sein Versprechen wahrgemacht und Petra bis zum Jahreswechsel frei gegeben, hockte sie in Hanfstängels Küche. Dort versammelten sich nach und nach die anderen Beteiligten an dieser Geschichte. Ayshe Müller und Frederik trafen fast zeitgleich ein. Danach kam Winnie Krekel. Er trug ein großes Pflaster auf der Stirn, machte sonst aber einen guten Eindruck. Karl Nappes und Brunhilde Siebenhühner kamen als letzte. Der Rentner fiel Petra fast um den Hals und zerdrückte eine Träne im Augenwinkel.

»Sie haben Brunhilde gerettet«, flüsterte er ihr ins Ohr.

Na ja, ganz alleine war sie es nicht gewesen.

»Doch nun wollen wir alle wissen, wie die Geschichte wirklich war«, kam Brunhilde zur Sache.

Petra und Hanfstängel blickten sich an, bevor sie beide abwechselnd erzählten.

»Der Pizzabäcker Carlo Sapio war ein Kleinkrimineller, der nach einer Festnahme wegen gewerbsmäßigen Betruges, genauer des Imports billigen Weines aus Kalabrien und überteuertem Verkauf mit erpresserischen Methoden an andere italienische Wirte, vom BKA angeheuert wurde. Sie haben ihm unter dem Künstlernamen Pepe Roncino einen Neustart in Hamburg ermöglicht und ihn in einen Drogenschmugglerring eingeschleust. Der bringt, getarnt als Lieferant von Luxuslebensmitteln, große Mengen verschiedener Drogen von Marseille nach Deutschland. Roncino stellte fest, dass die ahnungslosen Fahrer alle gehalten waren, einen Teil ihrer Ladung bei einer Lagerhalle im Industriegebiet von Mörfelden auszuladen. Er wollte der Sache nachgehen und checkte im Express Holiday Inn unter seinem richtigen Namen ein. Danach verschaffte er sich Zutritt zu der Lagerhalle. Doch er fand keine Drogen, sondern nur Paletten voller Lebkuchen. Er nahm ein Paket davon an sich und aß es später auf, nicht ahnend, dass die Drogen, eine große Menge Cannabis, dieses Mal eingebacken geliefert wurden. Das ist auch für uns neu. Es hilft den Schmugglern die Drogen ungefährdet zu transportieren und scheint eine angesagte Art des Konsums zu sein. Ein Trend, den Roncino offensichtlich nicht kannte. Der machte sich nämlich am Abend auf den Weg zu einer Verabredung mit seinem BKA-Kontaktmann an den Krötsee. Doch Roncino wusste nicht, dass er verfolgt wurde. Der Mann, den wir als Torben kennen, hat seine Position bei der Spedition ausgenutzt, um mit den Drogenhändlern gemeinsame Sache zu machen. Er hatte Roncino an der Lagerhalle gesehen und sich auf seine Fersen geheftet. Roncino wartete in der Rudolf-Diegel-Hütte am See auf seinen Kontaktmann. Torben beobachtete ihn von einem nahe gelegenen Jägerstand aus. Doch der BKA-Mann kam nicht. Dafür bemerkte Roncino seinen Verfolger, die beiden gerieten aneinander und Pepe, nicht mehr Herr seiner Sinne, drohte, sie alle zu verraten. Torben schlug Pepe daraufhin mit einem Schlagstock, den er aus nachvollziehbaren Gründen immer mit sich führt, auf den Kopf. Der Koch fiel hin und rührte sich nicht mehr. Im selben

Moment kam ein Wagen durch den Wald gefahren. Vermutlich der unseres Zeugen. Torben flüchtete. Vom Parkplatz an der Prinzessin-Margret-Allee, wo sein Wagen stand, fuhr er kopflos in Richtung Egelsbach. Doch dann entschied er sich anders und wollte die vermeintliche Leiche verschwinden lassen. Er bog beim Kirchnerseckgraben auf den schmalen Weg ein. Am Ende, vor der Betriebsanlage Egelsbach des Abwasserverbands, parkte ein Wagen. Es hielt sich also noch jemand im Wald auf! Winfried Krekel war‘s, der irgendwo hinter Schloss Wolfsgarten seine Aufnahmen machte. Um kein Aufsehen zu erregen und keine Spuren zu hinterlassen, ließ Torben seinen Wagen stehen und kehrte mit dem Fahrrad, an das er einen Kinderanhänger gehängt hat, zurück an den See, um damit die Leiche abzutransportieren. Dabei fuhr er an einem Zeugen vorbei. Weil er schon auf den ersten Blick feststellt, dass Pepe nicht mehr am Ufer lag, und weil er von dem Zeugen nicht ein zweites Mal gesehen werden wollte, radelte Torben einfach weiter und kehrte auf einem anderen Weg zu seinem Wagen zurück.«

»Woher kannte er sich so gut aus?«, fragte Nappes.

»Torben ist begeisterter Radfahrer, er hat wohl zwei Mal eine Radtour auf den *Rund um Langen* Wegen mitgemacht«, erläuterte Hanfstängel.

Nun fuhr Ayshe fort.

»Pepe war trotz des harten Schlages nicht tot. Vermutlich erwachte er aus seiner Ohnmacht und taumelte im Cannabisrausch in den See. Vielleicht strauchelte er, vielleicht blieb er mit dem Fuß irgenwo hängen, auf jeden Fall schlug der von Drogen benebelte Mann der Länge nach hin und ertrank. Da sein Wollmantel sich sofort mit Wasser vollsog, wurde die Leiche des eher schmächtigen Mannes unter Wasser gezogen. Das Platschen hörte unser Zeuge. Im Wald befand sich zu diesem Zeitpunkt auch noch Winfried Krekel, doch der war erstens weiter vom Ort des Geschehens entfernt und zweitens eingenickt. Kurz darauf fror der See zu. Pepes Kontaktmann vom BKA wartete unterdessen vergeblich auf seinen Informanten. Am Paddelteich. Wer von den beiden sich geirrt hat, ist uns nicht bekannt. Als sich jedoch nach dem Auftauen der Leiche sowohl eine Zimmerkarte des Hotels als auch die Schlüssel des Mietwagens fanden, also die Identität des Toten bekannt wurde, schaltete sich sofort das BKA ein, übernahm das weitere Vorgehen und verhängte eine totale Nachrichtensperre. Torben wiederum versuchte, trotzdem an Informationen zu kommen. Er musste befürchten, dass der Schmugglerring auffliegen würde und er gleich mit. Weil Petra als einzige Journalistin an dem Fall dranblieb, kontaktierte er sie. Er vermutete, dass sie trotz der verhängten Nachrichtensperre über ergiebige Quellen verfügte und schickte ihr einen Trojaner, um sie auszuspionieren. Dieser wiederum wurde von Frederik entdeckt und so manipuliert, dass Torben glauben musste, er sitze immer noch unbemerkt in Petras PC. Mit einer fingierten Mail lockten die beiden ihn in Winnie Krekels Haus, wo er allerdings bereits erwartet wurde.«

Winnie lächelte und griff an seine malträtierte Stirn, ein Überbleibsel des Handgemenges.

»Wie kam Brunhilde ins Visier des BKA?«, wollte Nappes wissen.

»Durch Sie«, antwortete Hanfstängel. »Nachdem Sie bereits zum zweiten Mal einen Toten entdeckt hatten, waren zunächst Sie verdächtig. Bei der Beschattung wurde man auf Frau Siebenhühner aufmerksam.« Hanfstängel wandte sich nun direkt an Brunhilde.

»Ihre alte Akte wurde geöffnet. Ich muss Ihnen ja nicht sagen, was drinsteht.«

»Staatsfeindliche Umtriebe«, sie winkte geduldig ab. »Das waren andere Zeiten.«

»Nun ja. Auf jeden Fall wurde nun jeder Stein umgedreht. Ihre hohe Stromrechnung beispielsweise, die auf die Aufzucht illegaler Pflanzen hindeutete.«

Nappes warf Brunhilde einen waidwunden Blick zu.

»Die Pflanzen gehören meiner Schwester, ich pflege sie nur«, gab die tapfer zur Antwort und zupfte sich am Ohr. Petra konnte ein Schmunzeln nicht unterdrücken. Ob Brunhilde ihre Teedose schon vermisst hatte?

»Wie auch immer, man wollte wohl nach dem Tod des Informanten kein Risiko eingehen, sondern schnell zuschlagen.«

»Und mich verhaften!«

»Genau. Als in Ihrer Wohnung Lebkuchenbäckerei und Cannabis aufeinandertrafen, schien die Sache klar.«

Hanfstängel musste nach diesen Worten eine Pause einlegen und trank ein halbes Glas Wasser.

»Wenn Frau Koslowski nicht an der Sache drangeblieben wäre und uns die entscheidenden Hinweise gegeben hätte, wären wir allerdings nie auf Torben gekommen. Der hat nach seiner Verhaftung im Hause Krekel gesungen wie eine Amsel am frühen Morgen.«

»Er konnte doch unmöglich wissen, was das BKA mit der Sache zu tun hatte«, warf Nappes ein.

»Das haben uns die Herren dann schon selbst erzählt.« Ayshe war es, die nun wieder fortfuhr. »Denn die haben ein großes Interesse daran, dass nicht alles ans Tageslicht kommt. Beispielsweise, dass dem tragischen Unfalltod des BKA-Maulwurfs Roncino ein handfester Streit vorangegangen ist. Noch ist der Drogenring nicht ausgehoben. So lange, das ist die Vereinbarung, halten wir alle, insbesondere auch die Journalisten bei der *Langener Morgenpost* die Füße still.«

»Daher die falsche Pressemitteilung«, murmelte Brunhilde.

»Vermutlich werden sie jetzt versuchen über den Mann, der sich Torben nennt, an die Drahtzieher heranzukommen. Sobald die Sache gelaufen ist, kriegen wir die Story exklusiv«, ergänzte Petra.

»Darum musste Brunhilde also eine eidesstattliche Erklärung unterschreiben«, brummte Nappes.

»Wie wir anderen alle auch«, bekräftigte Winfried.

Geheimnisträger, das sind wir.

Petra erhob sich als Erste, um sich zu verabschieden. Nicht, dass es sie nach Hause zog. Aber irgendwie war ihr augenblicklich unmöglich, neben Nappes und seiner Flamme Brunhilde zu sitzen. Dass der ältere Herr auf Freiersfüße wandelte, blieb wohl keinem verborgen. Aber Hanfstängel hatte seine Karina, Ayshe ihren Ehemann und Winfried seine Musik.

»Und du, Frederik?«, wollte Petra beim Hinausgehen wissen. »Was hast du am Wochenende vor?«

Der Praktikant schlang sich einen Schal um den Hals und blies eine weiße Atemwolke in die Winterluft.

»Ich werde wohl einem Freund bei seinen Bewerbungen helfen. Er ist bei so einem Krawallblatt, nennt sich *Knaller*. Dort hat man gerade entschieden, sämtliche journalistischen Außenposten aufzulösen und mit einer kleinen Mannschaft von Berlin aus weiterzuarbeiten. Ist noch nicht offiziell. Aber es dürften noch mehr Journalisten betroffen sein.« Er blinzelte bei den letzten Worten etwas verlegen. Petra griff nach seinem Arm.

»Das weißt du sicher?«, fragte sie.

»So sicher, wie es nur geht.«

Sie biss sich auf die Lippen. »Danke«, sagte sie.

»Keine Ursache.« Er blickte verlegen zu Boden, schob seinen Haarvorhang zur Seite und schlenderte davon.

64

In der folgenden Zeit schlugen sich die drei Teams tapfer bei *Feuer unterm Topf.* Als am 23. Dezember die letzte Folge ausgestrahlt wurde, siegten Scarlett Bohnenberger und Timo Schmelzer. Sowohl das Hauptgericht, Rinderrouladen mit Wurzelgemüse und Polentasterntalern, als auch das Dessert, eine Maronencreme, hatte die Jury genauso überzeugt, wie die Vorspeisen. Knapp dahinter lagen Kiki Lauterbach und YouTube-Marvin. Das dritte Paar, Winfried Krekel und Regula Maier landete abgeschlagen auf dem dritten Platz. Pernilla Groth gab nach dem Ende der Show dem Magazin *Der Knaller* ein exklusives Interview. In dem kündigte sie an, demnächst nicht nur ein drittes Kochbuch mit dem Titel *Feuer im Topf – mit aphrodisierenden Zutaten leidenschaftlich kochen und genießen* herauszubringen, sondern zusätzlich ein Monatsmagazin, das schlicht *Pernilla* heißen solle.

Winfried Krekel und Kiki Lauterbach gaben zum selben Zeitpunkt bekannt, dass sie ein gemeinsames Projekt planten, bei dem Winnie hämmernde Klänge aus der Werkhalle der Künstlerin in eine Komposition mit dem Titel *Der innere Zustand der Welt* einbeziehen würde.

Petra sah den Weihnachtstagen mit gemischten Gefühlen entgegen.

»Karl Nappes hat mich zum Essen eingeladen, stell dir das mal vor«, erzählte ihr ihre Großmutter. »Seine Flamme Brunhilde kommt, und dieser nette Tierheilpraktiker von Otter ebenfalls.« Petra konnte diese Nachricht kein Lächeln entlocken. Nachdem Karina mit Hanfstängel in den Odenwald gefahren war, sah sie einem einsamen Weihnachtsfest entgegen.

»Nimm doch ein paar von diesen Kügelchen. Ignatia, vielleicht. Das hilft doch immer, sagt Kuno«, riet ihr ihre Oma.

Ja, vielleicht würde sie es mit der Homöopathie versuchen. Oder sollte sie lieber Brunhildes Teedose plündern? Bei ihrer Großmutter hatte der Cannabistee ja wahre Wunder bewirkt.

»Meine Sehkräfte sind stärker, als je zuvor«, hatte sie erst kürzlich wieder gesagt. Sich aber immer noch geweigert, für Petra in die Zukunft zu schauen. Am späten Nachmittag des Heiligabend klingelte ihr Handy. Eine unbekannte Nummer erschien auf dem Display. Petra fiel fast um, als sie Maiks Stimme hörte.

»Frohe Weihnachten«, wünschte er ihr etwas steif.

»Wo bist du?«, rief sie ins Telefon.

»Ich bin in Stockholm.«

Und das schon eine ganze Weile.

Er seufzte. »Tut mir leid, dass ich mich jetzt erst melde. Aber deine Nachrichten sind bei mir nicht angekommen, daher dachte ich, du bist unversöhnlich. Und ich blieb es daher auch. War wohl ein Defekt meiner Mailbox, den ich zu spät bemerkt habe. Jetzt ist alles auf einmal eingetrudelt. Hab mir trotzdem ein neues Gerät zugelegt.« Er hielt kurz inne. Petra presste das Telefon ans Ohr. Um ihn nicht gleich wieder zu verprellen, traute sie sich nicht, die Fragen zu stellen, die ihr auf der Seele brannten.

Was machst du in Stockholm? Bist du bei Pernilla? Was hat das alles zu bedeuten?

»Ich bin morgen wieder zu Hause. Hast du Lust, mit mir zu essen? Dann erkläre ich dir alles.«

Mit einem Kloß im Hals sagte sie zu. Tanzte anschließend durch die ganze Wohnung. Zündete alle Kerzen an. Legte *Driving Home for Christmas* von Chris Rea auf und hörte das Stück fünf Mal hintereinander. Schickte ein Stoßgebet zum Himmel, es möge doch bitte alles wieder gut sein. Und schaltete anschließend den Fernseher ein, in dem das Weihnachtskonzert von Winfried Krekel und seinem Orchester übertragen wurde. Und als, zwischen all den Violinen, Celli und Posaunen, zwischen Trommeln und Klarinetten ein Käuzchen schrie, musste sie vor lauter Rührung sogar weinen.

Epilog

Am Neujahrsmorgen spannte sich ein wolkenlos blauer Himmel über die schneebedeckte Stadt, die nach und nach erwachte. Seit kurzem hatte man in Langen eine alte Tradition wieder entdeckt. Man traf sich am Neujahrstag an der nördlichen Seite des Schwimmbads an einer roten Sandsteinmauer, um sich ein gutes neues Jahr zu wünschen. Diese alte Tradition war erst wieder aufgelebt, nachdem ein Stein, der eine Brezel zeigte, daher *Brezelstein* hieß und eine bewegte Vergangenheit hinter sich hatte, in ebendiese Mauer eingefügt worden war.

Die ersten, die an diesem Tag, lange vor dem offiziellen Treffen, dort ankamen, waren Karl Nappes und Brunhilde Siebenhühner, begleitet von ihren Hunden Lumpi und Esmeralda. Brunhilde köpfte eine Flasche Champagner und Karl Nappes trank tapfer ein Glas, obwohl er wesentlich lieber einen Äppler zur Hand gehabt hätte. Kurz darauf trafen Hanfstängel und Karina ein, engumschlungen und offensichtlich glücklich. Sie stießen mit alkoholfreiem Holundersecco auf's neue Jahr an und blickten sich dabei ständig verliebt in die Augen. Der Strom der Menschen riss daraufhin nicht mehr ab. Ayshe Müller kam mit ihrem Mann und ihrem Cousin Cem. Der würde, wie sie stolz berichtete, nun eine richtige Ausbildung in einer KfZ-Werkstatt absolvieren und darüber hinaus mit Kiki Lauterbach an einem neuen Projekt arbeiten, bei dem Umweltschrott zu Kunst verschweißt wurde. Hanna Koslowski kam mit Kuno von Otter, die beiden hatten sich am Heiligabend ein bisschen angefreundet und fachsimpelten über weltliche und außerweltliche Dinge. Dann, als die Gruppe immer fröhlicher und ausgelassener wurde, schlenderten Petra und Maik Hand in Hand heran, begrüßten ausgelassen ihre Bekannten und reichten einen Korb ofenfrischer Laugenbrezeln herum.

»Was bin ich froh, dass zwischen euch alles wieder in Ordnung ist«, meinte Hanna zu ihrer Enkelin.

Petra nickte bestätigend.

»Ich dachte wirklich, Maik und Pernilla hätten etwas miteinander laufen.«

»Haben sie ja auch«, mischte Karina sich in das Gespräch ein. »Aber eben rein beruflich.« Sie kicherte.

»Hoffen wir, dass sich im kommenden Jahr alles zum Guten wendet«, flüsterte Maik Petra ins Ohr. Die winkte zu Frederik hinüber, der eben eingetroffen war, begleitet von einer jungen Frau. Seine neue Freundin, wie Petra wusste. »Die beiden haben sich bei einem Jazzkonzert in der Alten Ölmühle kennengelernt«, klärte sie Maik auf.

Als die junge Frau sich vorbeugte, öffnete sich ihre Winterjacke. Darunter kam ein T-Shirt zum Vorschein, auf dem ›Postest du noch oder lebst du schon?‹ geschrieben stand.

»Oh weia«, meinte Petra. »Wenn das mal gut geht.«

»Gegensätze ziehen sich an.« Maik und zeigte mit dem Kinn auf Lumpi, der glücklich zwischen den Vorderbeinen der Königspudeldame herauslugte.

Sie lachten, bevor sie wieder ernst wurden.

»Warum hast du mir nicht einfach gesagt, was beim *Knaller* los ist? Ich konnte deine Gefühlsschwankungen überhaupt nicht nachvollziehen.«

»Ich habe befürchtet, dass du dann sofort Panik kriegst. Was hätte ich auch in Langen für Möglichkeiten gehabt? So viele Journalisten werden hier nicht gebraucht.«

»Aber alles mit dir alleine auszumachen ...«

Genau so war es gewesen. Nick Tabor, Maiks Chef, hatte dem *Knaller* einen knallharten Sanierungskurs verpasst. Maiks Stelle war ersatzlos gestrichen worden, was er mitten in der Vorweihnachtszeit erfahren hatte.

»Genau an dem Tag hatte ich das Interview mit Pernilla. Sie hatte bereits Wind von der Sache gekriegt und mich ganz direkt gefragt, ob ich mir vorstellen könnte, für sie zu arbeiten.«

Maik, der gar keine andere Chance gesehen hatte, war mit der Starköchin nach Stockholm geflogen, hatte dort das Team von *Pernilla* kennengelernt und mit ihr und einer zweiten Redakteurin das Konzept perfektioniert.

»Wie soll das gehen?«, hatte Petra ihn gefragt, als er an Weihnachten zurückgekommen war. »Die Zeitschrift wird in Stockholm gemacht.«

Ja, das schon, aber er und Pernilla hatten sich darauf geeinigt, dass er nur wenige Tage im Monat in Schweden sein musste. »Maximal. Wir können als Team online miteinander arbeiten. Lediglich zu Besprechungen mit Kunden oder anderen wichtigen Events werde ich vor Ort sein.«

»Und da war wirklich nichts zwischen euch? Ihr habt so vertraut gewirkt...«

Maik hatte gelacht bei Petras Frage. »Pernilla sieht gut aus und sie scheint das Selbstbewusstsein in großen Portionen gefrühstückt zu haben. Aber glaube mir, das gewisse Kribbeln, das löst nur eine Frau in mir aus. Das bist du! Und jetzt tut es mir leid, dass ich so unausstehlich war und dich nicht früher ins Vertrauen gezogen habe. Blöd von mir.« Er stupste ihr mit dem Finger auf die Nase und ihr wurde gleich wieder so warm ums Herz.

Nach seiner Beichte hatte sie ihm alles über ihre eigenen Recherchen und der inoffiziellen Zusammenarbeit mit Hanfstängel und Ayshe Müller erzählen müssen.

»Wie haben sie dem BKA die Tatsache verkauft, dass sie zum fraglichen Zeitpunkt bei Krekel waren?«

»Das Zeitfenster war recht überschaubar. Wir wussten, dass unser Verdächtiger die E-Mail erst am Sonntagnachmittag lesen würde und nicht riskieren konnte, dass Winnie am Montag zur Polizei geht. Dass er so schnell dorthin ging, war natürlich Glück. Selbstverständlich konnte er nicht ahnen, dass sich zwei gute Bekannte bei Winnie eingefunden hatten, die zufällig Polizisten sind. Das ist die offizielle Version.«

»Ich bin stolz auf dich. Und heilfroh, dass du nicht in Gefahr warst«, hatte Maik gesagt.

Danach beschlossen sie, zur Einstimmung auf die bevorstehenden Veränderungen im Januar gemeinsam nach Stockholm zu fliegen.

»Aber jetzt erst einmal ein gutes neues Jahr!«

Alle, die zum Brezelstein gekommen waren, erhoben die Gläser.

Das neue Jahr würde seine eigenen Gechichten schreiben, dachte Petra. Da war es doch ein toller Start, es gesund und munter, zusammen mit lauter fröhlichen Menschen zu beginnen.

Ende

Der Krötsee

Am Egelsbacher Krötsee beginnt die Geschichte.

Das Gewässer, in dem in diesem Roman jemand zu Tode kommt, heißt Lindensee und wird nur im Volksmund Krötsee genannt. Schon Jahre, bevor ich nach Langen gezogen bin, kannte ich den Tümpel unter diesem Namen, daher habe ich ihn auch für den Buchtitel verwendet.

Der See, ein Amphibienschutzgebiet, liegt an der Krötseeschneise im Wald zwischen Langen und Egelsbach und rund einen Kilometer vom Gelände des Schloss Wolfsgarten entfernt. Weiteren Hinweisschildern am See ist zu entnehmen, dass es sich um ein altes Stillgewässer handelt, dem eine natürliche Verlandung drohte. Diese ist durch die Herrichtung zum Anglerteich durch den Angelsportverein Egelsbach (AV66) unterbrochen.

Der Coverabbildung liegt ein Foto der Autorin zugrunde, das den Blick auf die Rudolf-Diegel-Hütte zeigt und technisch verfremdet wurde.

Der Brezelstein

Am *Brezelstein* endet die Geschichte.

Die Brezel soll, einer Legende nach, ihren Ursprung bei einem Bäcker haben, der bei seinem Grafen in Ungnade gefallen war. Er solle, so der Auftrag, ein Gebäck erfinden, durch das dreimal die Sonne scheinen könne. Der Mann erfand mit Glück und Zufall dann das geschlungene Backwerk.

Der *Brezelstein* war ursprünglich in der Grenzmauer eines Weingartens in Langen zu finden, dessen Besitzer ebenfalls Bäcker war und als Zeichen seiner Zunft und seines Besitzes die Brezel, sowie seinen Namen hatte einarbeiten lassen. Nach dem Abriss der Mauer trat der *Brezelstein* eine längere Reise an, die ihn ins Langener Stadtmuseum führte. Eine Replik wurde schließlich angefertigt und in eine hinter dem Schwimmbad errichtete Sandsteinmauer eingefügt.

Zu seiner Rettung haben Kurt Werner, der den Brezelstein einst aus dem Schutt rettete, der Verkehrs- und Verschönerungsverein Langen (VVV) und das Stadtarchiv Langen beigetragen, sodass seit 2018 an diesem historischen Ort wieder auf das neue Jahr angestoßen werden kann.

Nachwort

Schon einige Jahre, bevor ich in die Sterzbachstadt zog, lernte ich den Krötsee kennen. Mein heutiger Ehemann Wolf-Ingo zeigte ihn mir, er wurde schnell eines unserer Lieblingsziele im Grünen. Dort kann man Froschkonzerten lauschen, Schildkröten beim Sonnenbaden zusehen oder hin und wieder auch einen Fisch unter Wasser erspähen. Dabei ist es an dem kleinen Tümpel, der auf mehreren schönen Spazierwegen erreichbar ist, erholsam ruhig.
Beim Schreiben dieses Buches traten dennoch etliche Fragen zum Gewässer auf, die mir Wilfried Schmidt vom Angelsportverein 66 Egelsbach freundlicherweise beantwortete.

So viel Langen wie möglich sollte auch in diesem zweiten Schmunzelkrimi aus der Sterzbachstadt drin sein. Daher freut es mich besonders, dass Heribert Gött das Manuskript Korrektur gelesen und mich mit wertvollen Hinweisen versorgt hat. Generationen von Schülern des Dreieich-Gymnasiums kennen Heribert Gött als Deutschlehrer. Heute engagiert sich der inzwischen pensionierte Pädagoge als Archivar des Langener Stadtarchivs, das unter anderem eine umfangreiche Sammlung heimatkundlicher und regionalgeschichtlicher Literatur beherbergt. In dieser Funktion war auch er an der Rettung des im Buch erwähnten *Brezelsteins* beteiligt und sorgte mit dafür, dass dieser eine neue Heimat bekam.

Für etwaige Übertragungsfehler oder andere Patzer trage ganz alleine ich die Verantwortung.

Lesen Sie auch den ersten Schmunzelkrimi aus der Sterzbachstadt

Carla Wolf - Der Tote am Vierröhrenbrunnen

Die Sterzbachstadt in Aufruhr: Am Morgen nach dem Ebbelwoifest liegt ein Toter am Vierröhrenbrunnen. Was zunächst wirkt wie ein Unfall, entpuppt sich schnell als Mord. Doch wer war der Unbekannte und warum wurde er ins Jenseits befördert?
Die Journalistin Petra Koslowski gerät bei ihren Recherchen schnell in den Strudel der Ermittlungen und wird tiefer in das Geschehen hineingezogen, als ihr lieb ist. Denn unter dem Mantel der Wohlanständigkeit tun sich bei einigen prominenten Persönlichkeiten der Stadt Abgründe auf. Damit nicht genug, erhitzt der Wahlkampf um das Bürgermeisteramt die Gemüter und sorgt für reichlich Zündstoff. Als Petra einen Hinweis erhält, beides könnte zusammenhängen, bricht sie mehr als eine Regel, um die Wahrheit herauszufinden. Da taucht plötzlich ein attraktiver Fremder auf. Maik Larsson erobert das Herz der jungen Frau im Nu. Doch kann sie ihm trauen?

Erschienen bei BoD.